欧·亨利短篇小说选

无障碍阅读系列
BARRIER-FREE READING SERIES

名著精选·全面分析
名师导读·全面解题
名家指点·全面提高
注音解词·全面去障

精读大师佳作·培养语文素质
紧扣课标要求·提升读写水平

中学版

[美]欧·亨利 著
李莉 马静 译

时代文艺出版社

图书在版编目（CIP）数据

欧·亨利短篇小说选 /（美）欧·亨利著；李莉，马静译.
—长春：时代文艺出版社，2016.2（2023.7重印）

ISBN 978-7-5387-4989-2

Ⅰ.①欧… Ⅱ.①欧… ②李… ③马… Ⅲ.①短篇小说－小说集－美国－近代 Ⅳ.①I712.44

中国版本图书馆CIP数据核字（2015）第277556号

出品人 陈 琛
选题策划 邓淑杰
责任编辑 刘瑀婷
装帧设计 孙 利
排版制作 隋淑凤

欧·亨利短篇小说选

[美] 欧·亨利 著 李莉 马静 译

出版发行 / 时代文艺出版社
地址 / 长春市福祉大路5788号 龙腾国际大厦A座15层 邮编 / 130118
总编办 / 0431-81629751 发行部 / 0431-81629755
官方微博 / weibo.com / tlapress 天猫旗舰店 / sdwycbsgf.tmall.com
印刷 / 三河市嵩川印刷有限公司
开本 / 660mm × 940mm1 / 16 字数 / 167千字 印张 / 13.5
版次 / 2016年2月第1版 印次 / 2023年7月第3次印刷 定价 / 48.00元

图书如有印装错误 请寄回印厂调换

阅读，从无障碍开始

在当今的中小学语文教学中，文学名著阅读所占的比重越来越大，课外阅读已经成为课内教学的延伸和不可或缺的一部分。“扩大阅读面，增加阅读量，提高阅读品位”，让学生“多读书，好读书，读好书，读整本的书”，是国家教育部在最新的《语文课程标准》中提出的明确要求。“新课标”还对小学、初中、高中各阶段学生的阅读总量有明确规定，并根据不同阶段学生的特点，指定和推荐了包括童话、寓言、故事、诗歌、散文、小说、戏剧、科幻作品等在内的一系列中外名著书目，从国家层面，教育、教学的高度，把名著阅读摆在了突出重要的位置上。

中外名著是人类文明和智慧的结晶，是历代相传的宝贵的精神财富。要在短时间内读懂、读通，吃透名著的精髓，对中小学生来说是很困难的事，必须跨越各种阅读的障碍。

本社邀约语文教学一线的名师、专家参与编写，精心选择注释底本，推出的这套“新课标中小学必读名著”系列丛书，完全依据教育部的规定和要求设计，并把“无障碍阅读”作为丛书编辑的宗旨，力求扫除中小学生阅读文学名著的语言、文字、历史、文化等方面的障碍，使其在轻松阅读优秀文学作品，感受经典名著文学魅力的同时，丰富语文知识，掌握阅读技巧，在知识能力和文学素养两方面都得到提高。注释内容与课内教学相辅相成，与考试相对接。

“四个全面”即全面分析、全面解题、全面提高、全面去障，这是本丛书的突出特色。开篇的“名师导读”“要点提示”，帮助读者在阅读名著前迅速了解与作品相关的重要信息，提示阅读时最需要关注的要点问题。名著正文行间或段末的注解，参照《义务教育语文课程常用字表》，对一些难于理解、影响阅读的生僻字、词和作品中涉及的历史、文化知识等，都做了全面注释、解析。使学生不用再频繁翻阅字典，查看工具书，让阅读变得一气呵成，省时省力又简单。名著正文后精心设计的“考点延展”，与课内的教学相对应，汇集相关有代表性的真题和模拟题，针对考点，全面解题，在检测阅读成果的同时与考试相对接，使中小学生抓住重点、难点，轻松应试。“思考提高”部分，主要为引导读者回顾作品的精彩情节，思考名著的价值意义，启迪心智，在巩固记忆效果的同时，注重阅读能力的全面提高。全书四大优势模块，辅之以准确的注释、精要的解析、精美的图文，与教育部的中小学《语文课程标准》要求相一致，形成阅读与字词、读写、检测的无缝结合模式，达到“全面去障”的阅读效果。

德国思想家、作家歌德曾说：“读一本好书，就如同和一位品格高尚的人对话。”与经典名著的对话，从无障碍阅读开始！

编　者

目录
MU LU

名师导读

作者简介

欧·亨利，原名威廉·西德尼·波特(1862—1910)，是美国最著名的短篇小说家之一，曾被评论界誉为曼哈顿桂冠散文作家和美国现代短篇小说之父。

波特 1862 年 9 月出生于北卡罗来纳州的格林堡镇，在他还未成年之前，父母就双双去世了，于是他由身为小学老师的姑母养大。姑母有意培养波特爱读书的习惯，使他在少年时就阅读了大量经典文学名著，如荷马、乔叟、莎士比亚、丁尼生和亨利·詹姆斯的作品，可以说他日后的写作技巧正是在早年大量阅读的基础上形成的。1882 年，他成为德克萨斯州的土地制图员，还被选为北卡罗来纳州读书协会名誉会员，同时开始利用业余时间练习写作。1887 年，波特不顾女友阿瑟·艾斯蒂父母的反对，与其私奔结婚，后成为银行出纳员。此间他创办了一家幽默周刊《滚石》，结果却以亏损倒闭告终。之后他开始为休斯敦一家日报撰写幽默故事，发表了六十余篇作品。这标志着波特逐渐走上了成为短篇小说作家的道路。

波特的人生从一开始就充满了坎坷和波折。在刚开始企图以一个作家的身份立足社会时，他遭遇了妻子去世和因被控挪用银行资金而被判入狱等一系列波折。但正是在狱中，他开始以“欧·亨利”为笔名进行创作，并且完成了《口哨王迪克的圣诞袜》《乔治亚的判决》《午后奇迹》和《黑夹山来的买客》等十几篇作品，从此一举成名，成为闻名遐迩的短篇小说家欧·亨利。自此以后，报刊争相约稿，他几乎以每月两篇的速度进行创作。1901 年，服刑三年零三个月后，欧·亨利因表现良好而提前获释，回到匹兹堡与女儿团聚。从1904到1907年,欧·亨利共创作了一百五十多篇短篇小说,其中包括《麦琪的礼物》《警察与赞美诗》《二十年后》和《带家具出租的房间》等名篇。这也是他文学创作生涯的高峰。

1908年,欧·亨利与第二任妻子离婚,经济状况也开始变差,为了维持生活,他不得不加快速度写作来换取稿酬,这也导致了他这个时期的作品质量有所下降。长年写作的劳累与杂乱的生活使他的身体受到严重损伤。1910年6月,他在创作自己的最后一篇短篇小说《梦》时病倒了,并最终于6月5日逝世。

内容简介

欧·亨利一生创作了近三百篇短篇小说,本书中共收录了其各个时期比较有代表性的作品二十三篇。其中最著名的有《麦琪的礼物》《爱的奉献》《警察与赞美诗》《带家具出租的房间》《最后一片叶子》等。

《麦琪的礼物》是欧·亨利的代表作。讲述了在纽约的一套普通的公寓里,住着一对清贫的夫妻:吉姆和黛拉。两个年轻人恩恩爱爱,但生活拮据,仅有两件值得珍视的东西是黛拉美丽的头发和吉姆的金表——他家的传家宝。圣诞节到了,彼此该送给对方什么圣诞礼物呢?吉姆悄悄地卖掉了他的金表,为妻子买了梳具。妻子黛拉却卖掉了她的秀发,给丈夫配了一条表链。回家时,面对买来的礼物,夫妻相对无语,金表和秀发都不在了,剩下的却是没有用的梳具和表链。两个人为彼此的爱所感动,虽苦尤乐,令人感动。作品呼唤真情,歌颂美好,引起了无数读者的共鸣。这是欧·亨利写给底层人民的赞歌。作者在纽约住了很久,熟悉社会底层的平民生活，写了多篇反映纽约灯红酒绿下普通穷人艰辛生活的小说，比如《带家具出租的房间》《一个未完的故事》等。其中，《一个未完的故事》描写少女达尔西孤身在纽约打工度日，周薪仅六美元，每周付房租两美元，去餐厅吃午餐每天六毛钱，还要买报、梳妆打扮、娱乐等，总计四块六毛六分钱。可是，还要买衣服呢！真是入不敷出。但达尔西小姐宁愿过苦日子，也不想去跟一位花花公子约会，坚持洁身自爱，维护自己的尊严。作者之所以这样写是要强调，底层吃苦耐劳的精神相比于上流社会的物质享受，要高尚得多。

欧·亨利描绘小人物，有时也会表现出他们的可笑之处，并在具体的展示过程中，更深层、更强烈地向读者剖析他们本质的善良、淳朴，更真切曲折地反映出人性的复杂层面。如《忙碌经纪人的浪漫史》开头写了经纪人异常忙碌的工作场面和莱斯利小姐有些异样的举止，结尾处出人意料地说出他们其实在昨晚八点已经举行过婚礼了。这个陡然逆转的结局是读者意想不到，又在情理之中的，使读者产生一种强烈的心灵震撼，让人回味不已。再如《两位感恩节的绅士》写到两位绅士为了一个九年的约定，上演了一场耐人寻味的人间悲喜剧。故事引人发笑，同时又让人感受到普通小人物经历人间冷暖。那种推己及人、相濡以沫的温暖情怀，使人在发笑之余感慨万千。总之，欧·亨利的小说虽然有着情节不够多样化、思想缺乏深度等缺陷，但作者在叙述故事时高超的技巧以及他那总是让人始料不及的结局一直吸引着无数的读者。他在自己的故事中不遗余力地宣扬着高尚精神对物质生活的超越，这使他的许多作品简单而赏心悦目，令后世之人神往不已。所有这一切，让欧·亨利和他的短篇小说超越了时空的局限，成为世界文学宝库中一颗闪亮的星星。

创作背景

19 世纪 80 年代至 20 世纪初的美国，随着自由资本主义逐渐向垄断资本主义发展，各种社会矛盾日益显露。欧·亨利长期生活在社会下层，形形色色的社会现象使他对这些矛盾心感身受。曲折的人生、丰富的经历、独特的视角和敏锐的观察，使他情不自禁地把社会的各种现象、各色人物形象地表现在自己的作品中，如生活贫穷艰辛的下层劳动者，道貌岸然的上流骗子，巧取豪夺的金融寡头，肆无忌惮的买卖官爵，小偷、强盗、流浪汉的生活，以及失业、犯罪，等等。他对下层劳动者们充满了同情，道出了他们对剥削、压迫的愤怒反抗与心声。

欧·亨利笔下的芸芸众生就是生活在这样一个金钱主宰的世界中，他们的处境动机，他们的喜怒哀乐，大都与金钱的占有有关，所以欧·亨利描绘的世态人情，无论是善是恶，都有某种美国式的单纯。

作品影响

近百年来，欧·亨利的小说在全世界一版再版，始终拥有大量的读者，足见其作品的生命力。1918 年，美国设立一年一度的“欧·亨利纪念奖”，专门奖励短篇小说的成就。欧·亨利的名字早已和短篇小说的创作、和小人物的悲喜连在了一起，有“美国的契诃夫”之称。

长期以来，欧·亨利的作品在中国文学界也一直受到高度的赞誉，这种赞誉既包括对其作品的写作技巧的认可，也包括对其作品的思想意义的完全肯定。另外，他的短篇小说多次入选中学语文教材，如《最后一片叶子》《麦琪的礼物》入选北师大版、冀教版语文教材；《二十年后》《麦琪的礼物》入选沪教版语文教材；《警察与赞美诗》入选人教版高中语文教材；《欧·亨利短篇小说选》被列为普通高中语文课程标准（实验）推荐书目。正因如此，欧·亨利已经成为汉语读者最为熟悉的美国作家之一。

（陈雷）

要点提示

“欧·亨利式的叙事”手法与特点

在世界短篇小说发展史上,欧·亨利与法国的莫泊桑和俄国的契诃夫齐名,是最著名的短篇作者之一。欧·亨利的作品尤以情节和布局的精心设计而闻名,其结尾更匠心独运,以欧·亨利式的叙事技巧独树一格。可以说,欧·亨利在文学史上的地位是与“欧·亨利式的叙事”相伴而生的。那么,“欧·亨利式的叙事”的关键点在哪里呢?我们认为,经由对他的小说佳作进行辨析,欧·亨利式的叙事显现出如下三种特征:情与理的吊诡;真与假的对位;喜与悲的并存。是这样的三种特征塑造了欧·亨利式的讲故事手法,同时,这也是阅读欧·亨利小说的精要所在。

情与理的吊诡

审美本身就是一种吊诡,人们可以在真与善的事物中发现美,也可以在虚构与邪恶的出色展示中发现美。美与其说是伴随真实和良善而生,不如说是一种理想,因此它可以在对立中呈现,在子虚乌有的虚构之境生存。

《最后一片叶子》是欧·亨利最为著名的小说之一,它讲述了一个垂死的生命获得审美拯救的故事。然而,拯救生命的并不是人们通常所想的科学与现代的医疗技术,而是通过心灵以及心灵的假象来完成的;不是通过让病人详细得知自己的病况,而是靠“欺骗”,由“欺骗”带来的生命活力来实现的。如果我们在现实中遇到这样的一件事情,病人处于危急状态却又被蒙蔽,不知道自己的真实情况。医生不是靠精确的诊断和小心的医治,而是靠给病人虚假的希望来促进病人的健康,我们一定会深感震惊和失望。

然而，在虚构的故事中，我们的情感和审美体验却走向相反的方向，我们被这个关于“欺骗”的故事所打动，为这种虚无的安慰而喝彩，这是为什么呢？

因为在审美的领域，我们有着不同于科学和道德领域的评判标准，这一标准与故事的戏剧化相关，与结局的超脱性相关，与我们对事情应该如何的知识相关。在故事中，病人琼西的生命与窗外的叶子有一种神秘的联系，这是一种显然被夸大了的心理联系，同时也是一种深具审美意味的联系。叶子慢慢凋落的过程是女主人公生命凋零的过程，而医治者所要做的是逆转这一过程，靠的是一种虚构的艺术——绘画。这一艺术在窗外的展示正如写作艺术通过虚构的故事对我们的展示。作者通过想象力向我们展示了一种超越理性，与理性背道而驰的神秘之物，而这就是艺术的核心。为了让琼西维持生活的信心，人们精心构造出一个骗局，想要以此挽救她的生命，将她从死荫的幽谷带到生命的阳光下。这不是现实的药方，而更像是一种艺术的巫术，通过对生命的象征性复活，让人重拾勇气和希望。同样，这种情与理的悖谬和吊诡也出现在《麦琪的礼物》中。这对夫妇彼此赠送礼物，而他们的礼物在交换的一刹那都已经变为无用，在现实的生活中失去了存在的意义。然而，这些失去存在意义的礼物却饱含着他们对彼此的情感，使之具有了超越于用的价值。我们同样可以说，这是一种艺术的象征，艺术是无用的东西，而正是这种无用，使它具有了超越性。

无论是在创造中，还是在接受中，艺术只有超出了日常理性和实用理性的领域，以一种非功利的姿态被呈现、被接受，它才称其为真正的艺术。正是在这种情与理的相反相成中，艺术被还原到它本来的面目。

真与假的对位

艺术，或者说文学，关于更高意义上的真实。那是一种只有通过略显神秘化的审美或冥想才能理解的真实。它不是一面镜子，用以反照现实世界的万物,而更像是一盏灯,在黑暗中点燃,照亮了世界昏暗的面目。这种特点释放了艺术家的创造力,使创作成为一种对本真自由的回归。作家在虚构一个子虚乌有的故事时,他事实上进行着一种类似于创世的活动,如果说这是一种模仿的话,那么它模仿的显然是一种更高的理性,并且跨越了真与假、实与虚。

我们可以再来看欧·亨利的《最后一片叶子》。事实上,除非四季颠倒,否则树上的叶子是不可能落而复生的,叶子的一天天零落,是这个世界铁的法则,就如同女主角的生命一天天零落,同样归属于人的生老病死,也是这个世界铁的法则。然而,更高的理性,艺术的理性在此反驳了这铁的法则,将它驱逐出了虚构的世界。人们可以用笔——画笔或写作之笔,战胜那似乎不可战胜的法则,将重生的希望带给垂危中已经近乎绝望的病人,也带给在现实中无力挣脱的读者。琼西像一个被巫术迷惑的人,她相信自己的生命力是与叶子的多少成比例的,这是她得以被虚构治愈的一个先决条件。这向我们提示了一条欣赏法则,即你必须主动放弃怀疑,投入其中,你才可能懂得这个故事到底讲了什么。

老画家为了挽救琼西的生命,献出了自己的生命。他所画的叶子给了女主人公生存下去的勇气,甚至可以说直接将以绿叶为象征的生命的活力灌注到她的心中。然而,作者又深谙艺术的伟大平衡。琼西的生命复苏的过程经历了又一次的巫术式的转换,成了老画家生命凋零的过程。这就好像热力学第二定律一样,它保证了审美的和谐,让生命力在故事中流动起来。于是,我们在老画家的自我牺牲中看到了美,看到了对于生命真谛的某种戏剧化的表现。

喜与悲的并存

文学的讽喻往往在比较之中才能存在。欧·亨利的作品擅长描绘社会底层的生活境况，书写那些穷困潦倒的人的痛苦和温情，从而引申出对于整个社会结构和它的挤压作用的批判。

当我们说“批判”的时候，似乎意味着一种壮烈的含泪的控诉，然而，这不是欧·亨利的方式，也不是艺术的方式。欧·亨利始终践行一种笑的艺术，通过巧合，通过滑稽可笑的人物，通过精心安排的错失与偶得，让人们可以在笑中体验悲哀，在泪中品味温暖。

这是节奏感的体现，他通过对哭与笑的适度调配，喜剧与悲剧的相互支撑，让人们在语言所能表达的界限之外去理解超语言的意蕴。此之为苏格拉底式的反讽，属于喜剧的最高意义上的反讽，它不是听命于现实的指令，而是直戳现实的软肋。哭与笑的结合，喜与悲的并存，使得作品摆脱了成为宣传品的命运，让教化和审美处于戏剧性的引人发笑的和谐之中。正是在这种和谐里，欧·亨利式的叙述方法实现了自己最完备的价值，即成为拥有浓烈悲剧意味的天才喜剧。

在其最为著名的小说作品《警察与赞美诗》中，欧·亨利用极短的篇幅就构造出一个喜剧讽刺故事。主人公是一个流浪汉，他想尽办法要让自己被抓紧进监狱，可是无论他怎么挑衅警察，无论他为了找一个过冬的地方付出怎样为非作歹的努力，警察偏偏对他视若无睹。而当他听到教堂里唱赞美诗的声音，并被这崇高的声音所打动，忏悔自己可悲的生活并要改变这种生活时，却被警察以流浪罪逮捕入狱了。监狱和警察系统在这个故事里处于一种让人啼笑皆非的状况，他们本来是为了维持社会治安和改造犯人的生活态度而存在的，可是却成了犯人过冬的依靠以及他们违法犯罪的理由。而当一个为非作歹的人想要改邪归正时，他们却忽然跳出来，将人逮捕，让任何对这个社会的改变都成为不可能。整个小说由此成了一个对作者所观察到的社会的一个大大的嘲弄，它将人物的喜剧性的行为变为悲剧，又将这一悲剧性的遭遇变成了一出社会喜剧。作者并没有写一个惹是生非者被社会驯服的故事,也没有写一个人遭受社会压迫的故事,而是将正反两方面的因素融合起来,让人哭又让人笑,并在这似乎悖谬的组合中嵌入深具意味的讽刺和巧妙的寓意。

(陈雷)

欧·亨利短篇小说选

麦琪[1]的礼物

所有的钱都在这儿了，一块八毛七，其中有六毛钱都是用分币凑起来的。这一分一分的小钱，是每次一分两分省下来的。跟卖杂货和蔬菜的小贩软磨硬泡，跟肉店老板锱铢必较，自己都觉得脸红，这么一丁点儿小钱都要争来争去，明摆着不想花钱。黛拉数了三回，还是一块八毛七。第二天就是圣诞节了。

很明显，没有办法了，只能扑倒在破旧的小沙发上呼喊了。黛拉真这么做了。这正应了一句老话，人生是由哭泣、抽搭(chōu · da)、微笑组成的，抽搭占了一大部分。

这家的女主人正慢慢从第一阶段退回到第二阶段。让我们来看看这个家。这间小公寓，带家具，一个星期租金八块钱，虽说并不是乏善可陈(没有什么好的地方值得称道)，然而，这地方的确很容易让人联想到一群乞丐的生活。

下面的门廊里有一个信箱，不过，从未有信件投进来过；也有个门铃按钮，只有神仙才能让它发出声音。按钮旁边有张卡片，上面写着“詹姆斯 · 迪林厄姆 · 扬先生”。

迪林厄姆这中间名也曾春风得意，那个时候，其人衣食无忧，每个星期有三十块钱的收入。如今，每个星期的收入降低到二十块，这家人正仔细考虑，要不要把“迪林厄姆”缩略成“迪”，那样会显得谦虚内敛，不那么张扬。但是，每当詹姆斯 · 迪林厄姆 · 扬先生回家上楼，走进自己的房间时，

① 麦琪：指耶稣出生时从东方前来送礼的三位贤人。他们的礼物代表尊贵和圣洁。

詹姆斯·迪林厄姆·扬太太都会叫他吉姆,继而给他一个热情的拥抱。詹姆斯·迪林厄姆·扬太太已经介绍给您了,就是黛拉,如此甚好。

黛拉哭了一通,现在不哭了,用粉扑拍了拍脸颊。她站在窗前,无精打采地看着外面,只见灰色的院落里,一只灰猫走在灰色的栅栏上。明天就到圣诞节了,要给吉姆买份礼物,可她手里却只有一块八毛七。几个月以来,她能省则省,存下每一分钱,结果,却是这样。每个星期有二十块钱,可那根本不禁花,实际花销比她预想的要多,日子一直这样过。区区(形容数量少)一块八毛七,要给吉姆买礼物,那是她家吉姆啊!为了要给吉姆买件不错的东西,她已经筹划好些日子了,要好的,要稀罕的,要质量上乘——要配得上吉姆,哪怕只是接近这个标准也行。

窗户之间,有个穿衣镜。租金八块钱的小公寓里的穿衣镜,也许您也曾见过。通过观察自己在一系列纵向条状物里的影像,一个瘦弱的人也许可以比较准确地判断出自己的长相。黛拉弱质纤纤(xiānxiān),深谙此道(对此事非常了解。谙,ān,了解、熟悉)。

突然间,她在窗口一转身,站到镜子前。她美目流盼(转动目光看),她的脸在二十秒之内却黯淡了。她迅速松开发髻,让头发垂下来。

如今,詹姆斯·迪林厄姆·扬一家有两件东西让人引以为傲。一件是吉姆的金表,那是他祖父传给他父亲的,他父亲又传给了他;另一件是黛拉的头发。倘若示巴女王(《圣经·旧约》中的人物。传说她是阿拉伯半岛的女王,因仰慕所罗门王的智慧与才华,与他有过一段甜蜜恋情)住在通风竖井对面的公寓里,黛拉临窗而立,晾干自己的湿头发,这情景一定会让女王陛下的珠宝和礼物也黯然失色(阴暗,失去了原有的光彩)。倘若所罗门王(当时以色列国的国王,治国有方,使当时的以色列盛极一时)当了守卫,财宝悉数堆在地下室,吉姆每次经过这个守卫,掏出金表,都能看到所罗门王嫉妒得吹胡子瞪眼。

此时,黛拉的秀发披散下来,葳蕤(wēiruǐ,原形容树叶繁茂,这里指秀发浓密)生光，宛若棕色的瀑布。秀发及膝，几近外衣的模样。接着，黛拉神经质地迅速把头发梳起来，静静地站在那儿，犹豫了一分钟，一两滴眼泪落在破旧的红色地毯上。

黛拉穿上旧的棕色外套，戴上旧的棕色帽子，裙裾(jū，衣服的前后部分)一转，眼睛里还有晶莹的泪光。她步履轻盈，走出房门，拾阶而下，来到大街上。

黛拉停下脚步，有块牌子上写着——“索夫郎妮夫人，秀发产品应有尽有”。她跑上一段楼梯，喘着气，整理了一下。那位夫人身材魁梧，皮肤惨白，态度冷淡，怎么看都不像“索夫郎妮”(意大利诗人塔索的史诗《被解放的耶路撒冷》中的人物，是舍己救人的典型)。

黛拉问：“您会买我的头发吗？”

“我买头发。”夫人说，“把帽子摘下来，让咱瞧瞧头发的成色怎样。”

秀发如棕色的瀑布缓缓垂下。

“二十块。”夫人拎起头发，手法老道，毫无表情地说道。

“快把钱给我。”黛拉说。

哦，接下来的两个小时里，黛拉东走西看，似乎插上了玫瑰色的翅膀。请忘记这不怎么样的比喻吧。黛拉逛了无数家店铺，只为给吉姆买礼物。

黛拉最后找到了合适的礼物——那礼物专为吉姆量身打造，并非为别人而存在。黛拉把所有的店铺都翻遍了，那礼物仅此一份，别家店里都没有。那是一条白金短表链，设计简洁，样式朴素，恰好让材料自身表明价值，并非以装饰繁复为美——好东西就该这样。这表链的价格与那块金表不相上下。黛拉第一眼看到这表链时，就知道这表链该是吉姆的，这表链与吉姆的风格相符——沉静而又有内涵——这可以用来形容表链和吉姆。店里以二十一元的价格卖给了她。黛拉急忙赶回家，口袋里只剩下八毛七。这条表链配上吉姆的表，在任何人面前，吉姆都可以大大方方地看看表。那块表很不赖，但是，因为只用一条旧皮带来代替表链，他有时候只能偷偷瞥一眼。

黛拉到家时，陶醉的心情稍减，让位于谨慎和理智。她拿出卷发棒，点上煤气，开始修补“损伤”，那“损伤”是由慷慨和爱造成的。亲爱的朋友们，这总是项大工程——一项浩大的工程。

不出四十分钟，黛拉的头上布满了密密的小卷，让她看上去非常调皮可爱，像个无故逃课的男学生。她看着镜子里自己的影像，久久地，仔仔细细，眼光挑剔。

她自言自语道：“吉姆看我一眼之后，不杀了我才怪，肯定会说我像科尼岛合唱团里的女孩。可我又能怎么办呢？哦！只有一块八毛七，那么一点儿钱，能顶什么用？”

七点时，咖啡已经煮好了。黛拉把煎锅放在炉子上热着，随时准备做肉排了。

吉姆从不晚回家。黛拉把短表链对折，放在手心里，坐在桌子的一角，在门边等着，这是吉姆进来时必经的地方。她听到吉姆的脚步声，吉姆走上了第一级台阶，有那么一瞬间，她的脸变白了。她有这样一个习惯，为每日琐事默默祷告。此刻，她小声说：“神啊，请让吉姆认为我仍然漂亮。”

门开了，吉姆走进来，关上了门。他看上去瘦瘦的，态度很严肃。可怜的人啊，他才二十二岁——要肩负起家庭的重担！他需要一件新外套，还没戴手套。

吉姆走进家门，停住脚步，一动不动，就像一只雪达犬嗅到了鹌鹑的气味。吉姆双眼直盯着黛拉，眼睛里有一种神情，黛拉看不懂，这让黛拉惴惴不安（形容害怕又担心的样子。惴，zhuì）。那神情并非愤怒，并非惊讶，并非反对，并非惊恐，并非任何一种黛拉意料之中的情绪。吉姆只是直盯着黛拉看，脸上带着那样一种特别的神情。

黛拉从桌旁站起来，走到吉姆面前。

"吉姆，亲爱的。"黛拉叫道，"请别那样看着我。我把头发剪了，卖了。不给你买份礼物，这个圣诞节我没法过啊。头发还会长出来——你不会介怀(介意、在意)，对不对？我只能这样做。我的头发长得很快。吉姆，说'圣诞节快乐'呀！让我们开开心心的。你不知道吧，我给你买了一份多好——多漂亮、多妙的礼物。"

"你把头发剪掉了吗？"吉姆吃力地问，好像经过一番苦思量，脑袋还是没有转过弯来似的。

"剪了，卖了。"黛拉说。"尽管如此，你还是一样喜欢我的？这就是我，剪掉头发的我，不是吗？"

吉姆四处打量屋内，满脸狐疑(怀疑，不很相信)。

"你说你的头发没了？"吉姆说，神情有些傻傻的。

"你不用找了。"黛拉说。"卖了，我跟你说——卖了，没了。亲爱的，今晚是平安夜，对我好点儿，卖头发是为了你。也许，我的头发能数得清。"她接着说，语气突然变得异常甜蜜。"但是，我对你的爱，没有人能数得清。吉姆，我能开始做肉排了吗？"

吉姆适才(刚才)神情恍惚，现在如梦方醒，将他的黛拉拥入怀中。接下来十秒钟，让我们小心谨慎，明察秋毫，从另一个方面仔细审视这不合常理的一幕。一个星期收入八块钱，或是一百万，有何区别？数学家或者智者会给出错误的答案。麦琪带来珍贵的礼物，但是吉姆和黛拉拥有的不在其中。这一断言似乎含糊其辞(言语不明确，不清晰)，看过后文，自会明白。

吉姆从大衣口袋里掏出一个小包儿，放在桌子上。

"黛拉，不要误会我的用意。"吉姆说，"我认为，剪发也好，剃光也好，洗头也好，什么都不能减少我对你的爱。不过，你打开这个包儿，就明白了，为什么我刚才愣住了，还半天缓不过神儿来。"

白皙的手指灵巧地打开绳子和包装纸，接着，一声喜出望外的尖叫，然后，天啊！女性特有的转变，难以抑制的泪水和呼喊，正好让这公寓的男主人安慰人的能力派上用场。

那包儿里是梳子——一整套梳子,用在鬓边的,用在脑后的。那正是黛拉曾在百老汇的一个橱窗里见过的心仪(心中喜欢、仰慕)许久的。梳子多么美丽,玳瑁(爬行动物,外形像龟,甲壳黄褐色,有黑斑)质地,四周镶有珠宝——梳子配她已经消失的头发,再适合不过了。黛拉知道,这套梳子价值不菲(指费用、价格等不低。菲,fěi),她只是心向往之,日思夜想,从未奢望过要据为己有。此刻,梳子是她的了,可是,这美丽的装饰品所要装饰的秀发却不在了。

黛拉依然把梳子搂在怀里,最终,她抬起头来,眼神迷离,微笑着说:“吉姆,我的头发长得很快!”

接着,黛拉像只挨烫的小猫一样一跃而起,大叫起来:“哦,哦!”

吉姆还没见到他美丽的礼物呢。黛拉把礼物拿过来,热切地放在掌心,摊开手,递给吉姆。那稀有金属本无趣,此刻似乎也闪闪发光,只因映衬了黛拉的热情如火。

“吉姆,这难道不时髦吗?我跑遍了全城才找到的。从今天开始,你每天要看一次手表。把表给我,让我看看配上表链会是什么样子。”

吉姆没有把表给黛拉,却一下子坐到沙发上,双手放在脑后,微笑着。

“黛拉,”吉姆说,“让我们把圣诞节的礼物放在一边,收起来一段时间。这两样东西太好了,现在用未免太可惜。我把表卖了,换了钱,是为了给你买梳子。现在,我觉得你该开始做肉排了。”

你知道,麦琪是智者,出类拔萃(形容超出同类,多指好的、优秀的方面)的智者。他们给生在马厩里的圣子耶稣带来了礼物,他们创立了互赠圣诞节礼物的习俗。麦琪睿智(英明、有远见的。睿,ruì),他们所送的礼物自然也是上佳之选,万一重复了,还可以调换。在此,我笨拙地向你讲述了一段无风无浪的故事,故事的主人公是居住在一间公寓里的两个笨孩子,他们俩的做法不那么明智，为了彼此，牺牲了家里最重要的宝贝。然而，对今天的智者，我还有最后一点要说：在所有礼物赠送者中，这两个人最为睿智；在所有收到礼物的人群中，这两个人是最为睿智的。不管在任何地方，他们都是最为睿智的，他们才是麦琪。

爱的奉献

若真爱艺术,怎样奉献都不为过。

这就是我们的前提。这则故事将从这个前提得出结论,同时证明这个前提并不正确。从逻辑方面来说,这的确是个新鲜事;从叙事艺术来说,这却是一个比中国的万里长城还要悠久的壮举。

乔·拉拉比来自中西部地区的星毛栎公寓,是个天才,满怀对绘画艺术的向往。六岁时,他便画了镇上的水泵,画上有一位重要人物匆匆而过。这幅作品被镶了画框,挂在药店的窗户旁,紧挨着玉米穗,玉米种得并不齐整。二十岁时,他动身去纽约市,领带随风飘动,贴身带着一笔钱。

迪莉娅·卡拉瑟斯来自南方一个遍植松树的村庄,在弹奏六首八度音阶练习曲时,手法相当纯熟(非常熟练),亲戚们凑了足够多的钱,让她可以北上去干一番大事业。亲戚们还没能看到她干成那番大事业,不过,这就是我们要讲的故事了。

乔和迪莉娅邂逅于一间画室,那里许多学艺术和音乐的学生齐聚一堂,讨论明暗对照法、瓦格纳(德国作曲家)、音乐、伦勃朗(荷兰画家)、绘画、瓦尔特费尔(法国作曲家)、壁纸、肖邦(波兰作曲家和钢琴家)和乌龙茶。

乔和迪莉娅一见倾心,一方对另一方倾心,或者互相倾心,你怎么说都好。很快,两个人结婚了——只因(请看上文)若真爱艺术,怎样奉献都不为过。

拉拉比夫妇在一间公寓开始居家过日子。那间公寓略显萧索,就像在键盘左边的升A调。然而,夫妇二人幸福满满,因为他们各自有艺术在侧,有彼此为伴。我对年轻财主的建议是——卖掉你所有家产，把钱都捐给穷人——住在一个公寓里，与你的艺术和你的迪莉娅为伴。

住在公寓里的人们要支持我的权威意见，拉拉比夫妇的幸福生活才是真正的幸福。一个家若是幸福，必不能太过局促——让梳妆台翻倒作为弹子桌，把火炉架改作练习划船用的器材，让写字桌充当备用的卧室，洗脸架充当竖式钢琴，让四面墙靠拢，于是，你和你的迪莉娅可以相处其间。但是，如果家是另外一种光景，就让家变得宽敞深远——从金门海峡(位于美国加利福尼亚州圣弗朗西斯科湾与太平洋相通的海峡)进门，在哈特勒斯(是美国北卡罗来纳州海岸的海峡)挂上你的帽子，在合恩角(位于南美洲的最南端，是智利南部合恩岛上的陡峭岬角)挂上你的披风，从加拿大东部拉布拉多(位于加拿大东部，哈得孙湾与大西洋之间，是北美洲最大的半岛)出门。

乔师从伟大的画家马吉斯特，画家盛名，料你也知晓。马吉斯特收费不菲，上课颇为轻松；正是这不菲与轻松为画家带来了人气。迪莉娅师从罗森斯托克——你也听说过这位大师的名字吧，号称钢琴琴键干扰者。

只要有钱花，夫妇二人的幸福之情就溢于言表。世人皆如此——但是，我并非愤世嫉俗(对不合理的习俗表示愤恨、憎恶)。夫妇二人的目标清晰明确。不日之后，乔要成为多产画家，那些留着薄薄络腮胡子又腰缠万贯的老绅士们常常为了竞买乔的一幅画而在工作室里大打出手。迪莉娅要蜚声(扬名。蜚，fēi)乐坛，恃才傲物(依仗自己的才能骄傲自大。恃，shì，依仗)，要是乐队席和包厢票并未销售一空，她借口喉咙不舒服，在私人餐厅里享用龙虾，却不肯上台。

不过，在我看来，最好莫过于那间小公寓里的家庭生活——一天学习之后，夫妇二人兴奋地交谈，滔滔不绝；晚餐如此温馨，早餐那么清淡怡人；互诉志向——二人互为依托的志向，或者其他近期计划——互为倚助，互为启迪；还有——我毫无艺术细胞，请忽略——夜里十一点能吃到橄榄奶酪三明治。

然而，过了一段时日，艺术举起了白旗。就算没有旗手操作，艺术时不时也会举起白旗，正如不懂艺术的人所讲，只见花销，不见进项。缺钱，无法向马吉斯特和罗森斯托克两位大师交学费。若真爱艺术，怎样奉献都不为过。为此，迪莉娅提出，她去给人家上音乐课，以贴补家用。

接下来两三天，迪莉娅出门去找学生。一天晚上，她兴高采烈地回到家。

“乔，亲爱的。”迪莉娅欢天喜地地说，“我找到了一个学生。哦，真是可人儿啊！将军艾·比·平克尼的女儿，住在七十一街。那房子真是壮观啊，乔，你真该去看看那正门！你会说，那是拜占庭式(一种建筑风格类型。其主要特点是突出的大圆顶，拱形门)。再看里面！哦，乔，我从没见识过啊。”

“我的学生就是将军的女儿，名叫克莱门蒂娜。我已经非常喜欢这个学生了。她身材纤纤，总是爱穿白色衣服，待人和善真诚，年仅十八岁。我每个星期给她上三节课，想想看吧，每节课五块钱。我一点儿都不介意，等再多带两三个学生，我就能继续上罗森斯托克的课了。好了，别再深锁眉头了，亲爱的，让我们美美地吃上一顿晚餐吧。”

“你的问题解决了，迪莉娅。”乔一边说，一边用餐刀和刮刀开启一听豆子。“可我该怎么办呢？你觉得，我会让你累死累活地赚钱，自己却在高雅艺术的海洋里徜徉吗？我以本韦努托·切利尼的尸骨起誓，绝对不会！我看，我可以卖报纸，也可以铺圆形鹅卵石，总能赚个一两块钱。”

迪莉娅走过来，抱住乔的脖子。

“乔，亲爱的，说什么傻话呢，你要继续学习。我又不是放弃音乐，跑去干别的了。我教学生，也是学习啊。我会一直与音乐为伴。每个星期十五块钱，我们也能过得像百万富翁一样幸福。你别想着要离开马吉斯特先生。”

“好吧。”乔说着,伸出手去拿贝壳形的蓝色菜碟。“可是,我真不希望你出去教课,那不是艺术。不过,你这么做,真是有本事,真是贴心。”

“若真爱艺术,怎样奉献都不为过。”迪莉娅说。

“那天我在公园里画的素描,马吉斯特称赞上面画的天空。”乔说,“廷克尔同意把我画的两幅画挂在他的橱窗里。要是有哪个有钱的冤大头看对了眼,没准儿能卖出去一幅呢。”

“我想,一定能卖出去的。”迪莉娅说,口吻甜蜜。“现在,让我们感谢平克尼将军,也要感谢这烤小牛肉。”

在接下来的一周里,拉拉比夫妇很早就吃早饭。乔赶着去中央公园,趁着晨光,好好画几幅素描。迪莉娅让丈夫吃饱早饭,穿够衣服,称赞几句,七点整,跟丈夫吻别。艺术真是个迷人的情妇,每晚乔回到家时,都快七点了。

到了周末,迪莉娅略有倦容,却表情甜蜜,以胜利者的姿态,把三张五块钱的纸币放在小桌子上,那小桌子八英寸(1英寸=2.54厘米)宽十英寸长,桌子就放在公寓的客厅里,客厅八英尺(1英尺=30.48厘米)宽十英尺长。

“有时候呀,”迪莉娅说,神情略带疲惫,“克莱门蒂娜挑战我的极限。我觉得,这姑娘练习得不够,我不得不时常把同一件事跟她讲了一遍又一遍。这姑娘总穿一身白,时间久了,显得很单调。可是,平克尼将军真是位和善的老人啊!乔,真希望你能认识这位将军。我和克莱门蒂娜上钢琴课,有时候,将军会进来——他的妻子去世了,你知道吗——就站在旁边,捋着白色的山羊胡子。将军总是问:‘十六分音符和三十二分音符练得怎么样了?’

“真希望你可以看到会客厅里的护墙板,乔!还有那俄国阿斯特拉罕厚门帷。克莱门蒂娜轻声咳嗽,看上去有点儿柔弱,真希望她的身体能强壮些。这姑娘性情温婉,知书达理,哦,我越来越喜欢这个姑娘了。平克尼将军的兄弟曾经出任玻利维亚公使。”

接着，乔以基督山伯爵的架势掏出来一张十块、一张五块、一张两块和一张一块——都是合法的纸币——并把钱放在迪莉娅的薪水旁边。

“那幅方尖碑的水彩画卖出去了，卖给一个来自皮奥瑞亚(美国城市名，位于伊利诺伊州，是伊利诺伊河沿岸最大的城市)的男人。”他郑重宣布，欣喜之情溢于言表。

“别跟我开玩笑。”迪莉娅说，“不会是从皮奥瑞亚来的吧？”

“确实是从那儿来的。迪莉娅，真希望你能亲眼见到那个人，戴着毛围巾，拿着羽毛梗牙签。那人在廷克尔的橱窗里看到那幅素描，一开始以为画的是风车。不管怎么说，他上钩了，买下了那幅画。他又预订了一幅，一幅油画，要求给他画拉克万纳货运站。他回去时，把画捎走。音乐课！哦，我看艺术仍在。”

“你能坚持下来，我太高兴了。”迪莉娅发自内心地说，“你注定会取得成功的，亲爱的。三十三块钱啊！我们从来没拿到过这么多钱，今晚我们吃牡蛎！”

“还要菲列牛排加香槟酒。”乔说，“橄榄叉子哪儿去了？”

接下来的周六晚上，乔比妻子早回家。他把十八块钱放在客厅的小桌子上，洗掉手上大片黑色油漆。

半个小时后，迪莉娅回来了，右手被布条和纱布胡乱包扎成一团。

“这怎么回事？”像平日里一样，打完招呼，乔问道。迪莉娅笑了笑，却不怎么开心。

她解释说：“克莱门蒂娜非要上完钢琴课后吃威尔士干酪，这个姑娘真的很古怪。下午五点钟，吃威尔士干酪，将军也在场。乔，你真该亲眼看看将军急着去拿保暖锅，好像家里没有仆人一样。我知道，克莱门蒂娜身体不好，总是神经紧张。浇奶酪的时候，她不小心弄撒了好多，滚烫滚烫的,都洒在我的手和手腕上。乔,当时真疼死了。亲爱的姑娘感到万分抱歉!然而,平克尼将军——乔,那位老人家快心慌意乱了。他冲到楼下,派人——大家说是锅炉工或者哪个在地下室干活儿的人——去药房买药油和包扎用的东西。现在已经不怎么疼了。”

“这是什么?”乔一边问一边轻轻抬起迪莉娅那只受伤的手,从绷带下面拉出来几段白线。

“这东西真软。”迪莉娅说。“上面有药油。哦,乔,你又卖掉一幅素描吗?”她看到桌子上有钱。

“是吗?”乔说,“问问那个从皮奥瑞亚来的人吧。他今天拿到了货运站那张画,他还没定,不过正想着要不要再来一张公园景致,画上要有哈德逊河。迪莉娅,你下午几点把自己弄伤的?”

“我想,五点钟。”迪莉娅哀怨地说,“熨斗——我是说奶酪差不多那个时候从火上端下来。乔,你真该亲眼看看平克尼将军的样子,那个时候……”

“迪莉娅,坐下待会儿。”乔说着,把她拉到沙发上,坐在她身边,搂着她的肩膀。

“这半个月来,你都在干什么?”他问。

她硬挺了一会儿,眼神里充满爱意和固执,小声嘟囔着平克尼将军。最终,她还是低下头来,眼泪夺眶而出,实话实说了。

“我实在找不到学生。”她坦白道,“要你放弃学业,我又于心不忍。我找到一份熨衣服的工作,就在二十四街的洗衣店。我编得挺圆的,又是平克尼将军,又是克莱门蒂娜,乔,你说呢?今天下午,洗衣店里的一个姑娘不小心把热熨斗放到我手上,回家的路上,我一直在编威尔士干酪的故事。乔,你不会生气吧,对不对?再说,要是我没有这份工作,你或许也没有画作卖给那个从皮奥瑞亚来的人啊!”

“那人不是从皮奥瑞亚来。”乔慢吞吞地说。

“啊,那人从哪儿来,都没关系。乔,你真聪明。乔,亲亲我。你是怎么开始怀疑我没给克莱门蒂娜上音乐课的?”

乔说:“我一直没有怀疑,直到今天。我本也不会怀疑这件事,只是,今天是我从锅炉房拿了破棉布和药油,送到楼上,给一位手被熨斗烫伤的姑娘。在过去的半个月里,我一直在那家洗衣店的锅炉房烧火。”

“那么,你其实并没有……”

乔说:“我那从皮奥瑞亚来的买主和你的平克尼将军一样,都是同一种艺术创作——不过,你既不会称之为绘画,也不会称之为音乐。”

两个人都大笑起来,乔说:“若真爱艺术,怎样奉献都不……”

可是,迪莉娅把手指放在他的嘴唇上,不让他说下去。“不,”她说,“只是‘若真爱’。”

警察与赞美诗

麦迪逊广场上的一张长椅上，索比不安地挪了挪身体。每当大雁在夜空里高声鸣叫，每当没有海豹皮衣的女人们对自己的丈夫格外温存，每当索比在公园长椅上不安地挪了挪身体，你就知道冬天的脚步临近了。

一片落叶掉到索比的膝盖上，那是杰克·弗罗斯特（英文中对"霜降"的拟人称呼）的名片。杰克对麦迪逊广场上的常客很友好，一年一次的来访，都会提前打招呼。四条街的角落里，他把名片交给"北风"——幕天席地大厦的门房——这样一来，居民们都能提前做好准备。

在索比深深的脑海里，已经开始接受这样一个现实：是时候让自己去筹备单人财务委员会，以抵抗即将到来的困境了。正因如此，他在长椅上不安地挪了挪身体。

对于过冬地点的选择，索比并不会期望过高。他没想过要去地中海乘坐游轮，也没想过在南方的天空下悠闲地打盹儿（小睡，多指坐着或靠着小睡），更没想过徜徉维苏威海湾（位于意大利那不勒斯东南，气候温暖宜人）。在岛（指下文说的布莱克韦尔岛）上待三个月，就是他梦寐以求（做梦都在找寻的，形容迫切地希望。寐，mèi）的了。三个月里，有住的地方，有吃的，有小伙伴陪着，不用担心北风，不用担心警察，在索比看来，实在正合心意。

这些年来，热情好客的布莱克韦尔岛（在纽约东部，岛上有监狱）一直是索比的过冬地点。正当其他有钱的纽约人纷纷买机票去棕榈滩和里维埃拉避寒时，索比也在为一年一度的岛上过冬之旅做着简单的筹划。再说，现在已经是时候着手了。前一天夜里，就在这座老广场的喷泉边，他睡在长椅上,用了三家报纸的周末版分别塞进了大衣里和脚踝、膝盖处,却还是没能抵挡住严寒。在索比的脑海里,岛上的情景显得越发清晰,岛上之旅迫在眉睫(形容事情近在眼前,非常紧迫)。以慈善名义给无家可归者发放的那些补给品,索比发自内心地鄙视。在索比看来,法律比慈善要更加亲民。慈善需要层层下发,机构无数,有市级机构,还有慈善机构,在这些机构的帮助下,索比可以有住的地方,可以领到食物。但是,索比还是有傲气的,慈善界的捐赠不是那么好拿的。每次从慈善界获得救济,就算不用付钱,也要付出代价,这代价就是灵魂上的屈辱。正如凯撒大帝(前100—前44,罗马共和国末期的独裁统治者,最后被布鲁图斯刺杀身亡)的统治有布鲁图斯(前85—前42,凯撒的近臣爱将,但最终暗杀了凯撒)做密谋推翻者,慈善界提供的每一张床都要以洗澡为代价,每一块面包也要以出卖个人隐私为补偿。这么说来,当法律的客人是更好的选择,在法律界,一切按照规矩行事,却无须需担心个人隐私无端遭到干涉。

既然已经决定要去岛上,索比立刻开始着手,以达成心愿。要想办成这事,简单易行的办法多了去了。最舒心的办法,莫过于找一家高端餐馆,大吃一顿,然后,明明白白地告诉人家自己没钱,餐馆的人会不动声色地把索比交给相关部门处理,这样就可以被安安静静不吵不闹地交到警察手里。剩下的事,交给负责安置的地方法官办理即可。

索比离开自己那张长椅,踱出广场,穿过百老汇和第五大道交汇处的一块柏油马路,沿着百老汇往北走,在一家熠熠生辉的小餐馆门口停下脚步。这里每晚都有精选的葡萄酒、华丽的衣服和那些有身份的人。

以马甲的最后一颗纽扣为界,对上面的部分,索比还是颇为自信的。他把胡子刮干净了,衣着体面,黑色的简易领结很干净,是一位女传教士在感恩节那天送给他的。如果他能走到一张饭馆的桌子边,坐下来,又不引起怀疑,那么,成功就属于他了。桌子上面的部分是不会让服务员起疑心的。索比盘算着，要一只烤野鸭应该就够了，配上一瓶夏布利酒，再来点儿卡门贝乳酪、一小杯咖啡、一根雪茄。雪茄要一块钱的就够了。消费总额不能太高，否则会招致餐馆管理层的疯狂报复。鸭肉能吃饱，然后，他就欢欢喜喜地开始冬季避难。

可是，索比刚走进那家餐馆的门口，领班的眼睛就落在了索比皱皱巴巴的裤子和破旧的鞋子上了。一双有力的大手早已准备好，迫使索比转过身，二话不说，迅速把他送到外面的人行道上。那只倒霉的鸭子就这样避开了不光彩的命运。

索比离开了百老汇。看起来，通向那梦寐以求的岛上之路并非一帆风顺。想去那样一个所在，必须另想办法了。

在第六大道的一个角落，有一个橱窗非常显眼，厚玻璃后面，电灯闪闪发光，商品陈列颇费心思。索比捡起一块圆形鹅卵石，朝着玻璃砸过去。人们从街角跑来，警察跑在最前面。索比站在那里，一动不动，手放在口袋里，看到跑过来的警察制服上的纽扣，不禁笑了。

"扔石头的人跑哪儿去了？"警官气急败坏地问。

"难道您没看出来，其实我可能跟这事有关？"索比不无揶揄(yéyú，嘲讽，嘲笑)地说，但态度友善，就像一个交了好运的人。

警察根本不认为索比有一丁点儿嫌疑。砸窗口的人不会站在原地，更不会等着执法人员到场，而应该撒腿就跑。警察看到有一个人在街区南边正跑着赶去搭车，就掏出警棍，追了过去。索比心里很不是滋味，漫无目的地走着。再次计划未遂(目的没有达到，心愿没有满足)啊。

街对面有一家餐馆，装潢并不豪华，目标客户群希望份大量足，价格低廉。餐馆里的瓷器厚重，气氛浓烈，汤水却淡，桌布很薄。走进这样一家餐馆，索比那双露怯(此处指不合时宜)的鞋子和那条不用多说的裤子未遇挑战。他找了张桌子，坐了下来，点了牛排、大薄煎饼、炸面圈和馅饼，吃完后，跟服务员说明情况,自己身上一分钱都没有。

“现在,快去找警察。”索比说,“别让大爷久等。”

“警察没空理你。”服务员说,他的声音好像黄油面包,眼睛就像曼哈顿鸡尾酒上的樱桃。“喂,康!”

两位服务员拎着索比,一下子把他扔到人行道上。人行道路面粗糙,索比左耳着地,整个过程绝不拖泥带水。索比一节一节地爬起来,好像他是木匠打开的尺子,又拍了拍衣服上的土。被捕似乎成了一个瑰丽的梦,岛上显得那么遥远。两家店铺之外,一个警察站在药店前面,大声笑着,沿着街道往南走。

索比走过五个街区,才鼓起勇气,继续自己的找捕计划。这一次,机会自己送上门来,索比暗自思量,这次必然“十拿九稳”。橱窗前,站着一位年轻女士,态度谦和,颇有姿色,似乎在饶有兴趣地看着橱窗里陈列着的修面杯和墨水台。约两米之外,一个警察倚着消防栓站着,只见他身材魁梧,颇为神气。

索比这次打算扮演卑鄙无耻的流氓浪子角色。现成的受害者,又有教养,又举止优雅,还有现成的警察,尽责尽心,这让索比坚信,很快就能感觉到执法人员的手紧紧抓住自己的胳膊,铁定可以在那个小岛上过冬了。

索比把简易领结——就是女传教士送的那个整理了一下,把袖口抻出来,斜戴着帽子,样子有些邪恶,慢慢接近那位年轻女士。他冲人家挤眉弄眼,突然咳嗽了几声,哼哼啊啊了几下,又是微笑,又是假笑。调戏妇女那一整套动作,多么放肆无耻,多么遭人鄙视,他全都照做下来。索比用眼睛的余光扫了一下,那个警察正盯着他看。年轻女士往旁边挪了几步,继续出神地瞧着修面杯。索比跟上脚步,大着胆子,站到女士身边,拿起帽子,说:

“喂,美女,你好啊!想不想去我家院子里玩?”

警察还在看着。那位遭到纠缠的女士只要动动手指，索比就真的在去往岛上避难所的路上了。他已经开始想象自己能感觉到拘留所里温暖舒适的气息了。那位年轻女士面对着他，伸出一只手，抓住了索比的外套衣袖。

“当然了，迈克。”她高兴地说，“只要你愿意请我喝酒。我早就想跟你说话了，可是那个警察一直看着我。”

年轻女士黏在索比身上，就像常春藤缠在橡树上。索比走过警察身边，极力抑制心中的忧愁。他似乎注定是自由身。

在下一个拐角，索比甩开了他的同伴，撒腿就跑。他停下脚步，这个区夜里灯光最亮，人们心情最愉悦，喜欢轻易许诺，歌剧声悠扬。女人们都穿着皮草，男人穿着厚大衣，在冬日的空气里，欢乐地游走其间。一阵恐惧感突如其来，攫(jué，抓，夺)住了索比的心，难道有人在他身上施了什么可怕的魔法，让他总是免于被警察逮捕。这个想法使得他有些慌乱。又遇到一个警察，大剧院灯火通明，那个警察正在前面大模大样地闲逛，这个时候，索比心生一计，“扰乱治安”，一定要抓住这根救命稻草。

在人行道上，索比开始大声嚷嚷，都是酒后胡话，他已经用了最大力气，声音刺耳。他手舞足蹈(舞动双手，跳起双脚，本意形容非常高兴，这里指又蹦又跳，胡乱比画的样子)，尖声嚎叫，胡言乱语，想尽办法搅合个天翻地覆。

那个警察把警棍一挥，转过身，背对着索比，对一位公民说：

“这应该是耶鲁大学的小孩子们在庆祝，跟哈特福德学院比赛，让人家吃了个鸭蛋。是挺吵的，不过，他们不会伤害别人。上头有指示，不用管他们。”

索比非常郁闷，停止了毫无意义的吵闹。难道警察都不会动手抓他吗？他想象中，岛上似乎成了难以到达的世外桃源。冷风吹来，他把薄外套的扣子都扣上。

在一家雪茄店，索比看到一位衣着光鲜的绅士正对着摇晃的灯光点燃一支雪茄。绅士的丝质雨伞就放在门口，准是进门时放的。索比迈步进店，拿好雨伞，迈着方步，缓缓往外走。正在点雪茄的那位绅士紧随其后。

“我的伞。”他态度坚决地说。

“哦，是吗？”索比冷笑一声，小偷小摸之余，还要侮辱人。“好吧，你怎么不叫警察呢？你的伞，就是我拿的！你怎么不叫警察呢？拐角那儿就站着一个。”

伞的主人放慢了脚步。索比也放慢了脚步，心中有预感，这一次好运气又要与他无缘了。警察饶有兴趣地看着这两个人。

“当然，”伞的主人说，“这伞——好吧，您也知道，这样的错误时有发生。我——如果这是您的伞，我希望您能原谅我——我今天早晨在一家餐馆捡到的——如果您认出这是您的伞，——为什么——我希望您会——”

“这伞当然是我的。”索比坏坏地说。

伞的前主人打了退堂鼓。一辆街车还远在两个街区以外，警察就赶忙扶着一位穿着夜礼服斗篷的高个子金发美女过马路。

索比向东走去，穿过一条街道，整条街被整改项目弄得面目全非(样子改变得很厉害)。他愤怒地把伞扔进坑里。他嘴里小声嘟囔，对那些头戴钢盔、身配警棍的人们颇有微词(隐晦的批评)。他真想落入那些人手上，而那些人视他为国王，国王不会犯错。

最后，索比走到东边的某条大道上，浮华世界的喧嚣声在这里似乎变得微弱了。他低着头，走向麦迪逊广场，回家的本能还是存在，就算所谓的家只是公园长椅。

但是，在一个格外安静的角落里，索比停下脚步。这里有座古老的教堂，造型奇特，格局开放，三角墙遍布。有扇窗户涂成紫色，轻柔的灯光从里面照射出来，毫无疑问，风琴师正在惬意地敲击琴键，为了确保能给星期日唱赞美诗的人做好伴奏。甜美的音乐声飘飘荡荡，传到索比的耳朵里，抓住了他的心，索比紧贴着弯曲的铁栅栏站着，心旷神怡。

明月在上，皎洁安静，这里罕有车辆和行人，雀鸟也在檐下慵懒地低语——有那么一会儿，这个场景让人以为深处乡间教堂墓地。风琴师演奏的那首赞美诗让索比呆呆地贴着铁栅栏站着，索比听过那首赞美诗，那个时候，他的生命里存在很多美好的人和事，比如母亲，比如玫瑰花，比如志向，比如朋友，比如纯洁的想法，比如干净的衣领……

索比此时能听进话，加上那座古老的教堂对索比大有影响，索比的灵魂里发生了突然而又美妙的变化。突然很震惊，他反思自己过的日子，曾经在坑里跌倒，那段沉沦的岁月，难以名状的欲望，无望地奢求，身体日渐衰败，动机变得原始。

也有那么一刻，面对这种新情绪，他的心激动地回应着。有一种强烈的冲动驱使着他要立刻与绝望的命运进行抗争。他要将自己带出泥潭，他要重新做人，他要征服内心的邪恶，纵然邪恶曾经占据着他整个人。还有时间，他还年轻，他要重拾旧日梦想，追逐梦想，永不退缩。风琴的音色，庄严而又甜美，在他的身上引发了一场革命。明天，他要去人声鼎沸的中心区找工作。一位皮草进口商人曾经请他当车夫，他明天就去找那个商人，要求上岗。他会在这个世界里有所作为。他会——

索比感觉到有一只手搭在他胳膊上，迅速回头，看见的竟是一张警察的胖脸。

“你在这儿干什么？”警察问。

“没有啊。”索比说。

“那跟我走吧。”警察说。

“判处监禁三个月，执行地，岛上。”第二天早晨，地方法官在警察法庭如是说。

财神与爱神

老安东尼·罗克韦尔从书房窗户往外看，咧着嘴笑了。他是罗克韦尔欧雷卡香皂制造公司的生产商和所有者，现已退休，住在第五大道的一所豪宅里。住在他家右边的是乔·范·斯凯莱特·萨福克·琼斯，是个贵族，也是个花花公子，正从豪宅里走出来，朝着等在门口的小轿车走去，跟往常一样，皱起鼻孔，十分高傲，对香皂帝国正门口的文艺复兴时期的雕塑嗤之以鼻(用鼻子吭气，表示看不起)。

“倔老头，看你的架子能端多久！”前任香皂大王如此评论道，“你这个老纳斯尔罗德(德籍俄罗斯政治家，这里安东尼用他来讽刺荷兰移民琼斯)，要是不小心，就得光着身子、光着脚滚蛋。今年夏天，我会叫人把这房子刷成红白蓝相间的颜色，我倒要看看，到时候这个荷兰佬儿还能再傲气不？”

安东尼·罗克韦尔从不喜欢摇铃，他走到书房门口，大叫一声：“迈克！”这声音与当年别无二致，那时他吼一嗓子，堪萨斯的天空都要掉下几块来。

安东尼对前来答话的仆人说：“告诉我儿子，出门前，来这儿一趟。”

年轻的罗克韦尔走进书房，老人把报纸放在一边，端详(duān · xiang，仔细地看)着自己的儿子，眼光很和蔼，又很冷酷。老人大脸盘，皮肤光滑，肤色红润，一只手把蓬松的白发弄乱，一只手摆弄着口袋里的钥匙。

安东尼·罗克韦尔说：“理查德，你用的香皂是花多少钱买的？”

理查德大学毕业，回到家只有六个月，经父亲这么一问，略微吃了一惊。对一家之主的脾气，他还有些摸不透。而他的父亲总是提一些让人意想不到的问题，就像一位第一次举办社交宴会的姑娘。

“爸爸，我觉得，六块钱一打。”

“衣服呢？”

“按规矩来，我觉得大约要六十块。”

“你是位绅士。”安东尼断言道，“我听说，如今的年轻人买一打香皂就要二十四块钱，买衣服的钱远远超过了一百块。你和别人一样，有大把银子，本可以花钱如流水，但是，你坚持正派得体，适可而止(指做事不过分，到了适当的程度就停下来)。我现在用老牌欧雷卡，不仅仅因为用久了有感情，更是因为这香皂用料纯正。你买香皂，实际上买到的东西只值一毛钱，你只能买到廉价香料和低端品牌；花五毛钱，对于你们这代年轻人来说，已经足够好了，非常符合你们的社会地位和经济实力。正像我说的那样，你是位绅士。别人都说，三代人才能培养出一位绅士。他们错了，只要有钱，就能做到，就像皂基润滑脂那样，让香皂润滑。钱把你培养成一位绅士了。真是的，钱差点儿把我也培养成一位绅士了。差不多和左右邻居的那两个荷兰佬一样，我也没礼貌，不招人喜欢，举止粗俗。那两个老东西半夜根本睡不着，就因为我买了房子，住在他们中间。”

“有些事，钱也办不成。”儿子非常沮丧(灰心失望)地说。

“喂，别这么说。”老安东尼表示很震惊，“每一次，我都打赌钱能办成。大百科全书，我已经看到字母 Y 了，一直在找有什么东西，钱不能买。下个星期，我要看附录了。我认为，钱什么事都办得成。告诉我，有什么东西，钱买不到？”

“有一样，”理查德略带痛苦地回答说，“钱不能让人进入那些核心社交圈子。”

“真不能吗？”这个主宰万恶之源的人大吼一声。“你告诉我，要是第一批阿斯特(美国经济世家，原籍德国，阿斯特一世在美国内战以后从德国来到美国，并在这里建立起自己的商业帝国。产业主要包括皮革、房地产等。阿斯特家族中的约翰·雅各布·阿斯特四世，曾是泰坦尼克号上最富有的人）人没钱买船票来美国，那些所谓的核心社交圈子会在哪儿？”

理查德叹了一口气。

“我要说的就是这个。”老人说，“你的情绪不再那么高涨。这就是我叫你来见我的原因。孩子，你有点儿不对劲儿，我已经注意你半个月了。快说吧。我估计，二十四小时之内，我能调度一千一百万，还不包括不动产。要是你需要肝脏移植，海湾停着一艘漫步者，上足了煤，两天之内就能开到巴哈马群岛。”

“爸爸，你猜得不赖啊，已经很接近了。”

“啊。”安东尼热情地问，“她叫什么名字？”

理查德开始在书房的地板上踱来踱去。这个老头子为人很粗糙，可也够仗义，够有同情心，理查德不由得对他推心置腹（把自己的心放在对方的肚子里，形容待人真诚，说真心话）。

“你怎么不跟她说呢？”老安东尼质问道，“她一定会马上扑进你的怀里。你又有钱，长得又帅，为人又正直。你清清白白，没有蹭上欧雷卡香皂的味儿。你还上过大学，不过她可能不会在意这一点。”

“我一直没机会。”理查德说。

“创造机会啊。”安东尼说，“带她到公园里一起散步，或者做大干草车玩儿，或者陪她从教堂走回家。有的是机会啊！”

“爸爸，你不懂社交界这座大磨坊是怎么运转的，她属于推动磨坊运转的头号人物之一。她的时间，每小时，每分钟，都是提前几天就安排好了的。我一定要追到这位姑娘，爸爸，不然，对我来说，这个地方以后只是一片黑色沼泽。我又不能写信表白，我不能那么做。”

“行了！”老人说，“有我这么有钱的老爸，你却无法跟自己心仪的姑娘单独相处一两个小时，你是要告诉我这个吗？”

“我磨磨蹭蹭的，现在已经太晚了。她后天中午动身去欧洲，一待就是两年。明天晚上，我会与她单独会面，只有几分钟时间。她住在拉奇蒙特的姑妈家，我不能去她姑妈家找她，不过，她家人允许我明天晚上乘坐马车去中央车站接她，她乘坐的火车八点半到站。我们会乘车沿着百老汇一路赶到瓦莱科剧院，在大厅与她的妈妈会合，参加一个联欢会。在这样的情况下，只有六到八分钟，您认为她有心思听我向她告白吗？没有。在剧院里，我还有几成机会？一成都没有。不，爸爸，我如此纠结，你的钱也无法理清头绪。用钱买不到一分钟时间；如果真能行得通，富人就会活得更加长久。在朗崔小姐动身之前，想跟她谈谈，根本没有希望。”

“好吧，理查德，我的孩子。”老安东尼高高兴兴地说，“现在，你可以跑去俱乐部里玩了。你的肾脏没有问题，我很高兴。但别忘了，时不时地要在伟大的财神前烧上几炷香。你说，钱买不来时间？好，当然，你总不能订购永恒，让人包好了，送到你住的地方，你给一笔钱就完事。但是，我见识过，时间老人走过金矿，脚后跟伤痕累累啊。”

当天晚上，艾伦姨妈来访。艾伦姨妈性情温柔，多愁善感，满脸皱纹，时而叹气，被财富所累，爱跟姐夫安东尼讨论晚报上的新闻。话题一转，二人说到恋人的伤心事。

“孩子把一切都告诉我了。”安东尼打着呵欠说，“我告诉儿子，银行里的钱，随便花。接着，他就开始数落钱的种种不是，说拿钱也没有用，还说社会规则不会为了一帮亿万富翁而发生一丁点儿变化。”

“哦，安东尼，”艾伦姨妈叹了口气，说：“我真心希望你不要总想着钱。要是牵涉感情，财富不算什么。爱，无所不能。要是孩子早点儿说就好了！那姑娘怎么会拒绝理查德呢？但是，现在恐怕太晚了，理查德没有机会跟姑娘说上话呀。你拿出所有金子，也不能为你的儿子买来幸福。”

第二天晚上八点，艾伦姨妈从一个被虫子蛀了的盒子里拿出来一枚精致的黄金戒指，这戒指有年头儿了。她把戒指递给理查德。

“外甥，今晚戴上这枚戒指。”她以祈求的口吻说，“你妈妈把这枚戒指送给了我，她说会给有情人带来好运。她说，等你找到心爱的姑娘，让我把这枚戒指拿给你。”

年轻的罗克韦尔恭恭敬敬地接过戒指，试着戴在小指上，戒指卡在第二节关节上，下不去了。他把戒指取下来，像男人一样，放进马甲的口袋里。接着，他打电话叫了马车。

在中央车站，人山人海，理查德在八点三十二分才找到朗崔小姐。

“我们别让妈妈和其他客人久等了。”她说。

“去瓦莱科剧院，能开多快，就开多快！”理查德奉命吩咐马车夫。

他们在四十二号街上一路飞驰，沿着一条街灯像璀璨星光的小路，向百老汇驶去。一头儿是日落时分的柔软草地，一头儿是黎明时分的乱世丛生的山丘。

经过三十四号街时，理查德迅速示意，让马车夫停下来。

“我掉了枚戒指。”他一脸歉意，走下车去。“戒指是我妈妈的，我可不想弄丢了。一分钟都不会耽误——我看到戒指掉在哪儿了。”

不到一分钟，理查德回到马车上，手里拿着戒指。

但是，就在那一分钟里，一辆横穿本镇的车子突然停到马车前面。马车夫想从左边绕过去，结果，被一辆运了不少货的快运货车挡住了去路。马车夫想从右边绕过去，遭遇一辆运家具的马车，不得不倒回来，那货车不知道从哪儿冒出来的。马车夫想往后倒出去，但是，不小心掉了缰绳，适时骂了一句。车水马龙之间，乱象杂声，马车夫被困住了，动弹不得。

街上堵车，有时候会使贸易活动受阻，大城市里人们的一切活动突然间停下。

“为什么不走了？”朗崔小姐有些不耐烦地问，“我们要迟到了。”

理查德在马车上站起来，四处观望，只见从百老汇、第六大道和三十四街，一大片车辆堵得水泄不通，有货车、卡车、出租车、厢式货车、马车，那情景让人联想到腰围二十六英寸的年轻姑娘硬要试穿二十二寸的紧身衣。所有街口，都有车辆往堵车的地方全速飞奔前进，大家都挤到一块儿去了，车轮卡在一起，车夫们大声咒骂，一片喧嚣。整个曼哈顿的车辆似乎都堵在这里了。人行道上，成千上万的人在围观，资深纽约住户也没有见识过如此壮观的堵车情况。

“我很抱歉。”理查德回到座位上，对朗崔小姐说：“不过，看起来我们堵在这儿了。这么多车，疏散起来，怎么也要一个小时吧。是我的错。要是我没有掉戒指，我们——”

“让我看看戒指吧。”朗崔小姐说，“既然已经这样了，我也不会介意。再说，我一直觉得去剧院挺傻的。”

当天晚上十一点钟，有人轻叩安东尼・罗克韦尔家的大门。

“请进。”安东尼大声说。当时，他穿着红色睡袍，正在看一本书，那本书写的是海盗冒险的故事。

来人正是艾伦姨妈，她像一个误入凡间的灰发天使。

“安东尼，他们两个订婚了。”她轻声说，“那姑娘答应嫁给咱们家理查德了。就在去大剧院的路上，堵车了，两个小时后，他们乘坐的马车才得以脱身。

“还有啊，安东尼弟弟，不要再吹嘘金钱万能了。真爱的象征，就是那枚小小的戒指，象征着无尽的爱意，与金钱无关，那才是咱们家理查德找到幸福的原因。他把戒指掉在了大街上，出去找，想继续赶路时，就堵车了。他向心爱的姑娘告白了，赢得了姑娘的芳心，就在他们乘坐的马车被堵得动弹不得的时候。安东尼，与真爱相比，金钱简直就是浮云。”

“好吧。”老安东尼说，“孩子得偿所愿，我很高兴。我跟他说过，我会不惜一切代价，只要——”

“但是，安东尼姐夫，你的钱起了什么好作用？”

“姐姐，”安东尼说，“我正读到那名海盗遭到恶人陷害，船被凿沉了，他当然知道金钱的价值，舍不得钱沉入海底。我希望你能让我接着看这一章。”

说到这里，故事该结束了。和读者一样，我真心希望，故事到这里就结束了。但我们必须深入挖掘，才能得到真相。

第二天，有个人来安东尼·罗克韦尔家拜访。那个人双手红红的，戴着蓝点领结，自称叫凯利。来人立刻被领到了书房。

“好。”安东尼说，一边去拿支票本。“这能买好多香皂呢。让我们瞧瞧——你用了现金五千块。”

“有三百块还是我自掏腰包呢。”凯利说，“花费比估计的要高一些。快运货车和出租车大都五块钱一辆，卡车和两匹马的车子大都涨到十块钱一辆。摩托车司机想要十块钱，大牌儿一点的要价二十。警察敲得最狠，两个人要了我五十块，剩下的，有的二十，有的二十五。可是，罗克韦尔先生，计划完成得多漂亮啊，对不对？威廉·阿·布雷迪没有出现在室外车辆混乱的现场，我太高兴了。我可不想威廉眼红得心肝儿疼。而且，根本没彩排过！那些家伙们准点儿到，不差几分之一秒。两个小时之内，格里利的塑像底下，蛇都无法钻过去。”

“一千三百块——给你，凯利。”安东尼说，一边撕下一张支票。“你的报酬一千块，还有你垫付的三百块。凯利，你不会看不起钱吧？”

“我吗？”凯利说，“我真想把那个发明贫穷的人痛扁一顿。”

凯利走到门口的时候，安东尼叫住了他。

安东尼说：“堵车时，你有没有看见一个胖胖的小男孩儿，没穿衣服，拿着弓箭，到处乱射，有没有？”

“怎么了？没有啊。”凯利说，一脸不解。“没看见。就算真的有这么个人，在我到现场之前，估计警察也已经把他弄走了。”

“我知道，那个小混蛋不会来帮忙的。”安东尼笑道，“凯利，再见。”

刎颈之交[①]

打猎归来，在新墨西哥州的一座小镇洛斯皮诺斯，我在等一趟南下的列车，列车晚点了一个小时。我坐在山峰旅馆的门廊里，与旅馆的主人忒勒马科斯·希克斯讨论生命的意义。

见他脾气如常，并无异样，我问他，是什么猛兽多年以前把他的左耳弄得伤残了。我自己也是个猎人，我认为，打猎时非常容易遭遇到这样不幸的事。

希克斯说："那只耳朵是真正友谊的见证。"

"那是意外了？"我打破砂锅问到底(指对事情的原委追问到底)。

"友谊，不能算意外。"忒勒马科斯说。我沉默不语。

"真正的友谊，我只知道一个例子，堪称完美。"旅馆的主人继续说，那是一个来自康涅迪克州的人和一只猴子，二者真心实意地合作。猴子爬到巴兰基利亚(哥伦比亚第四大城市，是重要的商业城市和外贸商品集散地)的棕榈树上，那个人站在树下，猴子把椰子扔下来。那个人把椰子锯成两半，做成勺子，一个卖两个里亚尔(旧时西班牙的货币单位)，用卖得的钱买朗姆酒。猴子喝掉椰子汁。双方的利益都得到满足，于是，那个人和猴子在一起生活，像兄弟一样。

"但是，换作人和人之间，友谊却转瞬即逝，如果没有后续发展，友谊极易中断。

"曾经，我有一个朋友，名字叫佩斯利·费什，我一度认为，他是我永远

① 刎颈之交：指同生死共的患难朋友。刎，wěn，用刀割脖子。

的朋友，一辈子就这样了。有七年时间，我们肩并肩，一起开矿，一起经营牧场，一起卖专利搅拌器，一起放羊，一起拍照片，一起弄铁丝网，一起摘李子……我想，不管是杀心，还是奉承，不管是财富，还是胡搅蛮缠，就算是喝酒，都不会让我和佩斯利 · 费什之间生出嫌隙(因彼此猜疑或不满而互生厌恶)。我们两个人交情深厚，你根本无法想象。我们两个人是生意场上的朋友，娱乐时，也一起做做傻事。我们将这种和睦友好的氛围延续下去，让生活有滋有味。我们终日为伴，绝对可以说是莫逆之交(彼此情投意合，非常要好)，就像罗马神话中的达蒙和皮西厄斯(两人生活在公元前4世纪，西西里城邦的锡拉库扎港口，他们从小就是最要好的朋友。后来，皮西厄斯被残暴的君王判处绞刑，刑前回家料理后事，由达蒙代受监禁，并约定若皮西厄斯没能在刑前按时归来，便处死达蒙。行刑之日，皮西厄斯冲破重重阻碍赶回来救下达蒙，宁愿自己受死。君王感动于他们的友谊，最终赦免了他们)。

“一年夏天，我和佩斯利骑马来到圣安德烈斯山，要休假游玩一个月。我们都穿着一般人的衣服。我们来到一座小镇，名叫洛皮诺斯，那实在是有着世界屋顶花园般的美景啊！那里有一两条街道，空气清新，有鸡肉可吃，对我们两个人来说，已经足够了。

“晚饭时间过后，我们才到小镇。铁道边，有一个小吃店，我们决定店里有什么，我们就吃什么。我们刚坐下来，用刀把粘在红油布上的盘子撬起来。就在那个时候，寡妇(死了丈夫的女人)杰瑟普端着热腾腾的点心和油炸肝尖，突然出现在我们面前。

“你知道，有一种女人，会让最重承诺的男人忘记自己曾经许下的诺言。她不高不矮，不胖不瘦，离你很近，却笑脸迎人，让你如沐春风。她面若桃花，可能是因为在厨房里忙活，比较热，也可能是因为天生热情。她的笑容会让山茱萸在寒冬十二月盛开。

“寡妇杰瑟普跟我们聊了许多话题，比如天气，比如历史，比如丁尼生〔阿尔弗雷德 · 丁尼生(1809—1892)，英国维多利亚时期最具特色、最受欢迎的诗人〕，比如梅子,比如羊肉短缺,等等,最后,聊到了我们从哪里来。

"'春谷。'我说。

"'大春谷。'佩斯利突然插话,他面前一大堆土豆,嘴里嚼着火腿的骨头。

"那是第一个迹象,我发现,我和佩斯利·费什之间的莫逆之交要永远结束了。他知道,我不喜欢别人多话,可他还是硬插一嘴,替我重复一下,补充一下。地图上显示的是大春谷,但是,我听佩斯利管那个地方叫春谷,怎么也有千八百次。

"我们没再多说,吃完晚饭,走出小吃部,坐在铁轨上。我们搭档太久了,不可能不知道对方脑子里在想什么。

"佩斯利说:'我觉得,你会明白,我已经下定决心要把那位寡妇变成我生命中重要的组成部分,不管是家庭生活方面,还是社会生活方面,不管是从法律意义上说,还是别的意义上,永永远远,直到死亡将我们分开。'

"我说:'啊,是啊。你只说了一句话,可我听出你的言外之意。我觉得,你也知道,我也开始努力,目标是要让那位寡妇把姓氏改成希克斯,到时候,你就会给报纸的社会栏目去信,问人家,在婚礼上,伴郎是否要戴山茶花,穿无缝袜子!'

"'你的计划有漏洞。'佩斯利一边说,一边嚼着一片枕木屑。'如果是别的事,我一定会让着你,但是,这件事不行。'佩斯利接着说,'那个女人脸上的笑容啊,太有魔力,那是旋涡,友谊之船开到这里,碰上它,船会裂成碎片。为了你,我可以向一只熊发起攻击,只要你觉得那只熊有点儿烦人。'佩斯利说,'我会替你的借据担保,还会用樟脑为你揉肩胛骨之间那个位置,我懂礼数,但是,在这件事上,我不能让步。事关杰瑟普夫人,我们得各自分头行动了,我把丑话说在前头。'

"然后,我想了又想,提出以下决议和附则。

“我说：‘男人之间的友谊可以追溯到古代，那个时候男人需要彼此保护，以对抗当时八十英尺长的爬行动物和会飞的海龟。这个习惯，一直延续至今，男人们彼此相守，直到侍者跑过来，告诉大家并没有这种动物。’我说：‘常听说，有女士介入男人之间的友谊，然后男人之间的友谊就中断了。为什么一定要那样？佩斯利，我跟你说，杰瑟普夫人端着热腾腾的点心，第一次出现在我们面前时，我们仿佛怦然心动了。我们两个谁更好，谁就拥有她。你我公平竞争，不耍小阴招儿。只有你在场，我才会向她展开追求，这样，你也同样有机会。这样安排，不论输赢，我觉得，你我的友谊之船就不会像你说的那样在大风大浪里翻船了。’

“‘老伙计！’佩斯利说着与我握手，‘我也会那样做。’他说，‘我们同时追求这位女士，不像别人遇到类似情形，不是粗鲁无礼，就是刀光剑影。无论输赢，你我都还是朋友。’

“杰瑟普夫人的小吃店旁边，有几棵树，树下有一张长椅。等到南下的旅客吃饱走人，她习惯坐在那里吹吹风。我和佩斯利吃过晚饭，一般去那里集合，各自向我们心爱的女士表达爱意。每一次，我们两个人都光明磊落（形容没有私心，胸怀坦白），委婉守礼，如果一个人先到，先到的那个人就会等另外一个人来，再展开爱情攻势。

“第一天晚上，我比佩斯利早到长椅那儿，当时，杰瑟普夫人就知道我们的安排了。刚刚吃过晚饭，杰瑟普夫人就走出来，穿着浅粉色裙子，冰肌玉骨，我见犹怜（形容女子容貌美丽动人。犹，尚且。怜，爱）。

“我在杰瑟普夫人身旁坐下来，美景在望，美不胜收，我大赞自然界的道德意义。那天晚上堪称典范。在那片天空上，一轮明月高悬，不偏不倚，位置刚刚好，月光照在树叶上，在地上投下影子，符合科学自然规律。灌木丛里，似乎格外热闹，有夜鹰、金莺、长腿大野兔和森林里其他长着翅膀的昆虫。山风阵阵，吹过铁轨边成堆的番茄酱罐子，其声宛若犹太人弹奏着竖琴。

“我感觉到，左半边身子里，有一种强烈的感觉——有点儿像瓦罐里的面团放在炉火边，慢慢发酵(有机物在微生物的作用下分解简单物质。酵，jiào)。原来是杰瑟普夫人往我这边挪(nuó，转移)了挪，我们挨得更近了。”

“‘哦，希克斯先生，’她说，‘一个人孤身在世，在这样一个美丽的夜晚，寂寞之情更重了。’

“我立刻从长椅上站起身来。

“‘夫人，不好意思。’我说。‘可我得等佩斯利来，然后才能公开回应这么意味深长的话语。’

“然后，我向杰瑟普夫人解释了一下，我和佩斯利是多年的朋友，关系很铁(形容关系牢固、牢靠)，同甘共苦，一起旅游，遇事一起商量，我们二人都同意，在感情生活方面，也不占对方的便宜。一遇到感情，容易被情绪左右，关心则乱。杰瑟普夫人十分认真地想了一分钟，接着大笑起来，那笑声在树林里回荡。

“没几分钟，佩斯利也过来了，只见他头上涂了佛手柑油，坐在杰瑟普夫人另一侧，开始讲一个有点儿伤感的冒险故事。故事发生在 1895 年，在圣里塔，连着九个月干旱，他和大扁脸拉姆利比赛剥牛皮，奖品是一个银质马鞍。

“从发起爱情攻势的那一刻起，我就占尽上风，佩斯利·费什毫无还手之力。对于打动女性心中最柔软的部分，我们各自有一套完全不同的想法。佩斯利盘算着，要用无巧不成书来打动心仪的女性，不管那些事到底是他自己亲身经历的，还是从报纸上看来的。我猜啊，他的这个想法来自莎士比亚的一出戏剧，名叫《奥赛罗》。戏里有个黑人，赢得公爵女儿的芳心，靠的就是把赖德·哈格德、卢·多克斯塔德和帕克赫斯特博士说的话混一块儿，再说给高贵的小姐听。但是，这种求爱方式，舞台之下根本不好用。

“现在，说说我自己的秘诀。我有办法迷住一位女士，并让她改姓。要学会拿起女士的手，握住了，她就是你的了。当然没有这么容易。有些男士抓住女士的手，就像要把人家的胳膊弄脱臼(一般指关节脱位)了一样，你都可以闻到山金车(一种治疗跌打损伤与抗淤血的传统草药)的味道了，似乎能听到绷带被扯断的声音。有些男士握着女士的手，活像捡起一块炙热的马蹄铁，拿得远远的，就像药剂师把阿魏胶(一种药材，有理气消肿、活血消疲、祛痰和兴奋神经的功效)往瓶子里倒时那样。大多数男士一把抓住女士的手，把手拉到女士的眼皮子底下，手舞足蹈(形容非常高兴)，就像小男孩在草丛里寻找棒球，根本不给女士机会，好让人家忘记那只手本来连着自己的胳膊。这些人的方法，大错特错。

“让我来告诉你正确的方法吧。公猫坐在栅栏上，有人偷偷溜进后院，捡起石头，想拿石块扔公猫，猫也看着他，你有没有见过这样的情景？那个人会假装手里什么都没拿，假装猫看不见他，假装他也没看见猫。就是这个意思。绝不可以把女士的手拉到她可以注意到的地方。你清楚女士知道你握着她的手，可是，你得若无其事(好像什么事也没有一样，形容漠不关心)，神态自然。这就是我的策略原则。佩斯利一通轻声碎碎念(自顾自地低声嘟囔)，又是天公不作美，又是天降灾祸，他为什么不干脆给人家念一下新泽西州格罗夫(新泽西州的一座滨海小镇，当时人口只有三千左右)车站的周日列车时刻表呢。那时候，这样的小站，火车也会停。

“一天晚上，我比佩斯利早到长椅，也就快了一袋烟的工夫，我把友情暂时搁在脑后，问杰瑟普夫人，是不是觉得‘希’字要比字母J容易写。一秒钟后，她的头立刻压坏了我扣眼里别着的夹竹桃花，我也凑过去，然后——但是，我并没有那样做。

“我站起来说：‘杰瑟普夫人，我们继续之前，还是等等佩斯利吧。我还从来没有做过什么损害我们之间友谊的事情，再说，我这么做，对他也不公

平。'

"'希克斯先生,'杰瑟普夫人说,黑暗中,她的神情有些古怪。'要不是因为某些原因,我会让你哪儿凉快哪儿呆着去,再也不要走进我家的门。'

"'尊敬的女士,你说的是什么原因啊?'我问。

"'你是个极好的朋友,估计当丈夫,应该也错不了。'她说。

"五分钟之后,佩斯利来了,坐到了杰瑟普夫人的另一边。

"'那是 1898 年的夏天,我在银城看到吉姆·巴塞洛缪咬掉了一个华裔男子的一只耳朵,那是在蓝光沙龙里,就为了一件棉质衬衣,然后——什么声音?'佩斯利滔滔不绝。

"我和杰瑟普夫人接着完成刚才中断了的动作。

"我说:'杰瑟普夫人答应要把姓氏改成希克斯。现在这动作只是证实一下而已。'

"佩斯利蜷缩(蜷曲收缩。蜷,quán)起来,抱着长椅,痛苦地呻吟起来。

"他说:'兰姆,我们七年朋友,你亲吻杰瑟普夫人就亲了,就不能声音小点儿吗?换作是我,我肯定小声点儿。'

"我说:'好吧。轻一点儿,也蛮好的。'

"佩斯利接着说:'这个华裔男子啊,在 1897 年春天,枪杀了一个叫马林斯的人,那是啊——'

"佩斯利又自己停了下来。

"他说:'兰姆啊,如果你真是我朋友,你就不会把杰瑟普夫人抱得那么紧。刚才,我觉得这长椅都在颤动。你知道的,你说过,只要有机会,就要给我公平机会。'

"杰瑟普夫人转过身去,说:'你这先生,二十五年后,我和希克斯先生庆祝银婚纪念日,你用你那榆木疙瘩(gē·da)一样的脑袋想想,你会有希望

吗？我忍你很久了，就是看在你是希克斯先生的朋友。不过，在我看来，你该收拾东西，火速离开了。’

“‘我已经升级为未婚夫，’我当仁不让(积极主动，不退让)，说：‘杰瑟普夫人，佩斯利是我的朋友，只要有机会，我就光明正大地给他一个公平的机会。’

“‘机会！’她说，‘嗯，他也许自认有机会，今晚他亲眼看到这一切，我倒希望他不要以为很有把握。’”

“一个月之后，我和杰瑟普夫人在洛斯皮诺斯卫理公会教堂结婚了，全镇人都赶来围观看热闹。

“我们两个人站在教堂圣坛前，牧师正要开始主持婚礼仪式，我四处看了看，没有看见佩斯利。我让牧师暂停仪式，说：‘佩斯利还没有到，我们得等等佩斯利。一天是朋友，一辈子都是朋友——这就是忒勒马科斯·希克斯。’杰瑟普夫人的目光似乎能杀人。但是，依照我的吩咐，牧师还是暂停举行仪式。

“几分钟以后，佩斯利一边三步并作两步，跑到教堂的走廊上，一边把袖口翻边整理好。他解释说，镇上唯一一家纺织品店为参加婚礼而暂停营业，他找不到自己中意的硬胸衬衣，只好弄开这家店的后窗户，自己拿。然后，他就站在了新娘的另一侧，婚礼仪式继续举行。我总是想，佩斯利恐怕一直盘算着，还有最后一丝希望，那就是牧师或许会错把他当成新郎，让杰瑟普夫人与他成婚。

“仪式结束后，我们喝了茶，吃了羚羊肉干和罐装杏肉，接着，宾客各自散去。佩斯利最后一个离开，他握着我的手，说我光明磊落，跟他是一路人，有我这个朋友，他觉得很有面子。

“牧师在街边有一所小房子，用来出租。他让我和希克斯夫人住在那里，等第二天早晨十点四十分的火车开来，我们届时会乘车去厄尔巴索度蜜月。牧师的太太用蜀葵和毒藤把房子装饰一新，看上去真是喜气洋洋，很像凉亭。

“当天晚上十点钟，我在正门口坐下来，脱下靴子，吹着凉爽的微风，希克斯夫人正在房里收拾东西。不一会儿，屋里的灯亮了，光线照到屋外来。我坐在那里，往事一幕幕涌上心头。接着，我听见希克斯夫人喊了一声：‘兰姆，你就快进来了吗？’

“我慢慢起身，说：‘嗯，嗯。我怎么这样啊，我总得等老伙计佩斯利来——’

“忒勒马科斯·希克斯总结道：‘我刚说到这儿，就感觉，有人把我的这只耳朵打掉了，用的还是把点四五口径的手枪。可是，后来我发现，那凶器只不过是希克斯夫人手里的扫帚把儿。’”

忙碌经纪人的浪漫史

皮彻是证券经纪人哈维·马克斯韦尔办公室的机要秘书(指在机关从事机密文电的翻译、处理及保管的秘书),平常脸上毫无表情,只有在一种情形之下,才会出现些许感兴趣和惊讶的神情,那就是老板和年轻的女速记员(用一种简单的符号迅速把话记下来的人)早上九点半走进办公室的时候。马克斯韦尔匆匆说了句"早上好,皮彻",就奔向自己的办公桌,好像他要一跃而起,接着便一头扎进那些等着他处理的信件和电报里。

年轻的女士当马克斯韦尔的速记员有一年了,她面容姣好,绝对不像个速记员。她没有浮华诱人的蓬巴杜夫人〔即蓬巴杜侯爵夫人(1721—1764),法国路易十五的情妇,社交名媛。才色出众,甚至影响了路易十五的统治和法国艺术的发展〕发型,不戴项链,不戴手镯,不戴坠子,绝对不像要接受午餐约会的架势。她身着灰色裙装,朴朴素素,却也适合她的身材,又不卖弄。她头戴纯黑色无边帽,上面有金刚鹦鹉的羽毛,绿色又散发出金色的光芒。这天早晨,她神采飞扬(精神饱满、神清气爽的样子),却又温柔羞涩,眼神明亮,如梦似幻,面若桃花,神情愉悦,似有无限回味。

皮彻仍然有点儿好奇,发现速记员今天早上有些不同。速记员没有直接去相邻的屋子——她的办公桌在那里,她却停留在外间办公室,略有犹豫。有一次,她走到马克斯韦尔的办公桌旁,距离近到仿佛要让他注意到自己的存在。

坐在办公桌旁的那个人是纽约经纪人,现在模样俨然一台机器,靠嗡嗡作响的齿轮和展开的发条运转。

“嗯，怎么了？什么事？”马克斯韦尔焦急地问道。他拆开的信件铺满了整个办公桌，好像舞台上洒落一地的假雪花。他那双灰色的眼睛，目光锐利，不掺杂任何个人感情，匆忙得有些无礼，目光落在女速记员身上，似乎有些不耐烦。

“没事。”速记员回答说，微笑着走开了。

“皮彻先生，”她问机要秘书，“马克斯韦尔先生昨天说要招新的速记员了吗？”

“说了。”皮彻先生回答说，“他叫我再招一个。昨天下午，我已经跟中介说过了，让中介今天早晨送几个样本过来。现在是九点四十五分，戴帽子嚼着菠萝味口香糖的那个人还没有出现。”

“那我像往常一样，接着干活儿。”年轻的女士说，“直到有人来接手。”她立刻走到自己的办公桌，把黑色的无边帽挂起来，就放在往常的位置上。

没见识过纽约经纪人在生意最忙时的盛况，就不能成为一名人类学家。诗人歌颂“光辉人生的充实时刻”。一名经纪人不仅每小时都是充实的，就连每分钟和每秒钟都紧锣密鼓(形容工作紧张、急促)，从里忙到外，仿佛是挤满乘客的车厢，前后台都没有立足之地。

对哈维·马克斯韦尔来说，今天是异常忙碌的一天。自动收报机迅速吐出一条一条的纸带，办公桌上的电话响个不停。人们涌入办公室，隔着栏杆，喊他的名字，有人高高兴兴的，有的人声音穿透力极强，有人满心算计，有人相当兴奋。信差小弟带着信件和电报跑进跑出。办公室里的职员四处乱窜，就像海上起大风暴时忙忙碌碌的水手，就连皮彻的脸上也显现出某种近似于生动的表情。

在证券交易所，又有龙卷风，又有山体滑坡，又有暴风雪，又有冰川，又有火山，所有这些重大天灾都在经纪人的办公室里有所体现，当然比例缩小了而已。马克斯韦尔把椅子往墙边一推，办理日常业务，就像跳足尖舞

(一般泛指芭蕾舞，它的一个重要特征是表演者穿着特制的舞鞋用足尖立地跳舞，因此俗称“足尖舞”) 一样，从自动收报机蹿到电话边，从办公桌蹿到门口，像个小丑一样，训练有素，身手敏捷。

要处理的事情越来越重要，压力变得越来越大，正当此时，这位经纪人突然间意识到有人站在自己面前，只见来人金色卷发高高盘起，帽子上有一大簇天鹅绒和鸵鸟毛装饰，仿海豹皮宽松版大衣，戴着一串珠子，每个珠子都跟山核桃那么大，银质心形坠饰，珠链差不多要碰到地板了。这些配饰的主人是位泰然自若的年轻女士，皮彻正要把她引荐给自己的老板。

“这位女士来自速记员中介，来应征那个岗位。”皮彻说。

马克斯韦尔半转过身体，手上全是文件和股票行情纸条。

“什么岗位？”他皱着眉头问道。

“速记员岗位。”皮彻说，“您昨天让我给中介打电话，让中介今天早上派人过来。”

“皮彻，你疯了啊？”马克斯韦尔说，“我怎么会让你做这事呢？莱斯利小姐从去年开始就在这里工作，我非常满意。这个岗位一直是莱斯利小姐的，除非她另谋高就。女士，我们这里不招人。皮彻，跟中介撤回请求，别再让他们派人过来了。”

戴着银质心形坠饰的女士摇摇曳曳，生气地离开了办公室，一路上摔摔打打，办公室里的家具都遭了秧。皮彻瞅准一个机会，跟会计议论：“老大似乎越来越心不在焉，忘性也一天比一天大。”

业务越来越忙，节奏也越来越快。马克斯韦尔的顾客投资很多的股票有五六种在市场上受到严重打击。买卖股票的订单飞进飞出，敏捷得就像麻雀一样。有几个马克斯韦尔自己持有的股票也遭受损失，他就像一台机器，高速运转，精巧坚固又强劲——全力以赴，火力全开，从不迟疑，用词准确，适时决定，及时下手，像钟表一样精确。股票、债券、贷款、抵押、利润、证券——这里是金融世界,没有给人情和自然留有余地。

午餐时间临近,人声鼎沸的办公室里似乎稍微安静了一些。

马克斯韦尔站在办公桌旁,手里全是电报和备忘录,一支钢笔夹在右耳朵上,头发一绺儿一绺儿,乱乱的,覆在额前。他办公室里窗户开着,春天女神来了,大地复苏,已经有了一丝暖意。

从窗户外飘来一阵若有若无的香味,那么雅致,那么甜美,是丁香花的味道,这让经纪人愣了一会儿。这香味属于莱斯利小姐,正是她的香味,别人没有。

这香味让莱斯利小姐的形象在经纪人面前生动起来,几乎可以触摸到。突然间,金融世界缩小成一颗微尘。她就在旁边那间屋子里,二十步就可以走到。

"天啊,我现在就要行动了。"马克斯韦尔大声说出了自己的想法,"我想现在就问她。我纳闷呢,时间这么长了,自己怎么没早点儿开口?"

他快步跑进里间办公室,气喘吁吁,冲到速记员的办公桌前。

她抬起头,微笑着,看着他,脸上一片粉红,眼神里透着善良和直率。马克斯韦尔一只胳膊放在办公桌上,斜倚着,两只手来回攥着文件,那只钢笔还别在耳朵上。

他赶忙开了腔:"莱斯利小姐,我只有这会儿有时间,得说点儿什么。你愿意当我的妻子吗?我没有时间以普通方式追求你,但是,我真的爱你。快说话,求你了——那些家伙正在抢购太平洋铁路的股票呢。"

"哦,你在说什么呀?"那位年轻的女士问道。她站了起来,专注地看着他,眼睛睁得大大的。

"你没听明白吗?"马克斯韦尔不安地说,"我要你嫁给我。莱斯利小姐,我爱你。我一直想告诉你,所以,稍微有一点儿不忙的时候,我就抓住这一分钟。现在,他们叫我去接电话。皮彻,叫他们等一分钟。莱斯利小姐,你会嫁给我吗？”

速记员的反应十分古怪。起初，她很惊讶，然后，泪水从她满是惊讶的眼睛里流了出来，接着，她又微笑起来，笑容如阳光般灿烂，一只胳膊温柔地揽住了经纪人的脖子。

“我现在知道了。”她柔声说，“这个古老的行业，让你一忙起来什么都忘了。刚开始，我吓呆了。哈维，你不记得了吗？昨天晚上八点钟，我们在街角的小教堂举行过婚礼了。”

华而不实

托尔斯·钱德勒正在走廊的小卧室熨自己的晚礼服，一块烙铁(lào·tie，铁器，底面平滑，上面有一个把手，烧热后可以烫平衣服)还在煤气炉上加热，另一块烙铁被他使劲儿地推来推去，只为熨出来他想要的裤线，待会儿就可以看见那裤线从短马甲的边儿上延展到名牌皮鞋上。我们这位主人公的盥洗室就介绍到这里，余下的就让那些贫穷却又讲究气派，不得不想些权宜之计(暂时适宜、变通的办法)的人去猜测吧。我们再次看到主人公时，他正从公寓里出来，走下台阶，收拾停当，衣着讲究，气定神闲，衣着光鲜——从外表来看，就是一个典型的纽约年轻花花公子，走出家门，略感无聊，准备开始快乐的夜生活。

钱德勒今年二十二岁，在一位建筑师的事务所上班，薪水是每个星期十八块。他认为，建筑是一门真正的艺术。他真心认为但不敢承认，在纽约市，从设计上来讲，福勒大厦(1902年完工，是当时纽约市最高的大楼，也是早期摩天大楼的代表作、钢架建筑的先驱)要逊色于米兰大教堂(14世纪建立的哥特式大教堂)。

钱德勒从每个星期的薪水里拿出一块钱，存起来，每到十个星期，就有一笔余钱积攒起来，他到时光老人的廉价品柜台，从又上年纪又抠门的老板手中买下一个属于绅士的夜晚。他把自己装扮起来，看起来与那些身着盛装的百万富翁和企业界翘楚(原指高出树丛的荆树，后用来比喻杰出的人才)别无二致(没有区别，没有两样)。他把自己带到那一片天地，那里欢声笑语，富丽堂皇，吃的是珍馐(xiū，美味的食物)百味。花十块钱，就可以在几个小时内完美地演绎富裕的有闲阶级(生活休闲，以社交娱乐为主的阶级)。这笔钱足可以支付一顿精心选择的美餐、一瓶看来不错的好酒、合适的小费、一支雪茄、车费，凡此种种。

从七十个沉闷的日子里，拿出一个夜晚，让那夜晚变得美妙，这对钱德勒来说，是莫大的幸福，宛若重生。一位少女初次进入社交界，那盛况仅有一次而已，却会留在少女的甜蜜回忆里，直到白发苍苍。但是，对于钱德勒来说，每过十星期，就会有这样一份喜悦，如此强烈，如此震撼，像头一次经历一样。与那些讲究生活品质的人同坐在棕榈树下，陶醉在室内乐的美妙旋律里，看着那些衣着华丽、经常出入此等场合的人们，也被那样的人端详着——小姑娘的第一支舞和短袖薄纱裙怎么能比得了？

钱德勒沿着百老汇向北走，继续这黄昏时分的时装展示。今天晚上，他看别人，也被别人看；接下来的六十九个晚上，他会穿着粗纺厚呢，将就着吃些东西，在蹩脚（质量不好。蹩，bié）的饭馆里吃些饭，或是在自己的走廊小卧室里，吃个三明治，喝口啤酒。这么做，他心甘情愿，正因为他是这个伟大城市狂欢氛围的真正儿子，对他来说，出一个晚上的风头就足以弥补许多暗淡的日子了。

宽阔的百老汇大街熠熠闪光，透着淡黄，钱德勒放慢了脚步，一直走到百老汇与四十大道的交口。时间尚早，每七十天，才能在上流社会待上一天而已，真想要把这欢乐时光无限延长。人们的眼光落在钱德勒身上，或是眼前一亮，或是态度真诚，或是充满好奇，或是十分崇敬，或是充满挑逗，或是存心引诱。原因在于，钱德勒的衣着和气质表明，他大爱这一快乐与欢愉的时刻。

走到一个街角，钱德勒停了下来，琢磨着要不要原路返回，去那家富丽堂皇的时髦餐馆。在特别奢侈的夜晚，他一般去那里进餐。就在这个时候，一位姑娘路过街拐角，她脚步轻盈，却在一片冰雪上滑了一跤，重重地摔在人行道上。

钱德勒立刻扶着那位姑娘站起来，很有礼貌。姑娘一瘸(qué，行走时身体不稳)一拐地走到大楼的墙边，倚着墙，对他表示感谢，仪态端庄。

“我看，是扭伤了脚踝。”她说，“我摔倒时，扭到了脚踝。”

“你觉得很疼吗？”钱德勒问到。

“只有用劲儿的时候才会疼，我想，一会儿我就能走了。”

“我能再帮你做点儿什么吗？”年轻人提议道：“我可以给你叫辆出租车，或者——”

“谢谢你。”姑娘说，声音很轻，很真诚。“我觉得，不用再麻烦你了。我真是笨手笨脚，鞋跟不巧也算是正常高度，我都不能怪鞋跟了。”

钱德勒看着那位姑娘，发觉自己很快对她产生了兴趣。姑娘长得很漂亮，气质文雅，眼神里充满了欢欣与善良。她的衣着并不华贵，只是朴素的黑裙子，看起来像售货员穿的制服。头发深棕色，有光泽，头戴一顶便宜的黑色草帽，草帽上的装饰只有天鹅绒缎带和一个蝴蝶结。她可以称为那些自食其力的职业女孩的典范。

突然间，这位年轻的建筑师脑海里闪过一个念头，他要请这位姑娘和他共进晚餐。钱德勒有那周期性的享乐计划，虽说相当出彩，却不免孤单，独独缺少一个元素。倘若有一位淑女陪伴，他那短暂的优雅奢侈生活会变得更加有滋有味。这位姑娘是位淑女，这一点，他确信无疑，姑娘的言谈举止说明了一切。尽管她穿着极为朴素，但钱德勒觉得，如果能和这位姑娘共进晚餐，他肯定会很高兴。

这些想法在钱德勒的脑海里很快闪过，他决定提出邀请。当然，这有点儿不讲礼节，但是，面对此类情况，自食其力(凭借自己的劳动养活自己)的姑娘一般会忽略形式上的礼节，她们看男人时，通常眼光精准，比起无用的惯例来，她们更相信自己的判断。钱德勒手里有十块钱，要是精打细算，的确够两个人吃得很好。在这位姑娘乏味单调的生活里，这顿晚餐无疑会成为一段美好的经历。姑娘若是千恩万谢，钱德勒会更有成就感和愉悦感。

他坦率而庄重地说道："我看，你的脚需要更长时间来休息一下。现在，我有个提议，既可以让你的脚好好休息，你也能帮我个忙。你一瘸一拐地从街角走过来时，我正要一个人去吃晚饭。你同我一起去吧，我们舒舒服服地吃顿饭，顺便聊聊天，我觉得，等我们吃完饭，你的脚踝也就好了，你就可以正常走路回家了。"

姑娘抬起头，迅速地看了钱德勒一眼，只见他面容清秀，态度和蔼。她的眼睛里闪过一丝明亮的神采，然后，天真地微笑起来。

"可我们彼此并不认识。这样不太好吧？"姑娘略显迟疑地说。

"没有什么不对的啊。"年轻人直率地说，"请允许我介绍一下自己，我是托尔斯·钱德勒。我会尽可能地让这顿饭吃得很舒心，吃完饭后，我会和你告别，或者护送你平安到家，你喜欢怎样，我都听你的。"

"可是，天啊！"姑娘说着，朝钱德勒那无可挑剔的穿着看了一眼："瞧我身上这件旧衣服，还戴着这样一顶帽子呀！"

"无须介意。"钱德勒高高兴兴地说，"我相信，比起那些身着精致晚礼服的人来说，你穿的这身衣服更漂亮。"

"我的脚踝还疼着。"姑娘尝试着一瘸一拐地走了一步，不得不承认这一点。"钱德勒先生，我想我要接受你的邀请。你可以叫我玛丽安小姐。"

"玛丽安小姐，那我们走吧。"年轻的建筑师高兴地说，同时还不忘礼数。"你不用走很远，下个街区就有一家挺不错的餐馆。你可以扶住我的胳膊，这样，慢点儿走。一个人吃饭太孤单了。你在冰上滑了一跤，我还挺高兴的。"

两个人找到一张位置不错的餐桌，宾主落座，有殷勤的侍者在身边听候吩咐，钱德勒开始体验平常外出所带来的那种真正喜悦。

这家餐馆跟钱德勒一直偏爱的、在百老汇路上再过去一点儿的那家不同,既不那么富丽堂皇,也不那么矫揉造作,不过,这家餐馆也基本上接近百老汇大街的风格。围坐在餐桌旁的食客,看起来有些可笑。餐馆里的乐队不错,演奏出轻柔的音乐,让谈话变得愉悦起来,食物和服务也无可指摘(挑不出什么毛病,没有什么可批评的。指摘,挑出错误并加以批评)。他的同伴虽然戴着便宜的帽子,穿着便宜的衣服,却自有一种气质,再加上面容姣好,身材曼妙,自然显得与众不同。有一点可以确定,姑娘看着钱德勒那生动的表情、自信的风度、闪亮又真诚的蓝眼睛,她美丽的脸上露出的神情近乎崇敬。

接着,曼哈顿的疯狂庸人自夸、吹牛、自负控制了托尔斯·钱德勒。身处百老汇,周围全是浮华世界与时尚风格,还有许多双眼睛看着他。在这样一个喜剧的舞台上,他假设自己要扮演一晚这样的角色:时尚界的名人,有财富,有品位,属于有闲阶级。他穿的衣服符合这个角色,即使守护天使们也不能阻止他扮演那个角色。

于是,钱德勒开始对着玛丽安小姐大谈特谈俱乐部、茶会、高尔夫球、骑马、狗舍、沙龙舞、国外旅行,暗示自己在拉奇蒙特有艘游艇。他可以看出来,姑娘被这一番夸夸其谈(说话浮夸,不切实际)深深打动了。于是,为了加强效果,他又不经意间暗示自己坐拥巨额财富,亲昵地提到几个被无产阶级所敬仰的大人物。这是属于钱德勒的短暂的一天,他要尽己所能,拼命享受这美好的时光。有那么一两次,他看出这个姑娘闪现出的纯真,那光亮穿透他的自我陶醉和身外之物之间的迷雾。

她说:“你说的这种生活方式听起来那么空虚,那么没有意义。世界上就没有什么工作能让你更感兴趣吗?”

他大声说道:“我亲爱的玛丽安小姐,工作!想想看,每天打扮整齐,就为了赴宴,一下午就要打十好几通电话,每个街角都有一名警察注视着你,只要你的汽车开得比驴车快一点儿,他们就会跳上车来,把你带到警察局去。我们这群无所事事的人,却是这片土地上工作最辛苦的人。”

晚餐结束了，钱德勒给了服务员一笔不少的小费。两个人走到街拐角，也就是他们之前相遇的地方。玛丽安小姐现在走起路来已经完全没有问题了。

她坦率地说："谢谢你，今晚过得很愉快。我现在得回家了。钱德勒先生，这顿晚餐，我很喜欢。"

钱德勒跟姑娘握握手，礼貌地微笑着，说自己还要去俱乐部打桥牌(一种扑克牌游戏，一般四人分两组对抗，最后得分多的一方获胜)。姑娘快步朝西面走去，他看了姑娘一眼，然后，自己叫了辆出租车回家，车速很慢。

寒冷的卧室里，钱德勒把晚礼服收起来，接下来的六十九天，晚礼服要闲置了。他若有所思。

他自言自语："那位姑娘很漂亮！我敢打赌，她也不错啊，尽管她还得工作。也许，如果我跟她说实话，而不是扯那些有的没的，我们或许可以——可是，真讨厌！我穿成那样，说话也要上一个档次啊。"

勇敢的年轻人如是说。在曼哈顿这个部落里，真是浮华世界，这个年轻人生于斯，长于斯。

姑娘离开请她吃饭的人后，飞快地穿过闹市区，朝东走过两个广场，直到走到一幢又漂亮又闹中取静的豪宅前。豪宅面朝那条大街，那条大街是财神及其下属神祇(泛指众神。祇，qí)忙忙碌碌的地方。姑娘匆忙走进门去，上楼，走到一个房间，只见一位年轻漂亮的女士身着精致的家居服，正焦急地看着窗外。

"哦，你个冒失鬼！"姑娘走进房门时，房里年纪稍长的姑娘大声说。"你什么时候才能不这么吓唬人呀？两个小时前，你穿着那身破裙子，戴着玛丽的帽子，就跑出去了。妈妈那么惊慌，让路易斯坐车去找你。你这小东西，真是没头没脑。"

年纪稍长的姑娘触碰了一个按钮，稍后，女佣来了。

“玛丽,告诉妈妈,玛丽安小姐回来了。”

“姐姐,别骂我了。我只是跑到西奥太太那儿,告诉她要用淡紫色花边,别用粉色的。我正好需要衣服和玛丽的帽子,我相信,人们以为我就是个售货员。”

“亲爱的,晚饭时间已经过了,你待得太晚了。”

“我知道。我在人行道上滑了一跤,扭伤了脚踝,走不了路,我就一瘸一拐,走到一家餐馆,坐了一会儿,等脚好了才回来。所以,我才耽误这么久。”

两位姑娘坐在临窗的沙发上,向窗外望去,看着大街上灯光闪闪,车水马龙。年纪小一点儿的姑娘把头枕在姐姐的膝上。

她眼神朦胧地说:“总有一天,我们要嫁人,我们两个都是这样。我们这么有钱,不能让大家失望。姐,你想让我告诉你我会爱上什么样的男生吗?”

“说吧,你这小迷糊。”另一位姑娘微笑着说。

“我会爱上这样的男生,他长着一双深蓝色的眼睛,眼神中透着善良,对穷人家的姑娘态度温和,充满敬意,长相英俊,为人很好,从不轻浮。我会爱上这样的男生,可是,前提是他有志向,有目标,在这个世界里有工作。我不会在乎他多么贫穷,我能和他一起奋斗。可是,亲爱的姐姐,我们总会见到那种男生,生活悠闲,整天围着社交界和俱乐部打转,这样的男生,我不会爱,就算他长着一双深蓝色的眼睛,就算他对大街上遇到的穷姑娘也那么和善。”

精确的婚姻学

杰夫·彼得斯说:“我之前跟你说过,我从不相信女人的欺骗手段。就算是从事最简单的小骗局,和女人搭档也绝不可信。”

“女人确实如此。”我说,“我认为,女人这个群体堪称诚实。”

“是的,为什么不呢?”杰夫说,“女人不是把男人耍得团团转,就是让男人累死累活地为了她们忙碌。生意场上,一旦女人感情冲动或者过分注重外表打扮,就完蛋了。这时,你就得需要一个男人来接替她的工作,扁平足,呼吸粗重,沙黄色胡须,有五个孩子,一所楼房,有抵押贷款。现在有这样一位女士,丈夫已经去世,我和安迪·塔克要利用她来帮我们把婚介所开起来,总部就设在开罗。

“如果你的广告费能有马车车轴那么粗的一卷钱,我们婚介所里就有钱了。我们有大约六千块,两个月之内,我们想把它翻一番。我们没领到新泽西州的执照,生意至多能做两个月。”

“我们策划出来了个广告,上面是这么写的:

> 一位寡妇,欲再婚。该女士富有魅力,面容姣好,热爱家庭,三十多岁,私人存款现金三千,在乡下有价值不菲的财产。该女士发现生活在社会下层的人们常常道德高尚,因此应征者对贫富贵贱并无要求。年龄稍大也可以,相貌平庸也可以,只要为人忠诚,有管理财富的才能,懂得投资即可。来信请附上详细的个人信息。
>
> 孤独者

婚介所代理人：彼得斯和塔克，开罗，3日

“‘目前看来，够狡猾。’敲定文字稿件之后，我说，‘现在呢，这位女士在哪里？’

“安迪瞟了我一眼，显得很不耐烦。

“‘杰夫，’他说，‘在你所从事的行当里，不能玩现实主义啊！为什么要有女士呢？那些人在华尔街大卖掺水股时，你还想看见美人鱼吗？我们登的是婚介广告，跟女士有任何系吗？’

“我说：‘现在，安迪，听着。你知道我的规矩，我钻法律漏洞，干违法买卖，可有一条，买卖的东西必须看得见摸得着，能生产出来。照我的规矩，也是仔细研究了城市条例和列车时刻表之后，凡是五块钱和一根雪茄不能解决的问题，我统统绕开。现在，为了设这个局，我们必须要实实在在地弄一个充满魅力的寡妇出来，或者类似的什么也好，不管有没有美貌，不管有没有世袭财产，不管有没有产业，也许是目录里能找到的，也许是文书里的错误，否则，我们将负法律责任。’

“安迪重新梳理思路，说：‘好吧。也许这样稳妥一些，万一邮局或者和平委员会要调查我们的婚介所呢。可是，你去哪儿找这么一位寡妇，人家愿意浪费时间在一个婚姻骗局上，实际上又根本没有结婚这码事。’

“我跟安迪说，我想我认识这么一个人，能担当此任。我有一个老朋友，名叫齐克·特罗特，曾经在帐篷演出团里卖苏打水，也给人拔牙。一年前，他没有喝经常用的药剂，却喝下老医生那里治疗消化不良的药物，使她妻子成了寡妇。以前，我总去他们家做客，我想，我们能请她来跟我们一起做事。

“特罗特夫人住在一个小镇上，离这里只有六十英里。我跳下火车，看见她仍住在那幢小村落里，依然看得到当年的向日葵，公鸡仍然站在搓衣板上。大概除了美貌、年龄和财产，特罗特夫人十分符合我们在广告里描述的样子。但是，她看上去通情达理，也很顺眼，看在齐克的面子上，我才给她这份工作。

"'彼得斯先生，你说的这个事，是正当的生意吗？'我跟她说完我们的要求以后，她这么问道。

"我说：'特罗特夫人，我和安迪·塔克这么算了一下。在这个国家，国土辽阔，有失公正，通过我们的广告，有三千位男士愿意奋力求得你的青睐，当然还有你的大笔金钱和财产。其中，大概有三千人愿意为你做牛做马，前提是赢得你的心，他们懒惰，只认得钱，游手好闲，在生活中是失败者、大骗子，有奶便是娘（谁给好处就投靠谁，比喻见利忘义），他们愿意拿自己那一副臭皮囊来交换。'

"我说：'这群禽兽横行的社会，我和安迪要教训他们一下。我和安迪好不容易才抑制住冲动，没有为我们的公司起名为大德千善婚姻介绍所。您觉得怎么样？'

"她说：'彼得斯先生，我明白了。我本该知道，要是此事不光彩，您也不会往跟前凑。可需要我干什么呢？您提到的那三千个恶棍，需要我把他们挨个扔出去吗？'

"我说：'特罗特夫人，您的任务就是当众人瞩目的焦点，住在一家环境清幽的旅馆里，什么都不需要做。通信和生意方面，我和安迪会处理好的。'

"我说：'当然，保不齐（难免、可能）有几个人，热情如火，鲁莽冲动，拿得起路费，可能亲自跑到开罗来，要向您示爱，以各种方式追求您。那样的话，可能得麻烦您当面把那些追求者赶出去。我们每个星期付给您二十五块，旅馆的费用我们包了。'

"特罗特夫人说：'给我五分钟时间，等我拿好香粉，把大门钥匙留给邻居，然后你们就可以开始给我算钱了。'

"于是，我把特罗特夫人带到开罗，让她在一个家庭旅馆里安顿下来。

那个旅馆距离我和安迪住的地方较远，不至于引人怀疑，但也不算太远，不至于呼应不灵。我把事情跟安迪说了。

“安迪说：‘好。鱼饵看得见摸得着，离我们也近，你的良心终于可以平静下来了。闲话少说，我们得开始抓鱼了。’

“于是，我们开始在报纸上刊登广告，遍布全国各地。我们只登了一次广告，不能登多了，要不我们得雇多少职员，买多少用具，光是嚼口香糖的声音就会引起邮政部长的不安。

“我们以特罗特的名义在特罗特夫人的银行账户上存了两千块，存折托付给特罗特夫人保管，要是有人质疑我们婚介所的资质和信誉，那也算是证据。我了解特罗特夫人，她为人正直，值得信赖，钱存在她名下，也无须担忧。

“登了一则广告而已，我和安迪每天要花十二个小时回信。

“每天大约会收到上百封信。我真没想到，我们国家会有这么多心胸宽广、勤劳肯干的男士，心甘情愿地娶一位充满魅力的寡妇为妻，乐意为投资她的钱而操心。

“这些人大多承认自己胡子拉碴，没有工作，被这个世界所误解。但是，他们都确信，自己满腔爱意，充满男性魅力，那位寡妇能嫁他为妻，实在三生有幸。

“每位申请人都收到了彼得斯塔克婚介所的回信，信上说，该位申请人在来信里直言不讳（直截了当地说出来，没有丝毫顾忌。讳，huì），颇有趣味，给这位寡妇留下了深刻的印象。信里要求申请人继续写信，写得具体点儿，如果方便的话，在来信中附上照片。彼得斯塔克婚介所通知申请人，给他们美丽的客户写第二封信，需要上交两块钱费用，附在信封里即可。

“这样，你看得出来这个局的美妙之处了吧。百分之九十的先生老爷们已不同程度地抬高价格，把钱寄来了。就这么简单。还有一点不好，安迪和我经常抱怨，用刀拆信封，还要把钱拿出来，好麻烦啊。

“有那么几位客户亲自来访，我们让客户去找特罗特夫人，剩下的事，就交给她了；除了三四个人又回来，对我们大打出手，吵着要车费。来自各区的信开始寄到后，安迪和我每天大约能收到两百块钱。

“一天下午，我们最为忙碌。我把一块两块的纸币塞到雪茄盒子里，安迪吹着口哨，哼着《婚礼钟声不会为她敲响》。就在那时，一个人走了进来，他身材矮小，一副老奸巨猾（形容十分奸诈狡猾）的样子，用眼睛打量四周，好像在寻找根兹博罗（英国著名画家）的一两幅名画的踪迹。一眼看上去，我心里油然而生一种自豪感，因为我们的生意合理合法，无懈可击。

“那个人说：‘今天信挺多啊。’

“我伸出手，拿上帽子。

“我说：‘来吧，我们猜到您会来的。我带您去看货。您从华盛顿动身时，泰迪（指美国总统西奥多·罗斯福，泰迪是西奥多的昵称）好吗？’

“我把那个人带到河景酒店，让他和特罗特夫人握了手，然后，我给他看了特罗特夫人的存折，上面有两千块。

“‘看起来，一切正常。’那个来自特勤局的人说。

“‘是的。’我说，‘要不是你已经结婚了，我会让你和那位女士聊一会儿。那两块钱，我们就算了。’

“‘谢了。’他说，‘如果不是结婚了，我也许会的。彼得斯先生，祝您日安。’

“快到三个月时，我们收到五千多块钱，觉得是时候撤了。我们接到不少投诉，再说，特罗特夫人似乎也厌倦了这份工作。许多追求者打电话来，纷纷要求与她见上一面，她似乎不以为意（不放在心上，不重视，不认真对待）。

“于是，我们决定撤出。我要到特罗特夫人住的旅馆，付给她最后一周的薪水，当面告别，拿回那两千块钱的存折。

“我到那儿时，发现特罗特夫人在哭，特别像小孩子不肯上学时的模样。

“我说：‘好了，好了。怎么回事？有人惹你了？还是你想家了？’

“她说：‘彼得斯先生，都不是。我跟您说实话。您一直是齐克的朋友，我不介意说给您听。我恋爱了。我是那么爱一个人，不能跟他在一起，我实在无法忍受。我心里想要的完美男人，他就是。’

“我说：‘那就跟他在一起。如果两个人都这么想，就这么办了。像你说的那样，他对你也这样深情厚意吗？如果得不到你，他也会心里痛苦吗？’

“‘他是啊。’她说，‘他也像其他人一样，看到你们的广告，才来见我。除非我给他两千块钱，不然他不会娶我。他叫威廉·威尔金森。’说完，她又抽抽搭搭起来，因为爱情变得歇斯底里(形容情绪激动，举止失常)。

“我说：‘特罗特夫人，没有人比我更同情女人的感情了。再说，你曾经是我最好朋友的终生伴侣。如果这事我说了算，我就让你拿走这两千块钱了，和你选的人一起快乐地生活。’

“‘我们有钱，可以任性。那些人癞蛤蟆想吃天鹅肉，我们从那些可怜虫手里刮了五千多块。’我说，‘不过，我得跟安迪·塔克商量一下。’

“‘他是个好人，但是，心思全在生意上。从财务方面来说，他和我地位平等。我会找安迪谈的。’我说，‘看看能怎么办。’

“我回到我们二人入住的旅馆，把事情跟安迪和盘托出(比喻毫无保留地全部说出)。

“‘我估计会有这事。’安迪说，‘要是设的局牵扯到女人的感情和个人偏好，你就别指望着女人能一直站在你这边。’

“我说：‘安迪，想想看，一位女士伤心了，而我们就是始作俑者(坏事、坏风气的创始者)，这真令人伤感。’

“安迪说：‘是啊。杰夫，跟你说说我愿意做的事情。你总是心太软，骨子里又那么慷慨，或许我有点儿铁石心肠了，又世故，疑心又重，这一次，我就迁就你一下。你去找特罗特夫人，让她把银行账户里的两千块取出来，把钱交给那个她喜欢的人，她高兴就好。’

“我高兴地跳了起来，握着安迪的手，晃了足有五分钟。接着，我回到特罗特夫人的住处，告诉她我们商量的结果，她悲喜交加，大哭起来。

“两天后，安迪和我收拾东西，准备走人。

“‘我们走之前，你不下去跟特罗特夫人见个面吗？’我问道，‘她非常想认识你，当面对你表示感激和谢意。’

“安迪说：‘啊，不要了吧。我们还是快点儿吧，还得赶火车呢。’

“跟往常一样，我用带子把钱捆在身上。这时，安迪从口袋里掏出一卷大额纸币，让我将它们和别的钱放在一起。

“‘这是什么钱？’我问。

“‘特罗特夫人那两千块。’安迪说。

“‘怎么在你手里？’我问。

“‘她给我的。’安迪说，‘一个月以来，我每个星期有三个晚上会去见她。’

“‘这么说，你就是威廉・威尔金森了？’我问。

“‘过去是。’安迪说。”

虎口拔牙

一谈到职业道德，杰夫·彼得斯就打开了话匣子。

他说："我和安迪·塔克只有在聊到挣不义之财（以不正当手段获得的钱财）的道德层面时，才会产生意见分歧，友情出现间隙。安迪有他的准则，我有我的准则。我并不完全同意安迪骗取百姓钱财的办法；他却认为，我这是用自己的良知过多地干涉公司的财政利益。有时候，我们激烈地争论，一来二去，安迪会说，我让他想到了洛克菲勒（美国石油大王，因为进行非法的经济活动常被控告，受到法院传讯；但他通过行贿，又多次逃脱制裁）。

"我说：'安迪，我懂你的意思，可是，我们做朋友这么长时间了，我不会为你这些嘲讽的话生你的气，好笑的是，等你冷静下来，你会后悔的。再说，我还没接到过法院的传票。'

"一年夏天，我和安迪决定休息一段时间，去了一座美丽的小镇，就在肯塔基州的山里，那座小镇名叫草谷镇。我们说自己是马贩子，也是守法的好公民，去那里只为夏天度假。我们在镇上的那段时间，草谷镇上的人们很喜欢我们两个，我和安迪决定不采取任何敌对行动，不在那儿散发香蕉种植园企划书，也不贩卖巴西的钻石。

"有一天，草谷镇上最有名的五金商来到我和安迪住的旅店，和我们俩一起在侧廊上抽烟，闲聊几句。我们一起在法院大院里玩过套环游戏，所以，挺熟的。他这个人，大嗓门，脸红红的，也不知道为什么，呼吸声很重，长得那么胖，大家都很尊重他。

"当今世上的各种臭名昭著的骗局，我们通通聊了一遍，然后，这位莫奇森——就是他的姓氏——从外套口袋里掏出来一封信，那神态，似乎很小心，似乎又不那么上心。他让我们看看那封信。

"'好啦，这封信，你们怎么看？'他大笑着说，'这样一封信，居然寄给我！'

"我和安迪扫了一眼，信的大意就知道了，我们还是装作在读信的样子。就是一封卖纸币的信，十分老套，打印出来的，信上说，如何可以花一千块现金买到价值五千块钱的纸币，那纸币，专家都看不出来是假的。信上还说，印钞票用的模板是华盛顿财政部里的一个员工偷出来的。

"'想想看，这样一封信，那些人居然寄给我！'莫奇森又说了一遍。

"'很多好人也收到过啊。'安迪说，'你要是不回复第一封信，那些人就不会再烦你了。你要是回复了，那些人又会寄来信，让你带着钱去和他们谈生意。'

"'可是，想想看，这样一封信，那些人居然寄给我！'莫奇森说。

"几天后，莫奇森又来找我们了。

"他说：'伙计们，我知道你们人不错，要不，也不会跟你们说心里话。我给那些混蛋回信了，只为了好玩。那些人回信了，让我去芝加哥，还让我出发时给杰·史密斯发电报。等我到了芝加哥，就去某条大街的拐角处等着，一位穿着灰色套装的先生会走过来，不小心在我面前掉了报纸。那时，我就问他，油水怎么样，他就知道我是他要找的人，我就知道他是我要找的人。'

"'啊，对。'安迪打了个呵欠，说：'这是老把戏了，在报纸上经常看到。接着，那人就会把你带到旅店里，偷偷地宰你一刀，当然，那位琼斯先生已经在那里等着了。他们拿出崭新的钞票，按照五比一的价格卖给你，你要多少，人家就卖给你多少。你亲眼看着他们把钞票装进一个包里，以为钱就在那儿了。当然，等你事后想起来看看时，不过是些牛皮纸。'

"'哦，在本大爷面前，想掉包，他们可玩不转。'莫奇森说，'要是本大

爷不精明，怎么有本事在草谷镇一手打造最赚钱的买卖呢？塔克先生，你说，他们给别人看的是真钞票？'

"'我一直都——我在报纸上看到，是这么回事。'安迪说。

"莫奇森说：'伙计们，我脑袋里清楚得很，他们那帮人骗不了我。我打算，带上两千块钱，放在衣服里，去一趟，忽悠他们一下。只要他们敢拿出钞票来，只要敢让我比尔·莫奇森看到，我就一直盯着不放。说好了是五比一，讲好的事，他们别想反悔。比尔·莫奇森就是这样的人。我真打算去一趟芝加哥，试试杰·史密斯那五比一的买卖。我看，油水是不错啊。'

"安迪和我竭尽全力，想要莫奇森忘记这个大发横财的计划，但没能成功，这好像要劝一个见什么赌什么的人别去跟别人打赌布莱恩的选举结果一样。不，先生。他就是要算计那些卖钞票的骗子，还要在他们自己的骗局里算计他们，这也算是替天行道(代上天主持公道)。也许，这么一来，也能教训那些人一顿。

"莫奇森走了之后，安迪和我坐了一会儿，默默地冥想，思考着理性的异端邪说。在闲暇的时候，我们总能用推论和思维活动来提升自我。

"'杰夫，'过了一会儿，安迪说：'你大谈自己做生意如何讲良心时，我经常跟你抬杠，也许，我也有错的时候。但是，这一次，我看我们能达成一致。我觉得，要是让莫奇森先生一个人去见芝加哥那些假钞贩子，就不对了。了结这事，只有一个办法。要是我们能想个法子，干预一下，免得坏事发生，你不觉得这样我们两个人心里都会舒坦些吗？'

"我站起身来，用力握住安迪·塔克的手，握了很长时间。

"'安迪，'我说，'生意场上，你毫不留情，我也许有些不以为意，可是，现在我收回以前对你的成见(对某人所抱有的固定不变的看法，多所指不好的)。别看你外表如此，其实，你骨子里很善良，这给你加分不少。你刚才说的，就是我心中所想的。要是我们让莫奇森那样做，那真不是什么光彩和值得称道的事情。要是莫奇森执意要去，那么，我们就跟着他一起去，不让这个骗局得逞。

“安迪同意我的主意。安迪这么想搅了这个假钞骗局，我很欣慰。

“‘我不是什么虔诚的宗教徒，’我说，‘也不是什么狂热的道德卫道士，可是，看到一个人靠自己的努力和智慧建立起来的产业，可能要被一个危害社会的骗子欺诈时，我绝不能袖手旁观(比喻不帮助别人，置身事外)。’

“‘说得对，杰夫。’安迪说，‘要是莫奇森非要去，我们就紧跟着他，阻止这件破事儿。和你一样，我也不想看到钱就这么打水漂儿(比喻投入了资金却没有收益)了。’

“于是，我们去见莫奇森。

“‘不，伙计们。’他说，‘我实在不能把芝加哥那个祸害人的歌声(原文中的 Siren 在希腊神话中是半人半鸟的海妖，常用美妙的歌声蛊惑过往的水手，使得航船触礁沉没，水手则成为 Siren 的腹中餐)当作耳旁风，总得让他们出点儿血，总得敲点儿骨髓出来。你们要是能跟我一起去，我真要美上天了。五比一兑换时，你们可以帮上忙。你们两个伙计愿意一起去，这回，就成了消遣逗乐啦。’

“莫奇森在草谷镇上放出话来，说要外出几天，跟彼得斯先生和塔克先生一起去勘察西弗吉尼亚的铁矿。他给杰·史密斯先生发电报，说要按照约定日期到达指定地点。于是，我们一行三人动身去了芝加哥。

“路上，莫奇森各种揣测，自己很乐呵，提前制造了许多回忆。

“‘等一个穿着灰色西装的人，’他说，‘就在沃巴什大道和莱克街的西南角。来人会把报纸掉在地上，我就问他油水怎么样。哦，我的天！’接着，他笑得前仰后合(形容大笑时身体前后晃动)，足有五分钟。

“有时候，莫奇森一脸严肃，试图说服自己放弃脑子里那些想法，别人却不知道他脑子里到底想什么。

“‘伙计们，’他说，‘就算给我一万块，我也不会拿这事在草谷镇上说，那我就毁了。可是，我知道你们没问题。这些骗子专门盯着老百姓的钱，图谋不轨(暗中谋划、计划,多含贬义,指不好的事情)。我看,教训教训他们是每个公民的责任。我倒要让他们看看,油水到底好不好。五比一兑换,这是杰·史密斯提出来的,跟比尔·莫奇森做买卖,他就得说话算话。'

"大约晚上七点,我们到达芝加哥,莫奇森跟穿灰色西装的人约好九点碰面。我们在酒店里吃了晚饭,接着上楼去莫奇森的房间里等着。

"'伙计们,'莫奇森说,'让我们合计(hé · ji,盘算,商量)合计,想出一个计划,打败敌人。比方说,我和那个穿灰色西装的骗子正在寒暄,你们两位碰巧走过来,大喊:'莫奇森!'又惊讶又亲昵地跟我握手。接着,我把骗子拉到一边,告诉他,你们是草谷镇杂货铺老板詹金斯和布朗,都是好人,兴许愿意在外乡尝试冒险。'

"'当然喽,他会说,要是我们两个也愿意投资,带着一起来好啦。然后问我们两位觉得这个主意怎么样。'

"安迪看着我,说:'杰夫,你觉得怎么样?'

"'哎呀,我来告诉你我觉得怎么样。'我说,'就在这儿了结这事吧,别再浪费时间了。'我从口袋里掏出一支镀镍的三八口径手枪,把弹夹转了几圈。

"我对莫奇森说:'你这不老实、阴险造孽的贪心鬼,把那两千块钱拿出来,放桌子上。马上照办,不然,我就对你不客气了。我这个人,一般情况下,脾气很好,可是,也时不时地走极端。'他把钱放在桌子上,我接着说:'有你这种人,法院和监狱才有事干。你跑到这儿来,打算抢别人的钱。'那些人是想剥你一层皮,你这就有借口了吗?不是,先生。你这是以暴制暴。'我说,'你比那些卖假钞的骗子坏十倍。在家乡,你去教堂,假装是个体面的公民,可是,你跑到芝加哥来,想来敲诈别人的钱,那些骗子也不容易啊,和你这样的卑鄙小人打交道,才发展到今天有生意有钱赚,其实,你今天跟骗子也没有两样。'我说,'你怎么会知道,卖假钞的骗子也要靠巧取豪夺来养活一大家子人？你这样假装体面的公民，才会总瞎琢磨，想着空手套白狼（多用于贬义，比喻不付出任何投资而到处行骗获得收益的手段），这才让这个国家里的彩票业、空头矿山、股票交易和投机倒把大行其道。要不是有你在，这些行业早就关门大吉了。’我说，‘你想抢劫那些卖假钞的骗子，人家也许花了许多年，才把这个行当弄得门儿清。骗子每走一步也要承担风险，可能丧失钱财，可能丢命。你跑到这儿来，貌似师出有名，体面高尚，邮寄地址也惹人喜爱，前来骗钱。要是人家弄走你的钱，你就向警察哭诉；要是你弄走人家的钱，穿灰色西装那家伙只能一声不吭，把衣服当了，换饭吃。’我说，‘塔克先生和我看透你了，才跟着一起来，看你怎样罪有应得（干了坏事或犯了罪得到应有的惩罚）。把钱拿过来，你个吃草的伪君子。’

“都是二十一张的纸币，我把那两千块钱放进衣服口袋里了。

“‘现在把手表摘了。’我对莫奇森说，‘不，我不要这块表。把表放在桌子上，你坐那把椅子上，这表走了一个小时，你才能离开。要是敢出声，或是提早离开，我们就把你这点儿破事在镇上到处张扬。你在镇上地位那么高，名声怎么也值两千块吧。’

“接着，安迪和我离开了。

“火车上，安迪好长时间不说一句话。然后，他说：‘杰夫，你介意我问你个问题吗？’

“‘问两个也不要紧，’我说，‘问四十个也没问题。’

“‘咱们俩和莫奇森出发时，’他说，‘你是不是就有了这个念头？’

“‘那必须的。’我说，‘还有别的念头吗？你不是也这么想吗？’

“过了差不多半个小时，安迪才又说话。我觉得，安迪有时候并不完全明白我的伦理体系和道德是非观念。

“‘杰夫，’他说，‘等你有空的时候，希望你把你的良心画成一张图，做上注解，我想时不时地拿来参考一下。’”

公主与美洲狮

理所当然，故事里一定会有国王和王后。国王是一位令人恐怖的老人家，随身携带六响手枪，靴子上安着马刺，嚷嚷（rāng · rang，喧哗，吵闹）起来嗓门特大，连草原上的响尾蛇也会吓得钻回霸王树下的洞穴里。在王族建立之前，人们管这位老人家叫“耳语本”。当老人家拥有五万英亩土地，牛群多得数不清时，人们管老人家叫“牛国王”奥康纳了。

王后是墨西哥姑娘，来自拉雷多（位于美国德克萨斯州南端的城市，与墨西哥隔河相望），生性善良温柔，是典型的科罗拉多为人妻者，甚至成功地教会本如何在家压低嗓门，以免盘子纷纷掉下摔碎。当本的生意越做越大时，她就坐在多刺牧场的回廊上，编织草席。当财富滚滚而来，势不可当，连软垫椅子和大圆桌都要从圣安东尼用马车运来，她低下头，纵然黑发顺滑，也要接受与希腊神话中达纳埃（希腊神话中阿尔戈斯王阿克里西俄斯的女儿，被幽禁在高塔内）相似的命运。

为了避免大逆不道，你首先要觐见（朝见君主。觐，jìn）国王和王后。在这个故事里，国王和王后并不出场；其实，这个故事也可以叫作“公主、遐想和坏狮子的编年史（按照事情发生或写作的年月日顺序进行编排的史书）”。

何塞法 · 奥康纳是仅存的女儿，也就是故事里的公主。她从母亲那边遗传了古道热肠和亚热带微黑的美；从国王本 · 奥康纳那边遗传了刚毅的性格、丰富的常识和统治才能。公主集父母长处于一身，值得大老远跑去一观。番茄铁皮罐系在绳子上，摇摇晃晃，何塞法纵马驰骋，举枪射击，六发五中。她养了一只小白猫，跟小白猫一玩儿就是几个小时，给小白猫穿上各种搞笑的衣服。一千五百四十五头两岁的小牛，每头八块五，她不用动笔，仅凭心算，就能告诉你一共可以卖多少钱。粗算起来，多刺牧场长四十英里(英美制长度单位，1 英里≈1.61 千米)，宽三十英里，大部分土地都是租用的。何塞法骑在马上，查看牧场上每个角落。牧场上，每个牧童都认识何塞法，都是其衷心臣子。瑞普利·吉文斯是多刺牧场上的一个工头，有一天见到了何塞法，就下定决心要与王室联姻。算是放肆吗？不算。那时候，纽西斯地区的男人都是真汉子。再说，牛国王这个头衔并不代表有皇室血统，这头衔很多时候只能说明拥有这头衔的人在偷牛这门手艺上颇有建树(建立的功绩)。

有一天，瑞普利·吉文斯骑马来到双榆牧场，打听一批走失小牛的事。往回走时，动身晚了，等他到了纽西斯的白马渡口时，太阳已经落山了。从那儿到他的营地有十六英里，到多刺牧场也有十二英里。吉文斯累了，决定在渡口过夜。

河床上有个不错的小池塘，两岸长满了茂密的大树和灌木。距小池塘五十码(英美制长度单位，1 码≈0.914 米)，有一片卷曲的牧豆草地，马的晚餐有了，他的床也有了。吉文斯拴好马，展开鞍毯，晾晾干，自己则坐下来，背靠着一棵树，卷了一支烟。突然，从河边的密林里传来一声怒吼，令人心惊胆战。拴着的马跳了起来，喷出鼻息，明显害怕了。吉文斯吐了个烟圈，不慌不忙地把手伸向放在草地上的枪套，认真地转了转弹夹。一条雀鳝(大型鱼类的统称，是生性凶猛的淡水鱼之一，带剧毒，食肉性)扑通一声扎进小水塘；一只棕色的兔子绕过猫爪草，坐在那儿，胡须动来动去，瞅着吉文斯，表情很好笑；马继续吃草。

日落时分，当墨西哥狮子在干涸的河道旁唱起高音时，一定要小心了。高唱的主题，也许是悲叹小牛犊(dú)和肥美的羊羔太过稀少，食肉本性的它很想来与你结识一下。

草地上有一个空水果罐头,以前的路人扔的。吉文斯看到水果罐头,满足地哼了一声。他那件外套绑在马鞍后面,外套口袋里有一两把咖啡粉。黑咖啡配上香烟！快乐的牧羊人,夫复何求?

不到两分钟,吉文斯生起一堆篝(gōu)火,火苗闪亮。他拿着自己的罐子,朝小水塘走去。离小水塘不到十五码,左边不远处,在灌木丛的掩映下,有一匹马,上面的马鞍是女式的。何塞法·奥康纳趴在水坑边喝了水,站了起来,正在擦去掌心的泥沙。这位公主右边,十码开外,荆棘丛半遮半掩,吉文斯看到一只墨西哥狮子蹲在那里。狮子有琥珀色的眼睛,怒目而视,透着饥饿的神情;六英尺开外,能看到狮子的尾巴尖儿,高高擎(qíng,往上托举)起,像猎狗一样。狮子动了动后腿,那是猫科动物起跳前的准备动作。

六响手枪还在三十五码开外的草地上。吉文斯拼尽全力,大喊一声,冲到狮子和公主中间。

这件事,吉文斯事后称之为"骚动",十分短暂,又有些让人迷惑不解。他冲到战线上,看到半空中掠过一个模糊的影子,听到几声枪响。接着,一百磅重的墨西哥狮子扑面而来,撞倒他,扑通一声,将其重重地压倒在地。他记得自己喊出声来:"让我起来——这么打,不公平！"接着,他像只虫子似的从狮子身下爬出来,嘴里全是草和泥土,后脑勺撞在水榆树根上,起了个大包。狮子躺在地上,一动不动。吉文斯深觉不满,怀疑狮子使诈,对着狮子晃动拳头,大喊道:"再让我打你二十回合——"接着,他立刻明白过来。

何塞法站在原来的地方,不声不响地给她那把点三八镶银把的手枪重新装上子弹。那一枪并没有那么难打。比起系在绳子上摇摇晃晃的番茄罐,狮子脑袋大,更容易打。在她唇边、在她的黑色眼睛里,有一丝笑意,充满挑衅、嘲弄和疯狂。那位骑士本意在救美,现在觉得失败的火焰一直灼烧着自己的灵魂。这本来是他的机会,他梦寐以求的机会;嘲弄之神摩摩斯降临，而爱神丘比特毫无踪影。毫无疑问，林中的精灵们正捂着肚子默默地狂笑。这类似滑稽戏，吉文斯和填充玩具狮子一起上演了一出令人绝倒的好戏。

“吉文斯先生，是你吗？”何塞法说，她声调徐缓，嗓音甜美：“你大喊一声，差点儿害得我脱靶。摔倒时，你伤到头了吗？”

“哦，没有。”吉文斯平静地说，“不疼。”他神情尴尬，弯下腰，从狮子身下抽出来那顶最好的思特森帽子。帽子已经被压皱了，颇具喜剧效果。接着，他跪下来，轻轻抚摸那只狮子的头。那只勇猛的狮子已经死去，还张着大嘴。

“可怜的老比尔！”他说，其声也哀。

“怎么回事？”何塞法敏锐地问道。

“何塞法小姐，您当然不知道。”吉文斯说，露出一种豁达战胜悲痛的神情：“没有人会怪你。我要救它来着，可是，我没能让你及时知道。”

“救谁？”

“比尔啊。今天我一直在找比尔。你看啊，两年来，比尔一直是我们营地的宠物。可怜的老家伙，连只白尾灰兔都不会伤害。要是我的伙伴们听到这个消息，他们肯定要伤心死了。当然了，你也看不出来，比尔只是想跟你玩儿。”

何塞法用她那双黑眼睛炯炯有神地盯着吉文斯，瑞普利·吉文斯成功挺过了这一关。他站在那里，沉思着，把黄褐色的卷发弄乱了。他眼神里充满懊恼，也不无一丝温柔的责怪。他面目表情自然，毫无疑问，看上去很伤心。何塞法的立场动摇了。

“你的宠物跑这儿来干吗？”她问道，想再坚持一下。“白马渡口附近并没有营地。”

“这个老家伙昨天从营地偷跑出来，”吉文斯信心十足地回答，“土狼没有把比尔吓坏，真是奇迹。你看啊，我们营地里管坐骑的人叫吉姆·韦伯斯特，上个月，他把一头小猎犬带到营地。于是，比尔的日子变得悲惨起来——小猎犬追着比尔到处跑，一连几个小时盯着比尔后身，咬它的后腿。每天晚上睡觉的时候，比尔都偷偷溜进营地兄弟的毯子里，在那儿睡上一觉，免得小猎犬发现。我看，比尔肯定是忧虑过度，几乎绝望，要不，他才不会偷跑呢。看不见营地，比尔总是很害怕。”

何塞法看了看那只猛兽的尸体。吉文斯轻轻拍着狮子的一只爪子，那爪子巨大无比，一爪子下去，可以轻易杀死一头小牛。女孩儿深橄榄色的脸上慢慢地漾起一阵红晕。这是不是真正的猎手打到了不该打的猎物时羞愧的表情呢？姑娘的眼神变得柔和起来，眼睑垂下来，已经看不到明显的揶揄（yéyú，讥讽，嘲笑）神情了。

“对不起。”她低声下气地说，“可是，比尔看上去那么大个儿，跳起来那么高——”

“可怜的老比尔真饿了。”吉文斯打断了姑娘的话茬儿，迅速为死者辩护。“在营地里，我们给比尔喂吃的，总让比尔跳起来。为了一块儿肉，比尔会躺在地上打滚儿。比尔看见你的时候，以为你能给它点儿吃的……”

突然间，何塞法的眼睛睁得大大的。

“可能会打着你啊！”她惊叹一声，“你跑到中间来了。你冒着生命危险，就是为了救你的宠物！吉文斯先生，这挺好，我喜欢善待动物的人。”

是啊，现在姑娘的眼神里甚至有了一种崇敬。毕竟，剧情急转直下（情节等突然转变，并顺势很快地发展下去）之时，一位英雄在废墟上冉冉升起。吉文斯脸上的神情足可以让他在防止虐待动物协会谋个高级职位。

“我一直都爱动物。”他说，“马、狗、墨西哥狮子、牛、短吻鳄鱼——”

“我讨厌短吻鳄鱼。”何塞法立刻反驳道，“爬来爬去，浑身是泥！”

“我说短吻鳄鱼了吗？”吉文斯说，“我是说羚羊，这是自然。”

何塞法良心大发现，要进一步补偿。她伸出手，充满悔意。她眼睛里，泪光闪闪，只是没有掉下眼泪。

“吉文斯先生，请您原谅我，好吗？你知道，我只是一个女孩儿，一开始我吓着了。打死比尔，我感到非常抱歉。您不知道，我觉得多么羞愧。早知道，我才不会这么做呢。”

吉文斯握住姑娘伸过来的手，握了一会儿，让自己的慷慨天性战胜失去比尔的伤感，最终，很明显，他原谅了姑娘。

“何塞法小姐，以后，这件事就别再提了。比尔的样子的确能吓坏任何一位年轻的姑娘。我会跟伙伴们好好解释的。”

“您真的不会恨我吗？”何塞法走近吉文斯，神情激动。姑娘的眼神很甜蜜——哦，又甜蜜，又恳求，又优雅，又有悔意。“谁要是杀了我的小猫，我绝对会恨死他。你真勇敢，真善良。你冒着被子弹打中的危险，去救自己的宠物！有几个人会这么做呢？”转败为胜！滑稽戏变成了正剧！瑞普利·吉文斯，好样儿的！

暮色降临，当然，不能让何塞法小姐一个人骑马回到牧场。尽管那匹马露出特别不乐意的神情，吉文斯重新给自己的马套上马鞍，和姑娘一起骑马。公主和善待动物的男子并排骑着马，飞奔在一马平川的草地上。草原丰饶的泥土气息和淡淡花香弥漫在他们两个人周围。土狼在远山上嚎叫！不怕。可是——

何塞法骑着马，又靠近一些。一只小手似乎在寻找什么，吉文斯抓住了姑娘的小手。两匹马的脚步配合得很好。两只手握住不放，其中一只手的主人说道：

“我以前从没害怕过，可是，想想看！遇到一只真正的野生狮子，那该多么可怕啊！可怜的比尔！你送我回来，我很高兴！”

奥康纳坐在牧场房屋的回廊上。

“瑞普，你好！”他大喊一声，“是你吗？”

“是他送我回来的。”何塞法说，“我迷路了，路上耽误了。”

“非常感谢。”牛国王说道，“瑞普，进来待着吧，明早再回营地。”

但是，吉文斯不同意，坚持要回营地。明天天一亮，一批阉牛要装车。他跟主人道别，骑马走了。

一个小时后，灯灭了，何塞法穿着睡衣，来到自己卧房门口，隔着砖铺的走廊，叫在另一间卧房里的国王：

“爸，你说，那只墨西哥狮子，人称‘缺耳魔鬼’，杀死了马丁先生的牧羊人冈萨雷斯，在穆拉达牧场咬死了大约五十头小牛，你知道吧？嗯，今天下午，就在白马渡口，我结束了那狮子的性命。狮子跳到半空时，我把两颗点三八子弹打进狮子的脑袋。狮子的左耳朵被老冈萨雷斯用大砍刀削掉一块，所以我一看就知道是那只狮子。爸爸，你自己也未必比我打得更准吧。”

“你真行！”“耳语本”声如惊雷，从王族寝宫的黑暗中传来。

索利托牧场的卫生学

你若是对拳击界大事记了如指掌(形容对情况非常清楚,就像指着自己的手掌给别人看一样),肯定会记起发生在90年代初的一件事。事情发生在一条国境河流的另一端,一位卫冕(指比赛中保住上次获得的冠军称号)冠军和一位挑战者对峙了一分钟零几秒。此次交锋实在短暂,根本未能体现拳击这项运动的精髓所在。记者们竭尽所能,但是,实在乏善可陈(没有什么好的地方值得称道),情节就那么一点点。卫冕冠军打倒对手,不费吹灰之力,回过头来,说道:"我知道,那一拳够他受的。"然后,卫冕冠军伸出胳膊,像船桅似的,让助手把手套取下。

于是乎,赛后第二天清晨,一列满载先生们的火车从圣安东尼奥普尔门出发。这些先生们身穿时髦坎肩,打着漂亮领结,大为扫兴。于是乎,"蟋蟀"麦圭尔踉踉跄跄地从车厢里出来,坐在月台上,发出一阵剧烈的干咳,这动静,圣安东尼奥人民太熟悉了。就在这个时候,黎明时分的光线时明时暗,柯蒂斯·雷德勒路过,他是纽西斯的牧场主,身高六尺二寸(约合1.88米)。

这位牧场主这么早动身,是为了赶南下的火车回自己的牧场去。他在这个情绪低落的拳击迷身边停下,拖长口音,善意地问道:"哥们儿,病得挺厉害的?"

"蟋蟀"麦圭尔抬起头来,似乎要暴脾气,认为"哥们儿"这个词带有诋毁(污蔑,毁谤)意味。他以前是次轻量级拳击手、马赛预测人、骑手、赛马场的常客、全能的赌徒和各种骗局的行家。

"走你的路吧。"他声音嘶哑,"电线杆,我又没叫你。"

又一阵剧烈的咳嗽席卷全身，他无力地靠在行李箱上。雷德勒耐心地等着，一边四处瞧，只见月台上人头攒动，人们戴着白色礼帽，穿着短外套，抽着大支雪茄。“哥们儿，你从北方来，对不对？”当对方稍微平复下来，他问道：“来这儿看拳击赛？”

“拳击赛！”麦圭尔一下子火儿了，“简直就是小孩儿玩的抢壁角游戏！也就像打了一针。那货挨了一拳，跟被打了麻醉剂似的，直接呼呼大睡，住的地方都不用标地址了。出拳！”他喋喋不休，又咳嗽了，不像是跟牧场主说话，倒是像说出心中的不满，以求轻松。“这件事，本来是板上钉钉。换作股票大王拉塞·塞奇，也会抓住这个机会。我押注，赌那个从科克来的小子撑不到三个回合。把所有钱都赌上了。我本来打算买下三十七号街上吉米·德莱尼那家通宵咖啡馆，似乎已经可以闻到木屑的味道了。接着——这么说吧，电线杆，一个人把全部身家都押上，真是傻气透了！”

“说得太对了。”大个子牧场主说，“特别是你输了钱的时候。哥们儿，站起来，找家旅馆住下吧。你咳嗽得很厉害。病了很久了吗？”

“肺的问题。”麦圭尔明白他的意思，“我得了这个病。大夫说我能活六个月——注意点儿，大概能活一年。我想安顿下来，好好照顾自己的身体。这也许就是我把宝押在五赔一上的原因。我存了一千块钱。要是赢了，我就买下吉米·德莱尼那家咖啡馆。谁能想到，那货第一个回合就倒下了——你说呢？”

“时运不济啊。”雷德勒一边说，一边看着麦圭尔，只见这位仁兄身材消瘦，靠着行李箱，浑身无力。“可是，你可以去找家旅馆，休息一下。那边就是门杰马弗里克旅馆，还有——”

“还有第五大道旅馆，还有沃尔多夫·阿斯托利亚旅馆。”麦圭尔学着雷德勒的口吻说，“都跟你说过了，我破产了，现在是乞丐一个，兜里只剩下一毛钱了。也许去欧洲旅行，也许乘着私人游艇出海，对身体有好处——

来份报纸！”

他把那一毛钱扔给了报童，买了份《快报》，靠着行李箱，直起后背，立刻专注地读起来。报纸上登的正是他的滑铁卢战役般的惨痛经历，报界精英才华横溢，真是妙笔生花(形容文笔好，善于写作)。

柯蒂斯·雷德勒仔细瞧了瞧自己那块硕大的金表，然后，把手放在麦圭尔的肩膀上。

“哥们儿，来吧。”他说，“赶上火车，我们只有三分钟。”

麦圭尔天生喜欢嘲讽别人。

“你没见我用筹码换现金，也没见我时来运转，一分钟前，我跟你说了，我破产了，对不对？朋友，你自己去赶车吧。”

“到我的牧场去。”牧场主说，“就在那儿待着，直到你身体恢复。六个月时间，保证你换了一个人。”他用一只手扶起麦圭尔，几乎是半拽着麦圭尔，往火车方向走去。

“钱怎么算？”麦圭尔一边说，一边无力地挣扎着，想挣脱牧场主的手。

“什么钱？”雷德勒糊涂了，问道。两个人大眼瞪小眼，不明白对方在讲什么，就像两个斜齿轮，角度是对的，却围绕着不同的轴心旋转。

南下火车的乘客们看到他们两个人坐在一起，纷纷猜测这两个风格迥异的人是怎么凑到一起的。麦圭尔身高五尺一寸(约合 1.53 米)，脸部特征既不像横滨人，也不像都柏林人。他眼睛又圆又亮，颧(quán)骨高，下巴很骨感，满脸伤疤，饱经风霜，伤了，又缝起来，不屈不挠，像大黄蜂一样勇猛，他这种人，看上去既不眼生，也不无熟悉感。而雷德勒是另外一方水土养育起来的人。他身高六尺二寸，宽肩膀，心地纯良，甚于清澈的小溪，是西部与南部结合的典型。能正确描绘他这类人的肖像少之又少，因为画廊太小，电影院在德克萨斯还闻所未闻。毕竟，要给雷德勒这类人画肖像，恐怕唯一可行的媒介就是壁画了——高大、简单、朴素、不镶框。

他们两个人乘着国际铁路公司的列车，一路向南驶去。在一望无际的绿色草原上，树木三五成群，极少有间隙，组成茂密的绿色丛林。这片土地属于牧场，是统治牛群的国王们的势力范围。

麦圭尔瘫坐在座位的一角，牧场主侃侃而谈(形容说话从容不迫，底气十足)，麦圭尔却满腹狐疑(形容疑点多，缺乏判断)。这个大汉带他走，这是玩的什么把戏？麦圭尔根本想不到利他主义。“他不是农民。”这个俘虏寻思着，“也绝对不是骗子。他是什么人？蟋蟀，你静观其变，看看这人还要耍什么把戏。反正，你处于下风，口袋里只有五分钱，身上只有严重肺结核。最好保持低调，保持低调，看看他会耍什么把戏。”

他们两个人在距离圣安东尼奥一百英里的林康下了车，那儿有一辆四轮马车等着雷德勒。他们上了马车，乘着马车，从火车站出发，走了三十英里，到达目的地。要是有什么会让麦圭尔想到绑架赎金的话，那么，就是这辆马车了。他们乘着马车，飞驰在美丽的大草原上。那对西班牙种的小马脚步轻快，从不停歇，偶尔自由飞奔一下，野性十足。他们呼吸着，空气中有美酒和矿泉水的气息，香气四溢，有着草原花朵的淡雅清香。路没了，四轮马车驶入青草组成的波浪中，虽然没有地图标记，但是，由雷德勒驾驶，手法纯熟，对雷德勒来说，每一片小树林都是路标，每一座隆起的低矮小丘都是路线和距离的记录。但是，麦圭尔佝偻(gōu · lou，背部弯曲)着斜靠在那里，只看见一片荒野。雷德勒驾车往前走，麦圭尔愁眉不展，满腹狐疑。“他想干什么？”这个想法重重地压在麦圭尔心上。“这大汉葫芦里卖的是什么药？”麦圭尔走过不少街道，只是用那标准来衡量这片天地，这里以地平线和第四维度为界限。

一个星期以前，雷德勒在草原上策马飞驰，发现一只小牛犊，小牛犊被人遗弃，生病了，哞(mōu，形容牛叫的声音)哞叫着。他没下马，就拎起那只可怜的小牛犊，放在马鞍上，带到牧场上，让手下人照顾一下。麦圭尔不可能知道，也不可能明白，在牧场主的眼里，麦圭尔的事和小牛犊的事本质上相同，都需要牧场主伸出援手。一个生命得病了，孤单无助，牧场主有能力提供帮助——牧场主单凭这几点就采取了行动。这几点组成了牧场主的逻辑体系，也组成了他的大部分信条。圣安东尼奥的街道拥挤不堪，弥漫着臭氧，数千人前来疗养。在那儿，雷德勒已经随意带回六个病人了，麦圭尔是第七个。其中五个病人在索利托牧场做客，离开时，要么恢复健康，要么病情好转，都是感激涕零，溢于言表。有一个病人来得太晚了，最终安息在花园里的一棵树下。

于是，当四轮马车来到门口，雷德勒像拎一捆破布一样，把那虚弱的被保护者提起来，放在走廊上，牧场上的人并不吃惊。

麦圭尔看着陌生的事物。这所庄院堪称乡村最佳，建房的砖是用马车从一百英里以外的地方运回来的，庄院只有一层，四间房外围绕着一道泥地走廊。屋里摆设杂陈，有马具、狗具、马鞍、枪支、牛仔装备。这位破落的运动员过惯了都市生活，看不惯屋里的东西。

“好，现在我们就算到家了。”雷德勒高兴地说。

“这个破地方。”麦圭尔立刻接话，一阵咳嗽，在走廊的地上打滚。

“哥们儿，我们会尽力让你过得舒心。”牧场主语气温和，“屋里不怎么好，可是，屋外对你大有好处。这里就是你的房间。我们有的东西，你尽管开口要。”

雷德勒把麦圭尔领到东边的屋子。地板上没有铺地毯，但很干净。窗子开着，清风徐来，吹动白色的窗帘。屋里有一把柳条摇椅、两把直背椅子。屋里正中摆了一张长桌，上面摆着报纸、烟斗、烟草、马刺和子弹。墙上挂着几只剥制得不错的鹿头和一个大黑野猪头。角落里放了一张宽大而又凉爽的帆布床。在纽西斯人眼里，这间客房用来招待王子都绰绰有余，麦圭尔却只是撇撇嘴，掏出那个五分硬币，抛向天花板。

“你以为,我在钱上撒谎,是不是?想要搜身,随便你。这是金库里最后一个硬币了。谁来付钱?”

牧场主那灰色的眉毛底下是一双清澈的灰眼睛,朝着客人那黑果木般的眼睛坚定地看去。过了一小会儿,牧场主直接回答,也并不失礼:“哥们儿,如果你不再提钱,我会感谢你。提一次,已经足够了。我请客人来牧场做客,客人什么钱都不用花,也很少提起付钱的事。半个小时后吃完饭。壶里有水,凉一些的水挂在走廊的红色瓦罐里。”

“铃在哪里?”麦圭尔一边四处看一边问道。

“什么铃?”

“要东西时摇的铃。我总不能——看看这儿。”他突然病快快地发起火来,“我从没求你把我带到这里来,我从没拦着你,从没找你要过一分钱。你要是不问,我也不会跟你提我的倒霉事。现在,侍者和鸡尾酒都在五十英里开外。我有病,不能跑腿儿。天!可是,我反对这么做。”麦圭尔倒在帆布床上,浑身颤抖,哭了起来。

雷德勒走到门口,喊人过来。一位墨西哥年轻人很快走了过来,他二十来岁,身材修长,面色红润。雷德勒跟他说话,说的是西班牙语。

“伊拉里奥,我记得答应过你,到秋季赶牲口时,让你到圣卡洛斯牧场当牧童。”

“是的,先生。您对我真好。”

“听好了,这位年轻的先生是我的朋友,他生病了。请你留在他身边,随时照顾他的一切所需。对他有点儿耐心,好好照顾他。等他好了,或者——等他好了,你就不再当牧童了,而是当多石牧场的总管。好吗?”

“是的,是的,先生,谢谢您。”伊拉里奥想要跪在地上,以表达自己的感激之情,但是,牧场主善意地踢了他一下,大吼一声:“现在别跟我来歌剧院里那老一套了。”

十分钟后，伊拉里奥从麦圭尔的房间出来，站在雷德勒面前。

他说："那位年轻的先生向您致意（这是雷德勒教给他的礼数），想要一些碎冰，洗个热水澡，喝掺有柠檬汽水的杜松子酒，关上所有窗户，要面包，要刮脸，要一份《纽约先驱报》，香烟，还要发封电报。"

雷德勒从药品柜里取出一夸脱（主要在英美及爱尔兰使用的容量单位，但是1夸脱在英美代表的容量不同。美制：1夸脱=0.946升；英制：1夸脱=1.1365升）威士忌。"喏，把这个给他。"他说道。

于是，索利托牧场上的恐怖统治就这样建立起来。有好几个星期，各地牛仔从数英里赶来，只为一睹雷德勒最新客人的风采。麦圭尔又是夸海口，又是吹牛，又是摆架子。在别人眼里，麦圭尔绝对是全新体验。拳击运动规则复杂，训练和进攻时有种种诀窍，麦圭尔一一解释给大家听。职业运动之余，那些运动员的生活方式非常不守规矩，这让大家大开眼界。他的口头语总是让大家感到又有趣又诧异（觉得奇怪）。他有种种手势，姿态奇特，说话直白下流，想法亦是如此，这都让大家着迷。麦圭尔似乎是来自新世界的生命。

说来奇怪，对麦圭尔来说，他进入的这个新世界似乎不存在。他是个利己主义者，纯粹而又严肃。他觉得，自己暂时跌入一个开放空间，这空间里只有一批观众，听他讲过去的故事。白天，草原上无边自由；夜里，天空低垂，星光闪烁，庄严静穆。这两者都不能触动他。曙光女神的万众风姿也不能让他把注意力从粉色的运动报刊上转移过来。"不劳而获"是他的人生使命，"三十七街"是他的目标。

来了不到两个月，他就开始抱怨，说自己每况愈下。从那时开始，他就成了牧场上的负担、贪鬼和随便指使人的老头儿。他把自己关在屋子里，似乎他就是恶毒的妖精或者长舌妇，整天发牢骚、抱怨、咒骂、控诉。他抱怨的大意是，别人违背了他的意愿，把他骗到这里，没人照顾，生活艰苦，就要死了。他一再抗议，说自己病得越来越重，可是，在别人看来，他没有什么改变。他那双葡萄干似的眼睛仍旧那么明亮，那么招人烦；他的声音还是那么刺耳；他面容粗糙，皮肤绷得像一面鼓，并没有消瘦。每天下午，他面颊红润，也许体温计能测出某种症状，胸部叩诊也许能证明他只用一个肺呼吸。但是，他的外表跟以前完全一样。

伊拉里奥一直在照顾麦圭尔，就要到手的总管职位让他鼓足干劲儿，所以，他才能和一个尖酸刻薄的人拴在一起。空气是麦圭尔的唯一救星，麦圭尔却吩咐关上窗户，拉上窗帘。屋子里终日弥漫着混浊的蓝色烟雾，谁要是进屋，肯定喘不过气来，还必须坐下，听老妖精大讲特讲他那不光彩的职业生涯。

最怪的是麦圭尔和他的恩人之间的关系。这位病人对待牧场主的态度就像一个既爱撒娇又有怪脾气的小孩儿跟溺爱他的大人来劲儿。

雷德勒要离开牧场时，麦圭尔就会陷入一种感伤的情绪，有点儿敌意，还不说话。等雷德勒一回来，他就得面对一连串暴虐又刺耳的责难。雷德勒面对此种无理取闹(毫无理由地与人吵闹)的态度也令人费解(不好理解，不好懂)。牧场主似乎真的承认并深感自己就是那样的人，和麦圭尔所极力指责的一样，他就是个暴君，他就是个压迫者，他有罪。这个家伙的病情有变化，牧场主似乎愿意承认这该由他负责。面对对方的长篇大论，牧场主总是神情平静，有耐心，很善良，甚至有些歉意，从未改变。

有一天，雷德勒对他说："哥们儿，试着多呼吸些空气。要是你肯去，马车和车夫，天天听你调遣。到营地去试一两个星期，我会帮你安排，保证你舒舒服服。大地和外面的空气，这才是能治愈你的灵丹妙药。我认识一个人，从费城来，比你病得还厉害，在瓜达卢佩迷了路，睡在牧羊营里的草地上两个星期。先生，你猜怎么着，他的病情开始好转了，后来干脆全好了。接地气，灵丹妙药就在空气中。现在，尝试一下骑马，有一头小马，特别温顺——”

“我怎么招惹你了？”麦圭尔大喊大叫，“我骗过你吗？是我叫你把我带到这儿来的吗？如果你真想那么做，就把我赶到营地去；或者在我身上捅一刀，省得以后麻烦。骑马！我连脚都抬不起来。要是有个五岁小朋友冲我扔个罐子过来，我根本躲不开。都是你害的，都是你这牧场害的。要吃的，没有；要看的，没有；要找人聊天，没有。周围的人全都土得掉渣，沙袋和龙虾肉沙拉都傻傻分不清。”

“这儿的确有些偏僻。”雷德勒有些窘迫，深表歉意，“我们东西不少，可是，太过粗糙。要是你有什么想要的东西，兄弟们可以骑马出去，帮你弄来。”

查德·莫奇森是圆圈横条牛队(指那队以“Θ”为记号，打烙印)里的牛仔，他第一个说麦圭尔装病。为了给麦圭尔弄一篮子葡萄，查德跑了三十英里，还走了四英里冤枉路，篮子绑在鞍角上。他在那个烟味十足的房间里待了一会儿，就出来了，直截了当地跟雷德勒讲了自己的疑虑。

“他的胳膊，”查德说，“比金刚石还硬。他告诉我怎么打别人的大洋神经丛(这里是查德因为没听懂而搞错了，本应该是胃部的神经丛)，挨他一拳那滋味就像被野马踢了两脚。老柯，他这是蒙骗你啊。跟我一样，他根本没病。我不得不说，这小子就是在这里蹭(cèng，就着某个机会不付出代价就跟着得到好处)吃蹭住。”

牧场主为人实在，拒绝接受查德对这件事的看法。后来，牧场主请人给麦圭尔检查身体，也不是因为心存疑虑。

有一天，大约中午，两个人骑马来到牧场，下马，拴好，然后进去吃饭。随时欢迎客人来访是这个地方的风俗。来人之一是圣安东尼奥的大医生，收费不菲。医生来这里，是为了给一位富有的牛仔看病，那位牛仔有意外枪伤，现在卧床不起。现在，有人陪着医生去火车站，然后，医生搭车回镇里。晚饭过后，雷德勒把医生拉到一旁，掏出一张二十块的钞票，塞到医生手里，说:“大夫，那间屋子里有个年轻人，大概得了严重的肺痨。我请您帮忙给他检查一下，看看他到底病得多严重，我能为他做些什么。”

“雷德勒先生，刚才吃的那顿饭要多少钱？”医生直率地说，他的目光从眼镜上边看人。雷德勒把钱放回自己的口袋里。医生立刻走进麦圭尔的房间，牧场主则坐在走廊里的一堆马鞍上。万一结果不妙，他就准备责备自己了。

十分钟没到，医生就从房间里迈着大步出来了。“您的这位朋友健康得很，跟新铸的钱币一样。他的肺功能比我还好，呼吸正常，体温正常，脉搏正常，胸围扩张四寸。全身上下，毫无衰弱迹象。当然了，我没有检查结核杆菌，可是，他身上没有。这个诊断我负责。就算抽烟，关在密不透风的屋子里，那也没有损害他的健康。咳嗽，对吗？那么，告诉他，完全没有必要。你问，我们能为他做点儿什么。好，我建议，让他打木桩去，要不驯服野马去。我的朋友在等着呢。先生，再见。”犹如一阵劲风扑面而来，医生骑马走了。

雷德勒伸出手去，从栅栏旁的牧豆树上摘了一片叶子，开始嚼，若有所思。

打烙印的时节到了，第二天，牛队的头儿罗斯·哈吉斯就要在牧场上召集大约二十五个人，准备动身去圣卡洛斯牧场，将在那里开始打烙印工作。六点钟，马都配好鞍了，装粮食的大车也准备妥当，牛仔们纷纷飞身上马。此时，雷德勒示意大家等一等。有个男孩儿又牵过来一匹马，拴好缰绳，配好马鞍。雷德勒走到麦圭尔的房间，推门进去。麦圭尔躺在帆布床上，还没有穿好衣服，正在抽烟。

“起来。”牧场主说，他的声音清楚，声调很高，像号角一样。

“为什么啊？”麦圭尔问道，神情有些吃惊。

“起来，穿好衣服。我能忍受一只响尾蛇，可是，我恨别人撒谎。还要我再说一遍吗？”他一把抓住麦圭尔的衣领，把他拽起来，让他站在地上。

“我说，朋友。”麦圭尔狂叫着，“你疯了啊？我是个病人，明白吗？一乱跑，就没命。”他接着开始说他那段经典的抱怨台词。“我怎么招惹你了？是我叫你——”

“穿上衣服。”雷德勒说道，声调开始升高了。

麦圭尔咒骂着，踉踉跄跄，浑身发抖，明亮的眼睛里全是惊讶的神色，他一直看着现在这个暴脾气的牧场主，觉得牧场主整个人都具有威胁性，他颤颤巍巍（形容抖动摇晃的样子）地穿好衣服。接着，雷德勒揪着麦圭尔的衣领，推推搡（sǎng，猛推）搡，出了房间，穿过院子，把他推到那匹多余的马跟前，那匹马就拴在门口。牛仔们在马鞍上懒懒地坐着，全都张大了嘴。

“把这个人也带上。”雷德勒对罗斯·哈吉斯说，“让他干活儿。让他使劲干活儿，使劲睡觉，使劲吃饭。弟兄们知道，照顾他，我已经尽力了，我是真心欢迎他来。昨天，圣安东尼奥最好的医生给他做了检查，说他的肺跟驴子一样健康，身体跟公牛一样结实。罗斯，怎么对他，你知道。”

罗斯只是冷冷地笑了笑。

“噢。”麦圭尔盯着雷德勒看，脸上有着异样的神情，“大夫说我没病，是不是？还说我是装病，对不对？你专门找他来检查我，你认为我没病。你说我撒谎。我说，朋友，我说话不好听，这我知道，可是，大多时候我根本就不是那意思。如果你觉得我真的，噢，我忘了，我没病，大夫就是这么说的。好吧，朋友，现在，我给你干活儿去。这样，我们就扯平了。”

他飞身上马，像只小鸟那么轻盈，从鞍头取下鞭子，朝马身上一抽。想当年，“蟋蟀”骑着马“好孩子”以领先一头的距离跑了第一名，当时的赌注是十比一。现在，他又踩上了马镫。

一行人往圣卡洛斯牧场飞奔而去，麦圭尔一马当先，惊起尘土，牛仔们随后而至，发出一阵喝彩。

但是，没跑完一英里，他就落到了队伍后面。等到了牧马地那片高高的栎树林时，他变成了队伍里跑得最慢的一个。在几棵栎树后面，他勒住缰绳，用手帕捂着嘴，把手帕拿开，只见手帕里全是鲜红的动脉血。他把手帕小心地扔到一簇仙人掌里面。接着，他又用鞭子抽了马一下，马吃了一惊。他声音嘶哑，对马说“走”，飞奔而去，去追赶大部队。

当天晚上，雷德勒收到信儿，说他老家阿拉巴马有家人去世，要分割一处产业，老家让他赶紧回去。第二天，他坐上马车，穿过平原，去火车站。两个月之后，他才回到牧场。他到庄院时，发现整个庄院里只有伊拉里奥在。在他不在期间，伊拉里奥充当了类似总管的角色。他出门期间，完成了什么工作，年轻人一五一十地汇报。他得知，打烙印的营地还在干活儿。由于发生了几次严重的大风暴，牛群走散了，打烙印的工作还在缓慢地进行着。营地在二十英里外的瓜达卢佩山谷。

“顺便问一句。”雷德勒说，突然间想起了什么。“我让跟打烙印队伍一起走的家伙，麦圭尔，他还在干活儿？”

“我不知道。”伊拉里奥说，“营地的人只回过牧场几次。小牛身上要干的活儿还很多。他们也没提。哦，我认为，那个叫麦圭尔的家伙早就死了。”

“死了！”雷德勒说，“你说什么呢？”

“麦圭尔那个家伙病得很重。”伊拉里奥答道，耸了耸肩。“他走的时候，我觉得他也就再活一两个月。”

“胡说！”雷德勒说。“你也被他忽悠了，对不对？医生给他检查过，说他身体健康，跟牧豆树疙瘩似的。”

“那位医生？”伊拉里奥笑着说，“他跟你这么说的吗？那位医生没有见到麦圭尔。”

“说清楚。”雷德勒命令道，“你到底什么意思？”

“麦圭尔，”男孩儿平静地继续说，“去外面喝水了，那时医生正好进屋。医生拉住我，用手指在我这里敲来敲去”——用手指着自己的胸膛——“我不知道医生为什么那样做。他把耳朵贴在这儿，这儿，还有这儿，听——我不知道他为什么那样做。医生把一个小玻璃棍子放进我的嘴里，摸摸我的胳膊，让我小声数数，二十，三十，四十。”伊拉里奥摊开手，无可奈何，总结了一下：“谁知道医生做那么傻的事情是为了什么？”

“家里还有什么马？”雷德勒简洁地问道。

“先生，‘走鹃’在外面的小栅栏后面吃草呢。”

“立刻替我备鞍。”

短短几分钟之内，牧场主上马出发了。“走鹃”名副其实，跟那个长得不好看却跑得飞快的鸟很像。这匹马大步跑着，马蹄敲击路面，就像飞快地吃掉一条通心面。两个小时零十五分钟以后，雷德勒站在一座小山冈上，眺望打烙印的营地，就在瓜达卢佩的一个水坑旁。他害怕听到那个消息，却又急切地想知道，他骑着马过去，下了马，放下“走鹃”的缰绳。就在这个时刻，他心软起来，他愿意承认自己有罪，是他杀害了麦圭尔。

营地上只有厨师一个人，他正在忙活晚饭，把一块块烤牛肉放好，把盛咖啡的铁皮杯分发下去。雷德勒脑子里只想着一件事，却没有直接问。

“彼得，营地里一切都好吗？”他设法询问出来。

“还行，还行。”彼得保守地答道，“断粮两回。大风吹散了牛群，我们不得不在方圆四十英里仔细找。我需要一个新的咖啡壶。还有，这儿的蚊子比一般蚊子凶多了。”

“弟兄们——都好吗？”

彼得并不是一个乐观主义者。再说，询问牛仔们的健康状况，这不仅多余，而且近乎唠叨，不像是老板会问的事。

“剩下的人不会错过吃饭时间。”厨师说。

“剩下的人？”雷德勒重复了一遍，声音嘶哑。他机械地开始四处寻找麦圭尔的坟墓。他脑海里浮现出白色的墓石，就跟他在阿拉巴马的教堂墓地看到的一样。但是，他立刻觉得这样很傻。

“当然，”彼得说，“剩下的人。两个月以来，营地经常换地方。有人已经走了。”

雷德勒自己鼓足勇气。

“那个——家伙——我让跟着来的——麦圭尔——他——有没有——”

“我说，”彼得一手拿着一块玉米面包，打断了他的话：“太令人不齿了，把那可怜的生病的孩子送到营地里。医生要是看不出来他快进坟墓了，真该用马肚带的扣子剥了那医生的皮。他脾气也真倔——真是丢人——让我告诉你他干了什么。到营地第一晚，弟兄们举行仪式，吸纳他进入牛仔的行列。罗斯·哈吉斯狠狠地抽了他屁股一下，你猜那个可怜的孩子怎么做的？他站了起来，那个小子，揍了罗斯。揍了罗斯·哈吉斯。狠狠地揍了一顿。结结实实地打了很多下，浑身都打遍了。罗斯只是站起身来，又找了块地方躺下去。

“接着，麦圭尔睡着了，躺在地上，头枕在草上，流着血。大家说他出血了。他躺在那里十八个小时，大家无法移动他。那个罗斯·哈吉斯最爱能打得过自己的人，他一边工作一边把从格陵兰到波兰支那的医生都大骂一通；他和‘绿树枝’约翰逊一起把麦圭尔抬进帐篷，轮流给麦圭尔喂食剁碎的生肉和威士忌。

“可是，那个孩子看起来根本不想好起来。夜里大家发现他不见了，后来，在草丛里找到他的时候正下着小雨。‘走开。’他说，‘让我走，让我就这么死了吧，我乐意。他说我撒谎，说我假，说我装病，让我自己待着。’”

“整整两个星期，”厨师继续说，“他就那么躺着，连人都认不清楚，然后——”

突然，天空中响起雷声，二十个骑手策马飞驰，穿过丛林，来到营地。

“要了命了！”彼得大叫一声，立刻忙活起来，“弟兄们回来了，三分钟之内不开饭，我就死定了。”

雷德勒眼里只有一件事。一个家伙，身材矮小，棕色面孔，正咧着嘴笑，他翻身下马，走进篝火的亮光里。麦圭尔不是这副模样，但是——

下一个瞬间，牧场主拉着他的手和肩膀。

“哥们儿，哥们儿，怎么样？”他只说出这么多。

“你说，要接地气。”麦圭尔大声说，一边用钢钳似的手指捏着雷德勒，“于是，我就找到了——健康和力量，才明白自己过去多么混账。老头儿，谢谢你把我赶出去。还有——你说！跟医生开个玩笑，对不对？我从窗户看到医生在那个南欧人的太阳神经丛上敲来敲去。”

“你这小东西！”牧场主咆哮道，“你怎么不吱声，怎么不说那个医生根本没有给你做过检查？”

“啊——去你的吧！”麦圭尔说，以前那点儿语气粗暴劲儿又冒出来了，“谁也没法忽悠我。你也没问啊。你下定决心，把我赶了出来，我也认了。我说，朋友，赶牛这活儿真不错。我打过交道的人当中，营地上这批人最好了。老头儿，你会让我留下，对不对？”

雷德勒看着罗斯·哈吉斯，意在征求意见。

“这个混小子，”罗斯评价道，语气温和，“在所有牧牛营地里胆子最大、最活跃——出拳也最有力。”

小熊约翰·汤姆的返祖现象①

杰夫·彼得斯住在红门药房的楼上。我不知道他已经回到镇上了，不过，看他的房里有灯光，就赶忙朝着他住的地方走去。他闯荡江湖，从事过多种职业，如果有兴致的话，每份工作他都有一段故事可讲。

一个月以前，杰夫跑到佛罗里达州去考察一个橘子园，要用他在育空（位于加拿大的西北部，因流经该区域的育空河而得名）经营的开矿生意来交换这座果园。我看他在打开行李，慢慢收拾。他给我踢过来一把椅子，他那饱经岁月沧桑的脸上依旧挂着旧时的微笑，颇具幽默感又很有深意。我们上次见面已经是八个月以前，但是，他跟我打招呼，就像我们每天都见面似的。时间是杰夫的仆人，整个美洲大陆就是他任意驰骋的天地。

我们东拉西扯（形容说话没有条理，想到哪儿说到哪儿）了一会儿，没有具体说什么，最后说到菲律宾局势，那边真不太平。

杰夫说："那些住在热带的人啊，如果是自己人说了算，日子就好过多了。人家知道自己要什么。人家要的就是斗鸡比赛的套票，两个西部联盟的工人，去爬面包果树。盎格鲁-撒克逊人（不是一个民族，而是泛指公元5世纪到1066年之间，生活在大不列颠东部和南部地区的民族）想要教人家怎样穿背带裤。其实，人家按照自己的方式生活，活得特别开心。"

我对此言感到很震惊。

我说："哥们儿，教育才是关键。假以时日，他们会追赶上我们文明的

① 返祖现象：指生物体在进化过程中已经退化的器官或组织，又重新出现的现象。本文中借指印第安人本性难改，即使接受了教育，改变了衣着和语言习惯，但凶悍、酗酒的本性没有改变。

高度。看看教育在印第安人身上所起的作用,你就知道了。”

“哦——哈!”杰夫一边点起烟斗(这是个好现象)一边唱了起来,“对啊,印第安人!我一直关注着呢,希望红皮肤人成为文明进步的代表。他和别的有色人种没有什么区别,甭想让他学盎格鲁-撒克逊人的样子。我跟你说过我的朋友小熊约翰·汤姆咬掉文化教育右耳朵的事吗?他还把时间轴转回到哥伦布小时候待过的地方。我没说过吗?

“小熊约翰·汤姆是个彻罗基族人(即印第安人),受过教育,是我的一个老朋友。当年我在联邦政府直辖区待过。他毕业于东部一个橄榄球学校,橄榄球教育很成功,让这个印第安人知道“烤架”这个单词还有橄榄球场的意思,不单单只有烤架的意思,传说中印第安人把俘虏绑在木桩上烧死。要说小熊约翰·汤姆是个盎格鲁-撒克逊人,他身上却有很多地方呈现古铜色;要说小熊约翰·汤姆是印第安人,他是我见过的印第安人中肤色最白的人之一;要说小熊约翰·汤姆是彻罗基族人,他是位如假包换的绅士;要说小熊约翰·汤姆是国家子民,他孔武有力,绝对堪当大任。

“我和约翰·汤姆开始合伙儿做药品生意——如何才能让一些无伤大雅的小骗局变得合法,我们干活儿得低调,不能惊动警察,或是引起大公司的妒忌。我们一共有五百块的资金,特别希望把生意做大,我们跟别的可敬的资本家一样。

“于是,我们想出来一个办法,它看上去跟金矿企划书一样规范,又像在教堂做义卖会一样有钱赚。不到三十天,我们驾着两匹好马,乘着一辆欧式红色大篷车,一路飞奔,杀到堪萨斯州。约翰·汤姆充当威什希普多酋长,既是著名的印第安巫医,也是七个部落的酋长。彼得斯先生是公司经理,也是半个业主。我们需要一个人做第三方,于是,我们四处找,在一张报纸的求职栏发现了J·科宁厄姆·宾克利。这位宾克利狂迷莎士比亚戏剧中的各色人物,幻想自己在纽约戏剧舞台上连演两百场。可他也承认，自己从来没有用演出换来过面包和黄油，他愿意变得脚踏实地，赚钱养活自己，乘大篷车赶路两百英里去卖药，对于这样的安排，他十分满意。除了扮演理查德三世以外，他能唱黑人伤感民歌，也能弹班卓琴（上部形状像吉他，下部形状像铃鼓，一般四弦或五弦，弹拔演奏），会唱二十七首歌。他也愿意当我们的厨师，还愿意照顾我们那两匹马。赚钱的大招儿，我们准备了许多个。大招儿之一，魔力肥皂，专门用来去除衣服上的油渍和大片污迹。大招儿之二，印第安神药松瓦达，从草原上的草本植物中提取有效成分，其配方来自天神，天神托梦给其最偏爱的巫医，也就是麦克加里蒂和希波斯坦酋长，他们都是芝加哥的瓶装商人。大招儿之三，从堪萨斯人的口袋里往外拿钱，没有什么计划性，不过，效果好，百货商场里的小伎俩跟我们简直没法比。你瞧！一对丝制袜带、一本解梦大全、一打晾衣服用的夹子、一枚金牙、《宝剑与玫瑰》，都用日本纺丝手帕包起来，只要五毛钱，彼得斯先生把东西交给了一位漂亮女士。为了烘托气氛，宾克利教授演奏了三分钟班卓琴。

“这招儿太棒了，我们一行三人，不动声色地席卷了全国。为什么叫‘流血的堪萨斯’，我们决定要消除人们的所有疑虑。小熊约翰·汤姆穿上整套印第安酋长服装，吸引了人们的目光，人们放下升官游戏，暂停关于政府所有制的谈话，聚集到他身边。在东部的橄榄球学校上学期间，他上过大量修辞学、健美操和诡辩术的课程。他站在红色大篷车上，为农民讲解冻疮和颅骨过敏，滔滔不绝，杰夫便麻利地分发印第安神药。

“一天夜里，萨莱纳往西的一个小镇上，我们在镇边宿营。在溪边宿营，这是常事。我们支起一个小帐篷。有时候，神药卖完了，我们没预料到生意这么好，于是，威什希普多就梦见天神，天神让酋长就地取材，再装几瓶松瓦达。大约晚上十点，我们刚从街头卖艺回来。我在帐篷里点起一个灯笼，算算那天赚了多少钱。约翰·汤姆还没有换下那身印第安酋长装扮，坐在火堆旁，一边看着煎锅里的那上等牛腰肉排，一边等着教授完成惊险的表演.参加演出的还有我们那两匹训练纯熟的马。

突然,黑乎乎的灌木丛里传来“砰”的一声响,像是鞭炮声。约翰·汤姆哼了一声,从胸口找到一颗小子弹,那颗子弹打在了锁骨上。约翰·汤姆寻着鞭炮声方向冲过去,回来时,揪着一个小孩儿的衣领。那个孩子八九岁,穿着平绒衣服,手里攥着镀(用化学方法使一种金属附着在另一种金属或物体表面)镍来复枪,枪管像钢笔那么长。

“‘喂,你个小东西,’约翰·汤姆说,‘你干吗用那破玩意打我?你会打着别人眼睛。杰夫,你出来,看着牛排。别弄糊了。我来审审这个带把破枪的小恶棍。’

“‘懦弱的印第安人,’那个小孩儿说,似乎在引用自己最爱的作家所写的话:‘你敢把我绑在木桩上烧死,白人会把你赶出平原,就像——就像那什么一样。现在,你把我放了,否则,我就告诉我妈妈!’

“约翰·汤姆把那个孩子放在折椅上,自己在旁边坐了下来。他说:‘现在来跟大酋长说说,为什么要把子弹打在约翰叔叔身上?你不知道子弹上膛了吗?’

“‘你是印第安人吗?’那个孩子问,模样很可爱,同时还端详着约翰·汤姆身上的鹿皮衣和鹰羽毛。‘对啊。’约翰·汤姆说。‘那,这就是为什么呢?’男孩儿一边回答一边晃着双脚。我瞅着那个胆大的年轻人,差点儿把牛排煎糊了。

“‘哦!’约翰·汤姆说,‘我明白了,你就是那个复仇小子,发誓要把美洲大陆上所有的印第安人都赶跑。小子,我说得对吗?’

“那个小孩儿微微点头,然后,看上去很不开心。还没有一个人倒在他的枪下,他就把心中的秘密交代了,看起来很不甘心。

“‘小东西,现在告诉我,你家在哪儿?’约翰·汤姆说,‘你住哪儿?这么晚了,你还跑出来,妈妈会担心的。告诉我,我送你回家。’

“这个孩子笑了笑，说：‘还是不要了。我住在很远很远的地方。’他用手指着地平线说：‘我自己坐火车来的。我在这儿下车，是因为列车员说我的车票过站了。’突然，他满腹狐疑地看着约翰·汤姆，说：‘我猜，你不是印第安人。你说话不像印第安人，你看着像。可是，印第安人只会说“货物不错”和“白人去死”。啊，我猜你是那个冒牌印第安人，专门在大街上卖药的，我在昆西(美国马萨诸塞州诺福克县的一座城市，有“城市总统”之称)见过。’

“‘你别管我是雪茄铺的招牌，还是卡通画里的泰曼尼(17世纪美国的一位印第安酋长，曾帮助过美国人的独立战争)。现在要商量的是怎么处理你。你从家里跑出来了，你还看过豪厄尔斯(美国作家、评论家。著有《一个现代的例证》《塞拉斯·拉帕姆的发迹》《我的青春》等)的书，我一个印第安人，不招谁不惹谁，你想打死我，居然还不高喊：“印第安狗，去死吧！”真是所有复仇小子的耻辱。你究竟什么意思？’

“那个小孩儿想了一下说：‘我想，我犯了个错。我该往西走得更远些，有人在峡谷那边发现野蛮人了。’这个小滑头把手伸向约翰·汤姆，说：‘先生，我开枪打您，请您原谅我。希望没有伤到您。可是，您也该更小心一点儿。侦察员一发现印第安人穿着战袍，肯定开枪没商量。’小熊大笑起来，笑完还大喊一声，把那小孩儿抛出去三米多高，又稳稳接住，让小孩儿骑在他的肩膀上。小孩儿摸着小熊衣服上的流苏(穗状装饰物)和鹰羽毛，欢天喜地，就像白人知道自己把低等种族踩在脚下。很显然，小熊和那个小孩儿从此就是好朋友了。那个小叛徒已经和野蛮人讲和，你能从他的眼神里看出来，他在盘算着弄把斧子，还要弄双鹿皮鞋，儿童码的。

“我们在帐篷里吃晚饭。那个小朋友认为我和教授也就是普通战士，只不过是战争场面里的陪衬人物。小熊约翰·汤姆坐在放松瓦达的箱子上，只能够着桌子边，嘴里满是牛肉，问那个小孩儿叫什么名字。‘罗伊。’小孩儿说，说话声带着牛腰味儿。问他姓什么，邮寄地址是哪儿，他摇摇头，说:‘还是别问了。你们会把我送回去的。但我要和你们在一起,我喜欢露营(一种短时的户外生活方式,通常带着帐篷到野外度过一个或多个夜晚)。在家时,我们一帮人在后院有个帐篷,大家都叫我红狼罗伊。我看,就这个名字吧。请再给我一块儿牛肉。’

“我们不得不收留那个小孩儿。但我们知道他家里肯定乱成一锅粥了。他妈妈、哈利叔叔、简阿姨还有警察局长都焦头烂额,要找到他的下落。可他不愿意再跟我们说自己的情况了。两天后,他已经变成我们卖药大篷车的吉祥物了。我们三个人藏了点儿私心,希望他们家大人不会找来。大篷车做生意时,他就坐在大篷车上,把药瓶子递给彼得斯先生,洋洋得意,就像一位王子,放弃了两百块的王冠,去追求身价百万的女暴发户。有一次,约翰·汤姆问他爸爸的情况。他说:‘我没有爸爸,他跑了,不管我们了。他让我妈妈哭了。露西阿姨说他就是个混混。’‘是个什么?’有人问他。小孩儿回答:‘是个混混,什么混混——让我想想——啊,对了,没出息的混混。我不知道这是什么意思。’约翰·汤姆建议把我们的商标印在他的衣服上,给他戴上贝壳和玻璃珠子,把他打扮成一个小酋长,可是,我否决了这项提议。‘依我看,有人把这孩子弄丢了,人家大人没准儿还要把他找回去呢。让我换几个招数来试试,看看能不能看到他的名片。’

“于是,一天晚上,我走到营火边上的罗伊·某某先生面前,轻蔑地看着他,眼神里充满了不屑。‘斯尼根维策尔!’我说道,就好像这个词让我感到恶心。‘斯尼根维策尔!打死我也不叫斯尼根维策尔!’

“‘杰夫,你怎么了?’那个小孩儿说,眼睛睁得大大的。

“‘斯尼根维策尔!’我又说了一遍,像吐口水一样。‘我今天见到一个人,就从你住的镇上来,他告诉我你姓什么。你不好意思说出口,我不怪你。斯尼根维策尔!我呸!’

“男孩儿生气了,浑身发抖,说:‘现在,你给我听好了。你什么意思啊?

我不姓那个！我姓科尼尔斯。你什么意思啊？'

"'这还不是最糟的。'我乘胜追击，让他没有时间想清楚。'我们还以为你来自一个不错的家庭，生活富裕。这位是小熊先生，彻罗基族的酋长，有资格在礼拜天穿的外衣上加上九条水獭尾巴。这位是宾克利教授，能演莎士比亚戏剧，会弹班卓琴。还有我，有好几百块钱，都放在大篷车里的黑铁皮盒子里。我们选择同伴时，非常小心。那个人说你们家住得老远，就是那条又狭窄又破旧的鸡窝巷，那里没有人行道，人和山羊在一张桌子上吃饭。'

"现在，那个小孩儿都要哭出来了。'才不是呢！'他气急败坏地说，'他——他根本不知道自己在胡说八道些什么。我家住在白杨大道，我们不跟山羊混在一起。你怎么回事啊？'

"'白杨大道。'我不无揶揄地说。'白杨大道！好像真有人住那儿似的！也就两个街口那么长，然后，就没了。一桶一百磅的钉子，一抬手，从这头儿扔到那头儿。别跟我胡扯什么白杨大道了。'

"'白杨大道好几英里长呢。'那小孩儿说，'我们家门牌号是862号，后面还有很多户呢。什么毛病——啊，杰夫，你可真烦人。'

"我说：'嗯，好吧，好吧。我看那个人肯定弄错了，他可能说的是别人吧，要是被我逮住，我肯定教训他一顿，叫他四处造谣。'晚饭过后，我进城去发电报，收报人就是住在伊利诺伊州昆西市白杨大道862号的科尼尔斯太太。我在电报里说，她的孩子和我们在一块儿呢，一点儿事儿都没有，接下来怎么做，我等待她的回音。两个小时后，我接到回电，科尼尔斯太太让我看好孩子，她坐下一趟火车来接孩子。

"下一趟火车第二天下午六点到站，我和约翰·汤姆带着那个小孩儿在月台等着。在平原上，你睁大眼睛拼命找，也找不到威什希普多酋长。你却会看到小熊先生，一身打扮，完全符合盎格鲁-撒克逊人的习惯，穿着名牌皮鞋，打着名牌领带。上大学时，约翰·汤姆除了学习形而上学和掌握踢足球的技术之外，也学会了穿衣打扮。要不是他的肤色偏黄，要不是他的头发又黑又直，你会觉得，他和城里电话薄里列出的其他人没有什么区别，也会订阅杂志，也会穿着衬衫，晚上只穿一件衬衫割草。

“火车进站了，一个小个子女人下了车，只见她穿着灰色裙子，头发发亮，迅速朝周围看看。复仇小子看到她，喊着‘妈妈’，她‘哦’了一声，接着，哭了出来。两个人紧紧抱在一起。从现在起，那讨厌的印第安人可以从洞里出来，到平原上走走，再也不用担心红狼罗伊的来复枪了。科尼尔斯太太走上前来，对我和约翰·汤姆表示感谢，普通女人的夸张表情，她一点儿都没有。她举止恰到好处，令人信服。我说了几句客套话，却十分笨拙，那位女士报以友善的微笑，好像我们已经认识了一个星期。接着，小熊先生来渲染气氛，言谈之间，用了几个成语，受过教育，谈话时真的不一样啊。看得出来，孩子的妈妈也说不准约翰·汤姆到底是何方神圣，不过，她似乎已经被告知约翰的语言风格了，也愿意迎合他：一个词就能说明白的事儿，他用三个词。

“那个小孩儿把我们介绍给自己的妈妈，加了一些背景，做了一些解释，让事情变得简单易懂，比学过修辞学一个星期的人解释得还清楚。小孩儿蹦来蹦去，在我们的后背上拍一下，还想爬到约翰·汤姆的腿上。‘妈妈，这是约翰·汤姆。’他说，‘约翰·汤姆是印第安人，坐着一辆红色大篷车，卖药。我开枪打过他，他没有生气。那个人是杰夫，他也是个骗子。快来看看我们住的营地，好不好，妈妈？’

“明眼人都看得出来，这个孩子就是那女人生活的一切。她已经找到儿子了，双臂还能抱着儿子，这就足够了。只要儿子高兴，让她做什么都行。她迟疑了片刻，又看了看我们这些人。我估计，她心里是这么说约翰·汤姆的：‘要不是卷毛，就像位绅士了。’她对彼得斯先生的看法是：‘女人看

不住他，他却能看得懂女人心。’

“我们一行人，像守灵之后的邻居一样，慢慢悠悠地走到营地。科尼尔斯仔细看了大篷车，拍了拍儿子住过的地方，用手帕擦着眼角的泪水。宾克利教授用班卓琴的一根弦弹奏了威尔第(意大利作曲家，代表歌剧有《纳布科》《弄臣》《茶花女》《游吟诗人》《奥赛罗》《阿伊达》《西西里晚祷》《法尔斯塔夫》《假面舞会》等)的歌剧《游吟诗人》，正准备表演哈姆雷特的内心独白，有一匹马被缰绳缠住了，他得过去看看，于是，说了句‘又来找事’。

“天黑下来了，我和约翰·汤姆走回玉米交易旅馆，四个人一起吃完晚饭。我认为，从晚饭开始，麻烦就来了，就因为小熊先生像坐上智力热气球，飞上了天。我抓着桌布，仔细看他如何越飞越高。让我说啊，那个印第安人对学问有一套。他能说会道(很会说话，善于用言语表达)、巧舌如簧(形容能说会道，善于狡辩)，那架势，就像罗马人摆弄通心粉似的。他出口成章，说话时用各种动词和修饰语，透着一股大学问劲儿。音节行云流水，与他的思想相得益彰。我以为已经领教过他的语言魅力了，但其实，我错了。不是因为他的用词量，而是因为他吐字的方式；也不是因为他谈的话题，不过是些普通事物，比如大教堂、橄榄球、诗歌、黏膜炎、灵魂、运费、建筑等。科尼尔斯注意到他的口音，他优美的音色在口音之间循环往复。杰斐逊·D·彼得斯先生时不时地插几句，多是听得耳朵起茧子又没有什么意义的话，比如，请把黄油递过来，再来一个鸡腿。

“是啊，约翰·汤姆似乎对科尼尔斯太太有点儿动心了。她是那种很讨人喜欢的女人，长得很好看，还有别的优点，听我跟你说。你见过大商场里的人体模特吗？用来展示斗篷之类的衣服的。人体模特给你的印象是毫无人情味儿，只是看着好看。人体模特只用来展示衣服的尺寸和肤色，为了忽悠脸上长疣子却非常有钱的女人，让她们以为只要穿上海豹皮大衣就艳光四射。那些人体模特不用了，你拿走一个，碰到按钮，人体模特会说

‘查理’,在桌旁做得很直。那么,你就能在科尼尔斯太太身上看到类似的东西。看得出来,约翰 · 汤姆怎么也不会讨厌这位白人女性的。

“科尼尔斯太太和她儿子在旅馆里住了一夜,第二天早晨,她说要动身回家。我和小熊八点离开那里,去法院广场卖印第安神药,直到九点钟。他让我和教授把大篷车赶回营地,自己留在镇上。我不喜欢这样的安排,他这是不开心啊,肯定想去喝酒,喝醉了,又会惹事,没准儿还要赔钱。威什希普多酋长很少烂醉如泥,可他只要喝了酒,就会跟那些穿蓝色警服、手持警棍的白人起冲突。

“九点半,宾克利教授盖着被子,打着小鼾,颇有素体诗的韵味。我坐在篝火旁,听到外面蛙声一片。小熊先生溜进营地,倚着一棵树坐下,似乎没有喝过酒。

“过了好一会儿,他说:‘杰夫,有个小孩儿来西部抓印第安人。’

“‘嗯,然后呢?’我说,我和他想得不太一样。

“约翰 · 汤姆说:‘他抓住了一个。不过,不是用枪。他从来没有穿过平绒衣服。’听到这里,我开始明白他话里有话了。

“我说:‘明白。我跟你说,他的形象印在情人节卡片上,傻瓜就是他的猎物,不论是白人还是印第安人。’

“‘这次是印第安人。’约翰 · 汤姆平静地说,‘杰夫,你说,我得用多少匹马才能买下科尼尔斯太太?’

“‘你这说的什么话啊?’我回答说,‘白人的习俗不是这样的。’约翰 · 汤姆大笑起来,咬着雪茄,说:‘对啊。这是野蛮人的习惯,但跟白人讨论婚姻财产多少,是一个意思。哦,我知道,种族之间,永远有这么一堵墙。杰夫,要是可以的话,我要把印第安人到过的每一所大学都一把火烧了。为什么你们就不能不烦我们?就让我们继续跳鬼神舞,吃狗肉,喝蚂蚱汤,穿鹿皮鞋?’

“我生气了,说:‘不再尊重教育所孕育的常开不败的花朵,你不会是这意思吧?我把教育放在我智慧的心里,我受过教育,从来也没有因为教育而受害。’

“小熊没有注意到我那如散文般优美的语言,继续说:‘你们这是拴住了我们,教我们什么才是文学之美,什么才是生活之美,怎样才能欣赏人们的优点。你们都对我们做了什么?’他说。‘你们把我变成了彻罗基族人的摩西。你们让我学着讨厌印第安人住的棚屋,要喜欢白人的生活方式。我能从远处看到那应许之地,也能看到里面有科尼尔斯太太,可是,我的位置是在印第安居留地上。’

“小熊还穿着酋长的衣服,站起身来,又哈哈大笑,继续说:‘我说,白人杰夫,白人给我提供了一个资源。虽然只是暂时的,却能缓解一下,这个资源就叫威士忌。’他沿着小路,又朝镇上走去。我心里说:‘现在,希望神仙保佑,今天晚上他要是犯事儿,最好能保释出来。’我能想象到,约翰·汤姆准备让白人好好安慰一下自己。

“大概十点半,我正坐着抽烟,路上传来脚步声,是科尼尔斯太太跑过来了,只见她头发凌乱,脸上的神情似乎告诉我们,她碰上倒霉事了,像是遇上了盗贼,看见了老鼠,恰巧面粉也用光了。‘哦,彼得斯先生。’她喊了出来。‘哦,哦。’我脑筋转得飞快,把大概意思大声说出来:‘啊,我和那个印第安人是兄弟,不过,两分钟之内,我就能让他服服帖帖的,只要——’

“‘不是,不是!’她情绪激动,挥着双手说:‘我没见到小熊先生,我说的是我丈夫,他偷走了我儿子!’她说:‘哦,我刚找到儿子,儿子刚刚回到我的怀抱!那个混蛋没良心的!生活里的每一分苦楚,他都让我尝过了。我可怜的小羊羔,本该躺在温暖的被窝里,却被那个恶魔给带走了!’

“‘怎么回事啊?’我问,‘跟我说说事发经过。’

“她解释说:‘我正在收拾床铺,罗伊在旅馆的门廊里玩儿,这个时候,他爸爸驾着马车来到台阶前。我听到罗伊大声喊叫，就跑了出去。那个时候，我丈夫已经把罗伊放到马车上了。我求他放过孩子，这就是他打的。’她转过脸，冲着光线，只见一条深红色的伤痕贯穿脸颊和嘴唇。她说：‘这是他拿鞭子抽的。’

“我说：‘回旅店去，让我们看看能怎么办。’

“路上，她跟我讲了前因后果。她丈夫拿鞭子抽她的时候说，他发现她来找儿子，便坐同一趟火车来了。科尼尔斯太太一直和她哥哥在一起生活，两个人总是看着孩子，因为她丈夫以前企图偷孩子。我认为，那个男人比电车道推销员还要恶劣。他花她的钱，还打她，还弄死她养的金丝雀，还到处说她的脚冰凉。

“旅店里，五个愤怒的公民召开大会，他们嚼着烟草，痛斥此等劣行。晚上十点钟，镇上的人大多已经入睡。我心平气和地跟一位女士说，我准备乘一点钟的火车，往东四十英里，去邻近一个镇子，科尼尔斯先生很有可能驾着马车去那里，然后转乘火车。我对那位女士说：‘我不知道那个男人有没有合法权利，不过，等我找到他，我会给他一记左直拳，直接打在他脸上，不合法就不合法吧，把他绑起来，关个一两天，罪名就是扰乱治安。’

“科尼尔斯太太回房去了，跟旅店老板娘哭诉。老板娘给她煮了猫薄荷茶，那茶能很好地安抚这可怜的人。旅店老板走到门廊上，拇指扣在吊裤带上，对我说：‘自从贝德福德·思蒂高尔的老婆吞了一条壁虎以来，镇上还没有这么热闹过。我从窗户看到那个人用马鞭抽她，什么都看到了。你这身衣服花多少钱买的？看着要下雨了，对不对？大夫，你说，你那个印第安朋友今晚好像喝醉了，是不是？你们两个前后脚到，我把事儿跟他说了。他大叫一声，迈着大步就跑了。我看，警察天亮之前会把他关起来。’

“我想，倒不如坐在门廊上等一点钟的火车。我没觉得有什么特别让人高兴的。约翰·汤姆又一次豪饮狂欢了，绑架事件让我睡不着。不过，别人有麻烦事,我心里也纠结。每隔几分钟,科尼尔斯太太就到门廊上,朝着马车远行的方向张望,似乎盼着孩子能骑着一匹白马回来,手里拿着红苹果。女人是不是就这样?这让我想起猫的故事。猫太太说:‘我看见有一只老鼠钻进了这个洞里,你乐意的话,大可以去那边把板子搬开。我要守着这个洞。’

“大约差十五分钟一点时,那位女士又出来了,忐忑不安,似乎一碰就会掉眼泪,女人们都爱这么做,只是为了自己寻开心。那位女士朝着路的远方看去,侧耳听着。我说:‘好了,女士,看着那些旧车痕也没用啊。这会儿,他们快到——’她伸出手来,说:‘小声点儿。’我的确听到黑暗里传来吧嗒吧嗒的声音,然后,一声呐喊,那声音实在难听,只有在麦迪逊广场花园野牛比尔的日场表演上才能听到。有人走上台阶,走到门廊,来人正是那个不怎么令人尊敬的印第安人。门厅的灯光照在他身上,我真没看出来那是九年一班的校友小熊约翰·汤姆先生。站在我眼前的,是一位彻罗基族勇士,他走过的路就是他的征程。烈酒和别的什么东西让他一路坚持下来。他的鹿皮衣服划得一条一条的,头上戴的羽毛乱成一团,跟鸡毛似的,走过数英里的路,皮鞋上满是尘土,眼睛里闪烁着原住居民的神采。可是,就在他怀里,我们看到了那个孩子,眼睛半闭着,一只手搂着印第安人的脖子,小脚无力地晃着。

“‘娃儿!’约翰·汤姆说。我注意到,白人句法之华彩部分已弃他而去。这才是他的本色,皮肤古铜色,敢跟熊搏斗。他把孩子放在他妈妈怀里,说:‘我带回的,跑了十五英里。喔!抓住白人,带回了娃儿。’

“那位小个子女士开心得不得了,一定要把那到处惹祸的小家伙弄醒,要抱抱他,告诉他,他是妈妈最珍贵的宝贝。我正要提问题,可是,我看了小熊先生一眼,他腰间有个什么东西,吸引了我的眼球。我说:‘夫人,现在去睡一会儿吧。这个爱惹事的小家伙也去睡吧。不会再有危险了,这一绑

架事件已经结束了，大家不用像夜里那样担心了。'

"我劝约翰 · 汤姆快回到营地，等他倒头就睡着了，我从他腰间拿出那个东西，扔了，受到过教化的人不适合看见。就算是橄榄球学校，也不会允许课外活动有剥头皮这一课程。

"第二天早晨十点钟，约翰 · 汤姆醒来，四处看看。我很高兴，又在他的眼神里看到了 19 世纪的文明模样。

"'杰夫，怎么回事？'他问。

"'喝高了。'我说。

"约翰 · 汤姆皱了皱眉，想了一下，直言不讳地说：'再加上那被人们称作返祖现象的小小生理变化。我想起来了。他们走了吗？'

"'坐七点半的火车，走了。'我答道。

"'噢！'约翰 · 汤姆说，'这样也好。白人，给威什希普多酋长拿点儿治头疼的溴泡腾盐来，然后，他就又可以担当印第安人的重任了。'"

慈善事业数学讲座

“我看到教育事业收到了五千多万的慷慨捐款。”我说。

我正在浏览晚报上的花絮新闻，杰夫·彼得斯正在把板烟丝塞进那根石楠根烟斗。

“这件事，我大有文章可做。”杰夫说道，“可以进行一次演讲，供整个慈善数学班参考。”

“你是不是有所暗指？”我问道。

“确实，”杰夫说，“我从未告诉过你我和安迪·塔克曾经做过慈善家，是吧？那还是八年前在亚利桑那州的事。安迪和我驾着双马马车，在基拉流域(位于美国亚利桑那州南端的河流流域)的山岭勘探银矿。我们发现了一个，并以两万五千美元的价格卖给塔克森(亚利桑那州南部的一个城市)方面的人。我们将支票兑换成银币，一袋一千美元。我们把钱袋装上车，向东行驶一百英里后，才恢复理智。当你听宾夕法尼亚铁路的年度报告时，听演员谈论自己的工资时，两万五千美元好像并没有那么多。但是，当你掀起马车的篷布时，用靴子跟踢钱袋，听到钱币互相撞击叮当响的时候，你会感觉到自己是一个十二点时的二十四小时营业银行。

“第三天，我们驱车来到了一个美丽整洁的小镇，可谓是自然或兰德-麦克纳(19世纪美国一家出版旅行指南和画片的公司)的杰作。它坐落在山脚下，花盛木茂，居民有两千人左右，热情诚恳且慢条斯理。小镇的名字貌似是百花村，还未受到铁路、跳蚤或是东部游客的污染。

“我和安迪把钱存进了希望储蓄银行，户名为彼得斯和塔克，接着，在天井旅馆开了房间。晚饭后，我们点上烟斗，坐在走廊上抽烟。这时，慈善事业这个想法涌入我的脑海，我想每个骗子或早或晚都会有这个想法的。

“当一个人从大众骗来一笔可观的钱时，他难免会感到害怕，想返还一部分。如果你仔细观察的话，便会注意到他行善的方式，你就会看到他试图把钱还给那些他欺骗的人。举个例子，A 通过将卖油给那些在夜里学习政治经济学和管理信托方法的穷学生而大发横财。因此，他把自己的昧心（违背良心，做坏事）钱又捐给了大学和专科院校。

“至于 B，他的钱是从那些靠手和工具吃饭的普通劳动工人那儿搜刮来的。他怎么把那些钱归还一部分呢？

“‘啊哈！’B 说，‘我将以教育的名义干这事儿。我剥削了劳动人民，’他自言自语道，‘但是俗话说得好，慈善能遮掩许多人的皮〔英语中有一个成语，即“慈善能遮掩很多人的罪孽”。“罪孽”（sins）与“皮”（skins）的读音相近，因此此处是作者故意而为，意在与上文“剥皮”相呼应〕’。

“所以他捐了八千万美元用于图书馆的建设，那些带着饭盒来修建图书馆的人能得到一些好处。

“‘那书在哪儿呢？’读者们纷纷发问。

“‘我不管。’B 说，‘我提供给你们图书馆，现在已经建好了。我想如果我给你们的是钢铁集团的信托股票，你们一定会希望我把里面的水（“掺水的股票”指的是增加发行量的股票，而发行这种股票的股份公司通常并未增加资产）也盛在刻花玻璃瓶里端给你是吗？上一边去吧！’

“但是，正如我所说的，有了这么多钱我也开始想做慈善事业了。我和安迪第一次弄到这么多钱，这让我们最终开始停下来想想我们是如何做到的。

“‘安迪，’我说，‘我们有钱了，虽说这没有超出一般人的梦想，但是也算得上像格里塞斯（北美人对拉丁美洲，特别是对墨西哥人的蔑称。而彼得斯在这里想说

的是克里塞斯，公元前6世纪小亚细亚地区的一个豪富国王）那么富有了。我感觉我似乎愿意为人们，并且对人们做些什么了。'

"'杰夫，我正有此意，'他说，'我们一直在欺骗大众，用各种小诡计来兜售赛璐珞（塑料的一种，透明，可以被染色，旧称假象牙）衣领，在佐治亚州贩卖霍克·史密斯（美国律师、参议员，曾任佐治亚州州长）的总统竞选徽章。如果我能不必在救世军（主要分布在英美等国，是基督教新教的一个社会活动组织，着重在下层群众中举办慈善事业）里敲打铙钹（náobó，大型的钹），或是用伯蒂雄（法国人类学家）的人身测定法教圣经班，那我倒是愿意一试。'

"'我们该做些什么呢？'安迪问，'是分发免费的粥饭给穷人好呢？还是给乔治·科特柳（美国律师，曾任财政部长）几千元钱呢？'

"'两个都不好，'我说，'我们的钱如果用来做一般的慈善事业则太多，要是赔偿他们却又不够。所以，咱们还是找一些折中（对几种不同的意见进行调和）的事情做吧。'

"第二天四处溜达时，我们看到小山上有一个大的红砖砌建筑，看上去好像没人住。市民告诉我几年前这是一个矿主的宅邸。建成后，他发现自己只剩下不到三美元来装修了。于是，他用这个钱买了威士忌，喝完后从房顶跳了下来。他的骸骨便被埋葬在了那里。

"一看到那座房子，我和安迪便产生了同感。我们可以给房子装上电灯，抹笔布，请来几位教授，再在草坪上放一只铸铁的狗和赫拉克勒斯（希腊神话中最伟大的英雄，宙斯之子，大力神）以及约翰教父的雕像。我将在这里开设一所最好的免费教育机构。

"所以，我们与百花村的知名村民们交谈，他们都十分赞同这个想法，还在消防队为我们办了一个晚会，我们首次以进步和教化事业的捐助者的姿态出现。安迪做了一次一个半小时的演讲，主题围绕着下埃及灌溉这一问题。宴会上的留声机和菠萝汁都充满了道德的气息。

“安迪和我抓紧时间做慈善事业。我们把镇上所有能够识别锤子梯子的人都请来修建屋子，将其划分成上课的教室和演讲厅。我们给旧金山方面打电话，订了一车课桌、足球、算数书、钢笔杆、字典、教授用的座椅、人体骨骼模型、海绵，以及大四学生能用到的二十七套防雨学士服和学士帽，还另外开了一张订单，上面是拥有与一流大学相匹配的杂物。我自作主张，将‘校园’和‘课程设置’写在了单子上，但是不学无术的电报员一定弄错了单词。货物到了以后，我发现了一罐豌豆和一把马梳〔“校园”和“课程设置”分别为“campus”和“curriculum”，与“豌豆罐头”（can of peas）和“马梳”（curry-comb）的读音相近〕。

“当周刊上出现我和安迪两个人的铜板照片时，我们给芝加哥一家职业介绍所打电话，让他们立马装上六名教授，英国文学方向一名、废弃语言学一名、化学一名、政治经济学一名（最好是民主党人）、逻辑学一名、绘画一名，还有一个教意大利语和音乐，还要有工会证。工资在八百至八百零五毛之间，由埃斯佩兰萨银行担保发薪。

“好，先生，咱们终于布置完毕了。我们在前门刻上了这些字‘世界大学——赞助商和业主：彼得斯 & 塔克’。自从日历上划去了 9 月 1 日后，来者便源源不断。第一个是每周三乘快车从塔克森来的教授，他们多半都很年轻，戴着眼镜，留着红色的头发，一半是雄心壮志，另一半是带着混饭吃的心情。我和安迪把他们安置在百花村，然后就是等学生到来了。

“学生们成群涌来。我们已经在每个州的报纸上刊登了这所大学的广告，国民如此迅速的反应让我们很高兴。两百一十九名强壮结实的小子，下至十八岁，上至下颏长满胡子的，都响应了免费教育的号召。他们把整个镇弄得一团糟，面目全非，简直就无法区分这里是哈佛，还是开庭的哥德菲尔兹（位于美国内华达州西南部的矿镇）。

“他们在街上走来走去，挥舞着世界大学的旗帜，颜色有深蓝和浅蓝两种，百花村确实被他们弄成一个热闹的地方。安迪在天景旅馆的阳台上做了一个演讲，整个镇的人纷纷走出家门，前去庆祝。

“大约两周以后，教授解除了那些学生的武装，让他们一起进入课堂。我认为没有什么事会比做慈善事业更令人愉悦了。我和安迪买了高顶丝绸硬礼帽，假装避开百花村公报的两个记者。这家报社派了专人，只要我们在街上露面时，他便会用小型照相机拍我们，并将其在‘教育新闻’专栏上刊登。安迪每个星期在大学里做两次演讲，随后我便会起身讲一个笑话。有一次，公报竟然将我的照片印在亚伯·林肯与马歇尔·皮·怀尔德(美国商人，美国马萨诸塞州工艺学院和农学院的创办人之一)中间。

“安迪对慈善事业的兴趣不亚于我。为了使大学兴旺，我们常常在半夜醒来时，交换各自的新想法。

“‘安迪，’一天我对他说，‘我们忽略了一件事，孩子们应该拥有舒适〔谐音“宿舍”。文中的“我”错把“宿舍”(dormitories)说成了读音相近的“独峰驼”(dro—medaries)。于是，译者也将其译为与汉语中的“宿舍”读音相近的“舒适”〕。’

“‘那是什么呢？’安迪问道。

“‘什么？当然是可以在里面睡觉的东西。’我说，‘所有的大学都有。’

“‘哦，你的意思是睡衣？’安迪说。

“‘不是。’我说，‘我的意思是舒适。’但是我怎么也没能让安迪明白，所以我们没有订购。当然，我的意思是每个大学都有的，可以让学生一排排地住进去的宿舍。

“哦，先生，世界大学是一次成功。我们有来自五个州和准州地区的学生，百花村兴旺起来了。有一个新的射击游乐场、一间当铺和两间酒吧开业了。孩子们编了一首校歌，是这样唱的：

劳、劳、劳，

顿、顿、顿，

彼得斯、塔克，

真快乐。

喔——喔——喔，

嚯——呵——嚯，

世界大学，

嘿，好哇！

“学生们都是好青年，我和安迪为他们感到骄傲，仿佛他们是我们的家人。

“但是，10 月末的一天，安迪跑来问我知不知道银行账户里还剩多少钱。我猜大约还剩一万六千美元吧。安迪说：‘我们的余额是八百二十一元二角六分。’

“‘什么！’我大叫着说，‘你的意思是，那些无法无天的人，那些土了吧唧、傻头傻脑、偷门板、兔子耳，以及盗马贼的兔崽子们竟然花了我们这么多钱？’

“‘一点儿都没错。’安迪说。

“‘那就让慈善事业见鬼去吧。’我说。

“‘这倒不必。’安迪说，‘慈善事业，如果我们经营得好，便可成为一个最好的骗人手段。我琢磨(zuó · mo，思考，考虑)琢磨这事，看看能否让它好转。’

“第二周，在我查阅教职员工的薪金单时，突然发现了一个新名字——詹姆斯 · 达恩利 · 麦克科尔教授，数学讲座，工资每周一百美元。我大喊了一声，安迪赶紧跑了过来。

“‘这是什么？’我问，‘一个数学教授每年能赚五千美元。这是怎么回事？他是从窗户爬进来，自己任命自己的吗？’

“‘一周前，我给旧金山那边打电话。’安迪说，‘在订单里，我们似乎忽略了数学讲座。’

“‘干得好！’我说，‘付他两个星期的工资，我们的慈善事业便会像高

尔夫球场的第九个球洞那么糟糕了。’

“‘等等,先看看事情会发展成怎样。我们的事业太高尚,不能随便退出。’安迪说,‘而且,我越看这个零售慈善事业,越觉得它对我有利。之前我从来没想过要研究它,现在想想看,’他继续说,‘我所认识的所有慈善家都有很多钱,我早就应该观察到这一点,确定什么是因,什么是果。’

“安迪在经济事务上足智多谋(智谋很多,形容善于料事和使用计谋),我对此很有信心。因此,我便把所有的事情都交给他做。大学现在非常繁荣,我和安迪的丝绸帽子仍旧锃亮,百花村的人持续不断地授予我们各种荣誉,如同我们是百万富翁一般,而不是即将破产的慈善家。

“学生们使这个镇生机勃勃,一片繁荣。一个陌生人来到镇子,在红墙车马出租所开设了一家赌场,大肆敛财。一天晚上,我和安迪去那儿转了转,礼貌性地下了一两美元的注。赌客中有五十多个是我们的学生,他们喝着朗姆酒,用一叠蓝的、红的筹码下注,等着庄家亮牌。

“‘真是岂有此理!安迪’我说,‘这些敲诈勒索的人,来这儿占免费教育的便宜,他们可比我和你曾经拿到的钱多得多。看见他们从兜里掏出来的那一卷一卷的钱了吗?’

“‘看见了。’安迪说,‘他们中的很多人是有钱矿主和牧场主的儿子,看到他们竟如此浪费这些机会,我们真的很伤心。’

“圣诞节时,所有的学生都回家过节了。我们在大学里办了一个送别会,安迪以‘爱琴海现代音乐与史前文学’为题做了一次演讲。每个老师都举杯回敬我们,把我和安迪比作洛克菲勒和马库斯·奥托里格斯皇帝(此处应是马库斯·奥里利厄斯,一位罗马皇帝)。我敲着桌子,招呼麦克科尔教授,但是他好像没有出席这个场合。我很想看看安迪所说的在这个快要结束的慈善事业里一周赚一百美元的人。

“学生们都搭夜车走了,镇上静得像是函授(以通信辅导为主进行教学)学校午夜时分的校园。我回旅馆时，看到安迪的房间里还亮着灯，便推门进去。

“安迪和赌场庄家坐在桌子前，分配着一叠两英尺高的钱，一打一千美元。

“‘没错，’安迪说，‘每人三万一千元。进来，杰夫。’安迪叫我，‘这是我们上学期应得的利润，而世界大学是我们联手打造的慈善组织，现在你该信服了吧。慈善，这个事业如果要以商业的方式对待的话，是一种艺术，施予的与得到的人都会得到祝福与恩惠。’

“‘很好。’我高兴地说道，‘我承认你这次干得很好。’

“‘我们早上就要坐火车走了。’安迪说，‘你最好收拾好你的硬领、硬袖和剪报。’

“‘太好了，我马上就好。’我高兴地说，‘但离开之前，我想见一见那位詹姆斯·达恩利·麦克科尔教授。我对这个男人很感兴趣。’

“‘这简单。’安迪说着，把头转向赌场庄家。

“‘吉姆，’安迪说，‘和彼得斯先生握握手吧。’”

艺术良心

“我总是不能让我的伙伴安迪·塔克明白纯粹诈骗的法治道德问题。”杰夫有一天对我说。

“安迪想象力极为丰富，以至于他没办法做到诚实。他过去常常设计一些骗钱计谋，其不正当性和涉及金额之大，连铁路欺瞒回扣章程里都不允许。

“至于我，在拿走别人手里的钱之前，我会给他们一些东西，比如说包金的首饰、花籽、腰痛药水、股票证券、擦炉粉，或者打破脑袋来让他们的钱发挥作用。我猜想我的祖先中一定有新英格兰人的基因，因此我也继承了他们对警察始终如一的畏惧。

“但是安迪的家世却完全不同，他与公司一样，没有任何祖先可以追溯。

“有一年夏天，我们在中西部沿着俄亥俄山谷出售家庭相册、头痛粉以及蟑螂药，安迪想到一个高明又可行的生财之道。

“‘杰夫，’他说，‘我一直在想我们应该抛开这些泥腿子(旧时对农民的蔑称)，将我们的注意力转移到一些更有油水、更多产的事情上去。如果我们继续盯着这些小钱，那么我们将被归类为初级骗子了。投入到一些摩天大楼林立的地方，在公鹿胸脯上咬一口怎么样？’

“‘哎，’我说，‘你也知道我的癖好。我喜欢那种正当的生意，就像我们现在做的。当我把钱拿走时，我想留给客户一些有形的东西，让他们看得到，并将注意力从我身上移开，即便只是一个用来恶作剧的戒指，或是一个可以将香水喷进朋友眼睛的香水瓶。你有什么新点子？'我问，'也不妨说出来听听。我没那么执着于小骗局，如果有什么外快(本职工作收入以外的收入) 可赚，那我也是不会拒绝的。'

"'我想的是，'安迪说，'不用号角、猎狗或是照相机，在一大群美国的迈达斯(希腊神话中痴迷金子的弗里吉亚国王)，也就是众所周知的匹兹堡的百万富翁中间打一次猎。'

"'在纽约？'我问道。

"'不，兄弟。'安迪答道，'在匹兹堡，那里才是他们的栖息地。他们不喜欢纽约，他们时不时地去那儿只是因为别人希望他们过去。'

"'呆在纽约的匹兹堡百万富翁，就仿佛是一只在热咖啡杯中的苍蝇。虽然受到人们的关注和评论，但是他们并不喜欢。纽约嘲笑他们在满是鬼鬼祟祟(偷偷摸摸，不光明正大的。祟，suì) 的势利小人和嘲讽者的城镇里挥霍(任意花钱) 浪费。而事实的真相是，他们在那儿并没有花多少钱。我看到一个身价一千五百万美元的匹兹堡男人在纽约旅行十天的账单。这个就是他所记录的内容：

往返火车票	21 美元
往返旅馆的车费	2 美元
旅店费用(每天 5 美元).......	50 美元
小费	5750 美元
总计	5823 美元

"'那就是纽约的声音。'安迪继续说道，'这个镇就相当于一个饭店领班。如果你的小费给得太多，他们便会站在门口，与衣帽间的男孩取笑你。当匹兹堡人想要花钱享受时，他便会待在家里。我们在那儿就能找到他。'

"好，闲话少说，我和安迪将我们的巴黎绿(具有翡翠绿颜色的晶体粉末，学名醋酸亚砷酸铜，可做颜料和杀虫剂)、安替比林(无色或白色晶体粉末，可与其他解热镇痛药物制成复方药剂）粉以及相册寄存在朋友的地下室里，便乘车去匹兹堡了。安迪虽然没能草拟出任何使用欺诈或暴力的计划书，但他向来很有自信。无论什么场合，他邪恶的天性都能应对自如。

“作为对我的自我保护和公正诚实做出的让步，他承诺如果我积极参与非法生意的投机的话，我们就会保证受害者可以获得一些实在的，可以触摸到的、看到、尝到、闻到的东西，让我在良心上过得去。之后，我感觉好多了，并愉快地加入了骗局。

“当我们在烟雾缭绕的铁匠街煤渣路上闲逛时，我说：‘安迪，你有没有想出办法去结识那些煤炭大王和那些生铁压榨者。我不是责难自己的会客举止与餐桌礼仪，但是我们要进入那些抽细长雪茄的人的沙龙可能会比想象更难。’

“‘如果有什么障碍的话，那也是因为我们自身的文雅举止与内在的素质比他们要好得多。匹兹堡的百万富翁为人朴素，全心全意，谦虚而且民主。’

“‘他们态度粗鲁、举止不文明、喧闹且不修边幅，骨子里很没有礼貌，不懂什么叫客气。’安迪说，‘他们几乎都出身卑微，一直摆脱不了寒酸气，后来他们开始抽起烟来才有所改善。如果我们随和一些，不矫揉造作（形容过分做作，很不自然），别离开沙龙太远，总是像钢轨进口关税那样引人注目，那么我们在与他们交际的时候就不会遇到任何麻烦。’

“于是，我和安迪在城里逛了三四天，打探了下情况。我们已经熟悉了几个百万富翁的模样。

“有一个富翁常常把车停在我们下榻旅馆的门前，要一夸脱香槟。侍者打开酒瓶后，他便对着嘴喝。这说明发迹之前，他是个吹玻璃的。

“一天晚上，安迪没来旅馆吃晚餐。大约十一点时，他走进了我的房间。

“‘杰夫，我找到一个。’他说，‘身价一千两百万，经营油田、轧钢厂、房

地产和天燃气。他人很好，没架子。所有的身家都是过去五年赚的。他聘用了几个教授，教他艺术、文学和服装打扮之类的东西。'

"'我看到他时，他刚赢了一万美元，因为和一个钢铁公司的老板打赌，说是今天在阿勒格尼轧钢厂会有四起自杀事件。在场的每个人都跟着他去喝酒，由他买单。他对我有好感，邀请我和他一起吃晚餐。我们去了钻石巷的一家餐馆，坐在高脚凳上，喝了泡沫摩泽尔酒，吃了蛤蜊浓汤和炸苹果饼。'

"'然后，他想给我看他在自由街上的单身公寓。公寓在一个鱼市的楼上，里面有十个房间，三楼还可以洗澡。他说他花了一万八千美元装修自己的公寓，我认为这是真的。'

"'公寓的一个房间里有一幅价值四万美元的画，另一间里有价值两万美元的古董和古玩。他叫斯卡德，四十五岁，在上钢琴课。每天他的油井里会产出一万五千桶石油。'

"'好吧，'我说，'初次热身很令人满意，可是那又怎么样呢？艺术品收藏还有石油对我们来说有什么用呢？'

"'现在，那个男人并不是所谓的附庸风雅(指为了装点门面而从事有关文化的活动，结交名士)的人。'安迪坐在床上若有沉思地说，'当他给我看他的艺术橱柜时，他的脸发着炼焦炉门般的光。他说只需要几笔大买卖，他就可以使约·皮·摩根(美国钢铁公司的创始人，喜欢收藏艺术品)收藏的血汗工厂挂毯和缅因州奥古斯塔串珠，如幻灯机屏幕上投影出来的鸵鸟嗉囊(鸟类消化器官的一部分，用来储存食物)里的食物那样相形见绌(跟某人或某事比起来远远不如。绌，chù，不足)。'

"'然后，他给我看了一个小雕刻物。'安迪继续说，'任何人都能看出这是一件好东西。它看起来起码有两千多年的历史了。那是一尊用整根象牙雕刻出来的莲花，上面还有一张女人的脸。'

“斯卡德在目录中查阅了一番，然后描述了一下。埃及雕刻家卡夫拉做了两个献给拉姆泽斯二世(埃及法老)。另一个下落不明，旧货商和古玩商找遍了欧洲都没能找到。他现在手里的那个是他花了两千美元买到的。

“‘哦，这样啊。’我说，‘对我来说，这话听起来就像是小溪流水一般。我想我们来这儿是为了教百万富翁如何做生意的，而不是从他们那里学习艺术知识。’

“‘耐心点儿，’安迪说，‘也许能找到一些机会。’

“第二天，安迪出去了一上午。我中午才看见他。他回到旅馆，隔着大厅叫我去他的房间。他从口袋里拿出一个鹅蛋大小的包裹，打开它，里面是一个象牙雕刻，与他所描述的百万富翁的那个一模一样。

“‘我刚才去了一家旧当铺。’安迪说，‘我看见这个被许多古剑和货物压着。当铺老板说，这东西在他那里已经好几年了，是一些住在河下游的阿拉伯和土耳其人将其抵押在他那儿的。’

“‘我本想出两美元买下它。但我一定是露出了想要的神情，因为他说如果商谈的价格达不到三十五美元，那么就相当于我从他孩子嘴里抢面包。最终，我用二十五美元买下了它。’

“‘杰夫，’安迪接着说，‘这绝对与斯卡德的那个是一对儿。他一定会马上花两千美元买下它，就像是在下巴上围餐巾那么快。没准儿这个是另一件真品呢！’

“‘确实如此。’我说，‘现在，我们怎么推一把，让他来自愿买下它呢？’

“安迪已经制订好了计划。我来告诉你我们是怎么执行的吧。

“我戴上蓝色的眼镜，穿上我的黑色长礼服，把头发弄得乱蓬蓬的，摇身一变成了皮科尔曼教授。我登记入住在另一个旅店，给斯卡德发了一份电报，请他来和我商谈有关艺术这一重要的事。不到一小时，他就乘电梯来到我的房间。他是一个有一丝神秘感的人，但声音响亮，身上散发出康涅狄格州封装器和石脑油的味道。

"'你好,教授!' 他说道,'生意如何?'

"我把头发弄得乱蓬蓬的,透过蓝色的镜片瞪了他一眼。

"'先生,' 我说,'你是宾夕法尼亚州匹兹堡的科尼利厄斯·蒂·斯卡德吗?'

"'我是。' 他说,'出去喝一杯吧?'

"'我没时间,也没有这个嗜好。' 我说,'这是一种有害的娱乐。我从纽约来聊生——聊艺术。'

"'我得知你有一个拉姆泽斯二世时代的埃及象牙雕刻,是一朵莲花,里面还有伊西斯皇后的头像。这样的雕刻只有两个,其中一个已经遗失很多年了。最近我在维也纳一家当——一家博物馆里发现了它并将其买了下来。我希望能买下你那件,你开个价吧。'

"'噢! 天哪! 教授!' 斯卡德说,'你发现另一件了吗? 你要买我的那件? 不行。斯卡德不会卖他的任何收藏。你带那件雕刻了吗,教授?'

"我给斯卡德看了一下,他仔细地检查了一遍。

"'就是这个。和我那件一模一样,每个线条、每条曲线都分毫不差。告诉你吧,' 他说,'我不会卖我的,还要买你那件。我出两千五百美元。'

"'既然你不卖,那我卖。' 我说。'请给大票子。我这个人不喜欢啰嗦,今晚我得回纽约,明天还要在水族馆演讲。'

"斯卡德开了张支票,旅馆将其兑换成现金。他带着那件古董走了,按照计划,我赶紧回到了安迪所在的旅馆。

"安迪正在房间里踱来踱去,一边还看着他的表。

"'还顺利吗?' 他问。

"'两千五百块。现金。' 我说。

"'还有十一分钟,' 安迪说,'我们得去赶巴尔的摩至俄亥俄线的西行

火车。快去拿上你的行李。’

“‘怎么这么急？’我问，‘这是一门公平交易。即使那是赝品(伪造、仿制的文物或艺术品)，他也得过一段时间才能发现。况且他看起来也很确定那是真品。’

“‘那就是真品。’安迪说，‘那是他自己的。昨天我在看他的古董时，他在外面待了一会儿，我就把它装进兜里了。所以现在，快去拿行李箱。’

“‘可是你为什么要编个故事说你在当铺里发现了另一件——’

“‘唉！’安迪说，‘这是尊重你的艺术良心。快点儿吧。’”

双料骗子

这一麻烦始于拉雷多。若是要追究责任，那绝对是利亚诺·基德的错。如果利亚诺·基德只杀墨西哥人，就不会出现后面一连串的麻烦。但是，基德已经二十好几了。要知道，在格兰德河边界，这个年纪如果只杀过墨西哥人也着实(确实，实在)寒碜(丢脸，不体面)。

故事发生在老胡斯托·伐尔多斯的赌场里。当时正进行着一场牌局，牌客大多互不相识。这正如人们大老远骑马过来，跑到马场一起赌马一样，素昧平生(从来不认识)，很是司空见惯(指因为看多了而不觉得奇怪)。结果，却因为两张皇后牌，起了纷争。硝烟散过后，人们发现，基德和他的对手这两方都有过错。这个好争斗的小伙子来自大的牧牛场，出身高贵，与基德年纪相仿，有一大批的拥护者和朋友。他的过错在于开枪时子弹还差十六分之一英寸就打中了基德的右耳；那个更高明的枪手并没有因为这一失误而心有余悸(指危险虽然过去了，但回想起来心里还是害怕)，其莽撞也没有因此而有半分收敛。

基德既没有一个贴身随从，也没有许多钦慕者和支持者——即使是在边界，他也是出了名的臭脾气。考虑到他应该采取谨慎的行为，并且做事谨慎也并不与他举世公认(全世界都认同。举世，整个世界)的不认输的形象相左(相反，不一致)，他决定“走为上计”。

很快，寻仇的人聚到一起，向他追来，其中有三个人在火车站内找到了他。像往常做无礼和暴力的事情之前那样，基德回过头来，向他们报以狡黠的狞笑。追他的人甚至没等他伸手拔枪，便退了回去。

当时，基德并不想如平时那样好勇斗狠，一心找人拼命。那纯粹是一场由玩牌引起的口角(争吵。角，jué)。当时双方都对对方说了一些不合体面的脏话。那个被基德枪杀的小伙子，身材瘦长、举止傲慢、褐色脸膛、刚刚成年，深受基德喜欢。目前，他不希望再发生什么流血事件。他想离开这里，找块牧豆草地，在太阳底下用手帕盖住脸，美美地睡上一大觉。基德有这种情绪的时候，即使墨西哥人从他身边走过也是相当安全的。

基德堂而皇之地搭上北行的列车，车五分钟后便出发了。可是，行驶了数英里，到了韦布，接到信号，有一位旅客上车，小利亚诺便放弃了搭车逃跑的办法。要知道前面还有不少电报局；基德一看到电气和蒸汽之类的玩意儿就恼火。马鞍和马刺才是安全的保证。

基德并不认识那个被他枪杀的人，不过倒是知道他是伊达尔戈的科拉里托斯牛队的。肯塔基州的复仇者很残酷，爱寻仇。但是，与他们相比，那个牧场里的牛仔们则有过之而无不及。如果有一个牛仔吃了亏或受到伤害，其他人绝对不会善罢甘休。正如许多伟大的斗士一样，基德决定尽可能地逃离来自科拉里托斯牛队复仇者的打击报复，远离这个是非之地。

车站附近有一家店铺；店铺附近的牧豆树和榆树间有几匹顾客的没卸鞍的马。它们大多四肢无力地站立着，耷拉着头，半醒半睡地等着。但是有一匹长腿弯颈的杂毛马却在喷鼻子，踹草皮。于是，基德跳上马背，两膝一夹，用马主人的鞭子轻轻打着它。

如果说，枪杀那个莽撞的赌牌人的行为，损害了基德正直善良的公民身份的话，那么盗马一事就足以使他名誉扫地。在格兰德河边界，杀人有时就像扔垃圾一样，没有什么大不了的。可是夺取他人的马简直就是在让他破产，而你自己也并没有得到什么好处——如果你被逮住的话。不过说什么也没有用了，基德现在没有机会回头了。

他骑着这匹鲜蹦活跳的杂毛马，把忧虑和不安都抛到了脑后。他策马跑了五英里后，就像平原人那样款款而行，驰向东北方的纽西斯河床。他很熟悉这个地方——熟悉它粗犷的荆棘丛林之间最崎岖、最难走的小路，熟悉可以让人们得到款待的营地和人迹稀少的牧场的具体位置。他一直向东走去；因为他生平还没有见过海洋，很想抚摸一下那匹淘气的小雄马——墨西哥湾——的鬃毛。

因此，三天之后，他站在科珀斯克里斯(美国德克萨斯州纽西斯河口上的城市)的岸上，眺望着宁静海洋上的涟漪。

纵帆船“逃亡者号”的布恩船长站在小快艇旁边，一个水手守着小艇。帆船刚要启航的时候，他发觉一件生活必需品——平行四边形的口嚼烟草块——忘买了。他派一名水手去采办那件被遗忘的货物。与此同时，船长在沙滩上来回踱步，一面咒骂个不停，一面嚼着口袋里的存货。

一个穿高跟马靴，瘦高结实的小伙子来到了海边。他脸上孩子气十足，不过夹杂着一种早熟的严厉神情，表明他阅历(由经历得来的知识或经验)不浅。他的皮肤天生就黑，加上户外生活的风吹日晒，使其成了深褐色。他的头发同印第安人一般又黑又直；稚嫩的脸还没有受过剃须刀的翻掘；那双蓝眼睛既冷酷，又坚定。由于警长们不愿意见到珍珠贝柄的四五口径手枪，他只得把手枪插在坎肩的左袖口里，显得有些笨重，胳膊看起来也是往外翻的。带着中国皇帝的尊严，他漠然地眺望着布恩船长身后的海湾。

“打算把海湾买下来吗，老弟？”船长问道。他差点儿要做一次没有烟草的航行，心里正没好气。

“呀，不，”基德温文尔雅地说，“我没有这个打算。我从未见过海。只是看看而已。你也不打算出卖吧？”

“这一次没有这个打算。”船长说，“等我回到布埃纳斯蒂埃拉斯之后，我把它给你运去，货到付款。那个傻瓜水手终于把烟草买来了，他跑得那么慢，不然我一小时前就可以起航了。”

“那条大船是你的吗？”基德问道。

“嗯，是的，”船长回答说，“如果你硬是要把一条纵帆船叫作大船的话，我也不介意。不过说得正确些，船主是米勒和冈萨雷斯，在下只不过是老塞缪尔·凯·布恩，一个没什么了不起、再普通不过的船长。”

“你们要去哪儿？”逃亡者问道。

“布埃纳斯蒂埃拉斯，南美海岸——上次我去过那里，不过那个国家叫什么名字我可忘了。当时船上装的货物是木材、波纹铁和砍刀。”

“那是个什么样的国家？”基德问道，“是冷是热？”

“不冷不热，老弟。”船长说，“风景优美，山水秀丽，是个十足的失乐园。你一早醒来就听到有着七条紫色尾巴的红鸟在歌唱，微风在奇花异草中叹息。当地居民从来不干活儿，因为他们不用下床，只需要伸伸手就可以采到一篮又一篮最上等的温室水果。那里没有礼拜天，没有冰块，没有房租要付，没有麻烦，没有利用，你想要的东西应有尽有（形容充足齐备，应该有的全部有）。对于那些只想躺在床上等运气找上门的人来说，那个国家是再好不过的了。天上刮的飓风，你吃的香蕉、橘子和菠萝都是从那里来的。”

“这正合我意！”基德终于表明对此感兴趣，“去那儿的路费是多少？”

“二十四美元，”布恩船长说道，“包括伙食和船费，二等舱。我船上没有头等舱。”

“好吧，成交。”基德说，掏出了他的羊皮包。

刚去拉雷多的时候，基德身上带着三百块钱，准备如以前那样大玩一场。在伐尔多斯赌场里的决斗，中断了他的欢乐时光，但是剩下的两百美元正好为他如今的逃亡派上用场。

“好吧，老弟，”船长说，“我希望你老妈不要因为你的这次孩子气的冒险之举而怪我。”他招呼着一个水手说，“让桑切斯背你到小艇上去，免得你弄湿了双脚。”

美利坚合众国驻布埃纳斯蒂埃拉斯的领事(由一国政府派驻到外国某一城市或地区的外交官员)撒克此时还没有喝醉。当时才中午十一点钟;不到下午三四点之前,他不会达到飘飘然的境界——彼时,他就会唱起让人多愁善感的旧时小曲,用香蕉皮投掷他那不停叫嚷的鹦鹉。因此,躺在吊床上的他,在听到一声轻咳而抬起头来,看到基德站在领事馆门口时,仍旧能够保持一个大国代表应有的风度、礼貌和客气。"随意就好,"基德轻松地说,"我只是顺道路过。他们说,开始在镇上逛逛之前,按规矩应当到你的营地来一次。我刚乘了船从德克萨斯来。"

"很高兴见到你,请问先生尊姓大名?"领事问道。

基德自己先笑了起来。

"斯普拉格·多尔顿。"他说,"这个姓名我自己听了都觉得好笑。在格兰德河一带,人们都管我叫利亚诺·基德。"

"我叫撒克。"领事说,"请坐在那张藤椅上。假如你来到这儿是想投资,就需要有人给你些建议。这些不体面的人,如果你不了解他们的作风,会把你的金牙齿都骗光。要不要来根雪茄?"

"不了,谢谢。我不抽雪茄,"基德说,"不过如果我后裤袋里没有玉米苞叶和那个小包,我可能一分钟也活不下去。"他取出他的"装备",卷了一支烟。

"这里的人说西班牙语,"领事说,"你需要一个译员。有什么地方可以效劳,告诉我。我嘛,很乐意去帮忙。如果你打算买下果树地或者想搞什么特许权,你一定要找一个懂行的人替你出谋划策(出主意,定计策)。"

"我会讲西班牙语,"基德说,"我讲西班牙的水平比英语要高九倍。在原来的牧场,人人都会说西班牙语。另外,我现在什么都不想买。"

"你会讲西班牙语?"撒克若有所思地说道,他出神地望着基德。

"你长的也像个西班牙人,"撒克继续说道。"你来自德克萨斯州,年纪二十上下。我在想你有没有胆量。”

“你在打什么主意?”基德问道,他的精明令人意外。

“你有意干上一票吗?”撒克问。

“我又有什么理由去拒绝。”基德说,“我在拉雷多玩了一场小小的枪斗,毙了一个白人。当时没有凑手的墨西哥人。我到你们这个鹦鹉和猴子遍地的牧场上来,只是想来闻闻牵牛花和金盏草。现在你明白了吗?”

撒克站起来把门关上。

“让我来看看你的手。”他说。

他拿起基德的左手,仔细地检查了手背。

“这件事我能做成,”他兴奋地说道,“你的皮肉如木头一样坚硬,如婴儿一般健康。一周就会痊愈。”

“如果你打算叫我来用拳头打一架,”基德说,“那你可别对我存什么希望。换成枪斗,我一定奉陪。像茶会上夫人们那样空手吵架的行为,我可是一点儿也不感冒。”

“这比那个容易,”撒克说,“过来这里,好吗?”

透过窗户,他指着一幢有着宽回廊的二层白墙小楼。那幢建筑矗立在海边一个树木葱茏的小山上,在深绿色的热带植物中间显得分外醒目。

“在那座房子里,”撒克说,“有一位平易近人的西班牙老绅士和他的夫人,他们迫不及待地想把你搂在怀里,把钱塞满你的口袋。那位老绅士名叫老桑托斯·乌里盖。这个国家的金矿有一半儿归他所有。”

“你确定你没吃疯草?”基德问。

“过来坐下吧,”撒克说道,“让我来告诉你详情。十二年前,他们丢了一个孩子。不,他并没有死——尽管大多数人在喝了地表水之后都得病死去。虽说只有八岁,但他可不是一般的调皮。这可是众所周知的事情。有几个勘察金矿的美国人路过这里,同乌里盖先生有所往来,他们甚是喜爱这个孩子。他们给这个孩子的脑袋里灌输了许多关于美国的发财故事。他们离开这里大约一个月后,这个孩子也随之失踪了。人们揣测,他大概是躲在一条水果船的香蕉堆里,偷偷地去了新奥尔良。据说,有人曾在德克萨斯见过他,但此后就音讯全无。老乌里盖为了找他,花费了成千上万。夫人最为伤心,心都操碎了。这小家伙可是她的命根子。她目前还丧服加身呢。但大家都说她从未放弃过希望,坚信孩子总有一天会回来的。孩子的左手背上刺了一只抓矛的飞鹰。那是老乌里盖家族的纹章,或是他在西班牙继承下来的标记。"

基德缓慢地抬起左手,好奇地盯着它看。

"对,就是它,"撒克说道,拿起藏在办公桌后的一瓶走私的白兰地。"你并不笨。我能做成这件事。直到现在我才明白我为什么要在山打根(马来西亚沙巴东北部港市)做领事。一个星期之内,我就会滴水不漏地将抓矛的苍鹰刺在你的手上,从而让人觉得这个纹身你从小就有。我这里早就备有一套刺花针和墨水,正因为我料到总有一天你会来的,多尔顿先生。"

"妈的,"基德说,"我想我告诉过你我的名字!"

"好吧,基德。不过这个名字也不会用很久了。换成乌里盖少爷怎么样?"

"印象中我从未假扮过别人的儿子,"基德说,"说起我的亲生父母,他们也是在我刚出生不久就和我阴阳两隔。你打算如何行事?"

撒克身子后倾,倚靠着墙,迎着灯光对着自己的酒杯出神。

"谈到这里,"他说,"问题的关键在于,在这件小事上,你愿意走多远。"

"我告诉过你我来这里的原因。"基德淡淡地说道。

"回答得不错,"撒克说,"但是,事情并没有你想得那么复杂。我的计划是这样的:在把标志刺在你手上后,我会通知老乌里盖。在刺花未完成之前,我会把搜集到的所有关于乌里盖家族的历史告诉你,这样的话,你就可以琢磨琢磨应该和他们聊什么。你看你长相符合，会说西班牙语，知道他们的家族历史，了解德克萨斯，还有刺绣标记。当我告知他们，他们家族的合法继承人已经回来了，等待着父母的原谅和接纳，你猜会怎么着？他们会二话不说就跑到这里来，紧紧地抱住你的脖子。接下来要做的也就是大家去大厅吃吃点心，散散步罢了。”

“事情没这么简单吧？”基德说，“我的马鞍在你的营地还没有焐(wù，用热的东西把凉的东西变暖)热，老兄。并且，我们俩以前素昧平生，如果你的目的仅限于给失独的父母安慰，那么，你找错人了。”

“谢谢，”撒克说，“我好长时间都没有遇到过像你这么聪明的人了。接下来的事情很简单。他们即使只让你在屋里待一小会儿，时间也是绰绰有余(形容十分宽裕)。千万不要让他们有机会发现你左肩膀上的莓色标记。老乌里盖家的一个小保险箱里经常藏着五万到十万美元，那个保险箱，你用一根铜丝就可以捅开。你要做的就是把钱弄来。作为你的纹身师，我的技术值一半的钱。我们五五分成，然后搭乘不定期轮船去里约热内卢。如果美国因为我们的离开而无法运转的话，那就让它见鬼去吧。你说呢，先生？”

“正合我意！”基德点点头说道，“我可是一心想着赚钱。”

“那就这么办，”撒克说，“我们在你手上刺上那只鸟之前，你得先躲起来。你可以先住在后房里。我自己会做饭。在抠门的政府付给我微薄的工资的条件下，我会尽可能地让你生活得安逸舒适。”

撒克原先估计的时间是一周，但是等他一步一步地在基德手上刺好图案，已经过了两个星期。撒克找了一个小厮，把下面这张便条送给他准备暗算的人：

白屋

堂·桑托斯·乌里盖先生

亲爱的先生：

数日前，有一位年轻人从美国来到布埃纳斯蒂埃拉斯，目前暂住舍间。我虽然认为这人很可能是您失踪多年的儿子，但是我也不希望让您好不容易燃起的希望之火被浇灭。您最好亲自来看看他。如果他确实是您的儿子，据我看，他过去一直很想回自己家。可是到这里后，他不确定回家后爸妈是否会接受他，因此不敢贸然（轻率地，不加考虑地）前去。

此致

敬礼

汤普森·撒克

半小时以后——这在布埃纳斯蒂埃拉斯还算是快的——一个赤脚的马夫坐在乌里盖先生古色古香的四轮马车上，鞭打和吆喝着那几匹肥胖笨拙的马，来到了领事住处的门口。

一个白胡须的高个子男人下了车，搀扶着一个身穿黑衣服、头蒙黑面纱的太太下来。

两个人急匆匆地走进屋里来，撒克以最为郑重的外交鞠躬礼来迎接他们。他桌旁站着一个玉树临风的年轻人，眉清目秀，皮肤黝黑，乌黑的头发梳得很整齐。

乌里盖夫人迅速地揭开自己的黑纱。她已过中年，头发开始花白，但她那丰满傲人的身段和浅橄榄色的皮肤让人联想到巴斯克妇女特有的俊俏。但是，一旦你见到她的眼睛，就会发现那深深的暗影里隐藏的是极大的悲伤，而面部表情中流露的也只是无尽的失望，你就会明白眼前的这个女人只是活在自己的记忆中。

带着悲伤不已的质疑表情，她瞅了眼前的年轻人好久，似乎忘记周围一切的存在。她一双乌黑的大眼睛往他的左手看了一眼。接着，她“呜呜”

地哭起来，声音虽然不大，但仿佛整幢房屋都为之一震。她嚷道："我的儿子呀！"紧接着便把基德搂在怀里。

一个月后，基德接到撒克捎给他的信，来到领事馆。

撒克看着眼前的这位年轻的西班牙绅士。他的衣服是进口的。珠宝商在他身上没有白花心思，卷纸烟的时候，手上的那颗珍贵无比的大钻戒熠熠生辉，发出夺目的光彩。

"现在什么情况？"撒克问。

"没什么呀，"基德淡定地说，"我今天吃了人生第一顿蜥蜴肉排。它们个头都好大，你懂吗？其实，即使给我吃培根煮菜豆，我也不反对。你喜欢吃蜥蜴吗，撒克？"

"不喜欢，别的爬虫也不吃。"撒克说。

现在是下午三点钟，离他达到飘飘然的境地，还剩一个钟头。

"到分钱的时候了，老弟，"撒克接着说，他那张绛红的脸上露出一副狰狞相。"你对我太不公平了。你已经当了四个星期的富家公子，要是你喜欢，每顿饭都可以用金盘子来盛小牛肉。基德先生，你说，我在这儿吃糠咽菜（形容生活困苦、艰难。糠，谷物的皮。菜，指野菜），你自己却锦衣玉食，这样应不应该？毛病在哪里？难道你这双孝顺儿子的眼睛在白屋里面没有见到任何长得像现金的东西？别对我说你没有见到。谁都知道老乌里盖藏钱的地方，并且是实打实的美国现金；别的钱他都不要。你到底在忙什么？这次别跟我讲你什么都没干。"

"当然，"基德玩着他的钻石戒指说，"那里的现金确实很多。至于抵押品之类的玩意儿我可不懂，但是我可以确定，我继父的叫作保险箱的铁皮盒子里，一次就见到过他放进去了五万元现款。有时候，他会把保险箱的钥匙交给我，主要是让我知道，他真心认为我就是那个当年走失的小弗朗西斯科。"

“那么，你现在在等什么？”撒克愤怒地问道，“你可千万不要忘了，只要我高兴，我随时都可以捏碎你锦衣玉食的美梦。如果老乌里盖先生知道你是个骗子，你知道会发生什么吗？天哪，德克萨斯基德先生，你可真不了解这个国家。这里的法律可真叫残酷啊。你就会像过街老鼠一样，人人喊打。人人都会在广场的每个角落给你五十大板，甚至连棍子都要被打断，然后再把你剩下的皮肉喂鳄鱼。”

“伙计，我还是现在告诉你好了，”基德舒适地坐在帆布椅上说，“就这样维持现状就好。”

“你什么意思啊？”撒克问道，猛地把他的酒杯往桌上一放。

“计划终止了，”基德说，“除此之外，我还要告诉你，无论何时你想要和我说话的时候，请叫我堂·弗朗西斯科·乌里盖。我保证我一定会回应的。我们不会去碰乌里盖上校的钱。就你我二人来说，他的小铁皮保险箱同拉雷多第一国民银行的定时保险库一样安全可靠。”

“你想把我甩开，是吗？”领事说。

“当然，”基德快活地说，“把你甩开，就是这样。现在我来告诉你为什么。我在上校家住的第一晚，他们把我带到了一间卧室。不是只在地板上铺张毯子——是一间真正的房间，有床和其他家具。在我入睡之前，我的假妈妈走了进来，替我掖好被子。‘我的小心肝儿，’她说，‘我丢失的小宝贝儿，上帝把你带回我的身边，我永远赞美主。’她说了诸如此类的话。接着，几滴眼泪落到我的鼻子上。我被这一幕惊呆了，撒克。自此以后，就一直是那样，将来也理应如此。不要认为我这么说是为了我自己。如果你还想打其他的主意，不要告诉我。这辈子我没怎么和女人打过交道，更没怎么和母亲们说过话，但是，对于如今的这位女士，我们要一瞒到底。一次打击她还能经受得住，再来一次，她真的会受不了。我是一匹下等狼，是魔鬼而不是上帝把我带到这条路上的，但是这一次我要一条路走到黑。所以，不要忘了无论何时你提到我的名字时，一定要管我叫堂·弗朗西斯科·乌里盖。”

“我今天就揭发你——你这个双料叛徒。”撒克结结巴巴地说道。

基德立马起身，但这一回他并没有很粗暴，而是用他有力的手将撒克缓慢地推到墙角。然后，他从左臂下抽出那支珍珠贝柄的四五口径手枪，用冰冷的枪口戳着领事的嘴巴。

“我告诉过你我为什么来这里，”他说，露出冷酷的笑容：“伙计，不要忘了，如果我离开这里，你就是我离开的理由。现在告诉我，我叫什么来着？”

“呃——堂·弗朗西斯科·乌里盖。”撒克喘着气说。

屋外传来车轮的响声、车夫的叫嚷声，以及鞭打肥马后背发出的尖锐的击打声。

基德收起枪，向门口走去。但是，他又转过身来，走回发抖的撒克身边，向领事扬起了左手。

他缓缓地说道：“为何要保持现状的另一个原因是，我在拉雷多杀死的那个人碰巧左手上有一个同样的标记。”

屋外，堂·桑托斯·乌里盖老爷古色古香的四轮马车“格拉格拉”地驶到门口。马车夫停止了吆喝。乌里盖太太穿着一套缀着许多白色蕾丝花边和缎带的鲜艳礼服，一双柔和的大眼睛里露出幸福的神情，向前探了探身子。

“宝贝儿子，你在里面吗？”她用悦耳的西班牙语轻声唤道。

“妈妈，我来啦。”年轻的堂·弗朗西斯科·乌里盖回答道。

提线木偶

警察站在第二十四街与一条黑得诡异的小巷的拐角处，这个拐角靠近高架铁路经过的地方。当时是凌晨两点，展现在眼前的只有黎明前的寒气、阴雨和冷硬的黑暗。

一个男人穿着长大衣，压低帽檐，手里拎着什么东西，脚步很轻但步履匆匆地走出这黑巷子。警察态度和蔼地上前搭话，带着履行职责的自信气场。时间、小巷的臭名声、行人的匆忙、他携带的重物——这一切自然而然地构成了“可疑情况”，需要警方查明。

“嫌疑人”立刻停住了脚步，往后推了推他的帽子，在摇曳的街灯下，露出了一张没有情绪波澜的脸，高鼻子、黑眼睛、目光坚定。他的手戴着手套伸进大衣的口袋里，摸出一张名片递给警察。警察把名片凑到晃动的灯光下，看到“医学博士查尔斯·斯宾塞·詹姆斯”几个字。地址上的街道和门牌号一带住的人是那么可靠而且值得尊敬，以至于连好奇都多余，更不用说怀疑了。警察眼睛朝下看，注意到医生手提的东西——一个精美的黑皮银底的医药箱。这进一步证实了名片的内容。

“请吧，医生。”警察让开了路，过分亲切地说道，“上面吩咐要格外小心，最近盗窃和抢劫的案子很多。这样糟糕的夜晚真不适合出诊，不是很冷，但是——空气黏乎乎的。”

詹姆斯医生很有礼貌地点点头，附和了一两句警察对于天气的评价，就继续快步向前走去。他专业的名片和神气的医药箱让那天晚上先后遇到他的三个巡警都认为他是个正人君子，做着正派的事儿。如果第二天，这些巡警里有谁认为应该核实一下名片(别太早了,詹姆斯医生是个晚起的人),他会看到一块精致的门牌上确实印着医生的名字,也会看到道貌岸然、风度翩翩的医生正在他那装备齐全、仪器精良的诊所里。他的邻居会证明两年来他是个遵纪守法的良民,对家庭尽心尽力,而且是一名非常成功的执业医生。

因此,如果这些热心维护社会治安的警察有谁随意看一眼那个精美药箱的内部,肯定会大吃一惊。药箱一打开,首先映入眼帘的是一套最新发明的“保险箱克星”的专用工具,“保险箱克星”是擅长撬保险箱的盗贼给自己起的称号。这些工具都是特别设计制作的——短而有力的铁撬、一套奇形怪状的钥匙、在淬(cuì)火钢上钻孔就像老鼠吃奶酪一样轻松的蓝钻头和凿子,以及能像水蛭一样牢牢吸附在光滑的保险箱门,接着像医生拔牙一样利索地拔出保险箱复合门把手的夹子。在“医药箱”的一个小口袋里,有一个装着四盎司硝化甘油的小瓶子,现在只剩一半了。这些工具下面,是一团皱巴巴的钞票和零星的金币,这些钱加起来一共是八百三十美元。

在他不大的朋友圈子里,詹姆斯医生被称为“一流的希腊人”。这个称呼一方面是对他冷静的绅士风度的肯定,另一方面,在帮会黑话中是头目、谋士的意思。他能通过他的地址和职业的声望搞到信息,团伙里的其他人则根据这些信息来制订计划,为非作歹(做各种坏事)。

这个圈子的骨干包括斯基采·摩根、根姆·德克尔和利奥波德·普雷茨菲尔德。根姆·德克尔号称老练的“保险箱克星”。利奥波德·普雷茨菲尔德是市中心的珠宝商人,他负责处理团队三人弄来的“钻石”和其他饰品,他们都守口如瓶(形容严守秘密),像恒定不变的北极星那样忠实靠谱的家伙。

这个团伙认为那晚的收成不值一提,顶多勉强补偿他们花费的气力罢了。一个资金雄厚的绸缎棉布老字号昏暗的办公室里,一个老式的两层侧栓保险箱按说能在周六晚上“吐出”比两千五百美元更多的钱。但是两千五百美元是他们所能找到的全部。他们照例当场把钱平均分掉。他们原来还指望能弄到一万或者一万二呢，然而，结果证明商号的某个老板做事有点儿过于老派了。天黑后，医生把大部分现金装进一个衬衫盒子后拎回家。

詹姆斯医生继续沿着人烟稀少的第二十四街走。夜很深了，即使是把这片区域当成住家的戏剧票友们，他们也已经上床睡觉了。毛毛细雨在街上形成一个个小水洼，弧光灯的灯光照在石子路上，水洼形成无数亮闪闪的光片。一阵寒风裹着浓重的水汽和冷气，穿过房子间的空隙扑来。

医生刚刚走近一座高大的砖房拐角处，宅子的前门便突然“砰”的一声打开了，一个高声嘟囔着什么的黑女人，脚步哒哒地匆匆走到人行道上，口中喃喃自语——她的种族独自遭遇困境时常用的求救方式。她看上去像一个南部旧时的奴仆——多嘴多舌、熟知许多事、忠心耿耿、却又不服管教；她的外表说明了这一点——胖胖的、整洁、系着围裙、扎着头巾。

詹姆斯医生迎面走过去的时候，这个从静默的房子里突然冲出来的古怪女人刚走下台阶。她的大脑频道从发声转移到视觉，立刻停止了嚷嚷，一双金鱼眼死死地盯着医生手里拿着的医药箱。

“谢天谢地！”一见医药箱她便脱口嚷道，“您是大夫吗，先生？”

“是的，我是一名大夫。”詹姆斯医生停住脚步说。

“看在上帝的份儿上去看看钱德勒先生吧，先生。不知道他是犯病还是怎么的，躺着就像死了似的。艾米小姐派我去找医生。先生，如果您没在这里，上帝才知道老辛迪要去哪里找大夫。要是老主人知道一丁点儿这些天的情况，就有好戏看了，先生——准会打枪，在地上数好步子，用手枪决斗。可怜的艾米小姐就像小羊羔一样——”

“带路，如果你想找个医生的话。”詹姆斯医生说着就迈上台阶，“如果你只是想找个听众,恕不奉陪。”

黑女人带着他进到房子里,走上一段铺着厚厚地毯的楼梯。他们穿过两条光线昏暗的走廊。在第二条走廊里,气喘吁吁的带路人拐了个弯,进入一个门厅,在一扇门前停下,打开了门。

“我把大夫带来了,艾米小姐。”

詹姆斯医生走进房间,朝站在床边一个年轻女人稍稍欠了欠身。他把医药箱搁在椅子上,脱掉大衣,把大衣扔到椅背上,镇静地朝床前走去。

一个男人在床上躺着,保持着他倒下去之前那个不自然的姿势——男人穿得华丽时髦,鞋子已经脱去。他松弛地躺着,一动不动,好像死了似的。

詹姆斯医生身上似乎笼罩着沉静、镇定的光环,这对那些软弱无助的主顾来说简直就是沙漠里的甘露。他在病房里的举止风度,尤其让女人们着迷。那不是时髦医生对患者及其家属的纵容讨好,而是一种沉稳踏实、压倒命运的气场,对人尊重、保护和献身的风度。他坚定、明亮的棕色眼睛里有一种令人着迷的光芒;他如牧师般的冷静中隐含着威严,沉稳的面容让他看起来非常适合担任知己和安慰者的角色。有时他出诊,即使是第一次到访,女人们都乐意告诉他,为了防贼她们晚上把钻石藏在什么地方。

詹姆斯医生经验丰富,眼珠子不用怎么转,就估计出了这个房间家具的等级和质量,它们十分昂贵。同时,他也打量了那位年轻女士,她身材娇小,二十刚出头的年纪,脸上有着一种迷人的美,现在蒙上了一层阴郁。与其说是由于这突如其来(突然发生,让人毫无准备)的悲伤引起的,还不如说是一种积怨。她前额眉毛上方,有一道青灰色的挫伤。根据医生的观察,受伤时间不超过六个小时。

詹姆斯医生的手指搭在男人的手腕上,他那双会说话的眼睛探询地看着那个女人。

“我是钱德勒太太,”她回答道,带着南方人特有的含糊哭音和腔调:

"在你来之前的十分钟，我的丈夫突然病倒了。他以前犯过心脏病——有几次病情很凶险。"病人深更半夜着装正式使她不得不多说几句，"他在外面待到很晚，是去——赴晚宴吧，我想。"

詹姆斯医生现在把注意力转向他的病人。无论他做哪一个"工作"，他总是习惯全神贯注地对待"病例"或者"买卖"。

这个生病的男人看上去三十岁左右，相貌粗犷不羁，但还算端正，脸上尖瘦的线条和幽默的神情弥补了长相的缺点。他衣服上有一股泼翻了酒的味道。

医生解开他的上衣，用小刀割破衬衫的前胸，从衣领划到腰身处。障碍物清除后，他把耳朵贴近病人的心口，聚精会神地听。

"二尖瓣回流？"他站起身后轻声说，音尾带着没有把握的升调。他又俯身听久些，这次才用确诊的语气说："二尖瓣闭合不全。"

"夫人，"他用一种让人安心的语调说道，"有可能——"当他缓缓转头看向那位太太时，只见她倒在黑奴的怀里，脸色惨白，晕了过去。

"可怜的小羊羔！可怜的小羊羔！他们这样是要毁了辛迪大妈的宝贝孩子吗？求上帝发怒，惩治那些把她拐入歧途的人，惩治伤害这颗天使般的心，害她落到这步田地(境地，地步)的一切吧——"

"把她的脚抬高。"詹姆斯医生说着上前扶住那个晕倒的人，"她的房间在哪儿？必须把她放到床上去。"

"在这儿，先生。"黑女人扎着头巾的头朝一扇门示意了一下，"那是艾米小姐的房间。"

他们抬她进房间，把她放在床上。她脉象虚弱，但很有规律。她神志不清，从昏迷进入了沉睡状态。

"她太累了，"医生说，"睡眠是一个好的恢复方法。等她醒来的时候，给她一杯甜酒——打个鸡蛋在里面，如果她能喝的话。她前额的挫伤是怎么回事？”

“她磕了一下，先生。那可怜的小羊羔摔倒了——不，先生，”——黑女人那变化不定的种族性格使她的愤慨突然爆发——“老辛迪才不要替那个恶魔掩饰呢。是他干的，先生。求上帝让他的手烂掉——哎呀，该死的！辛迪答应过她的宝贝小羊羔绝不讲出来的。艾米小姐是磕伤的，先生，磕在了头上。”

詹姆斯医生朝一个亮着的精美灯盏走去，把灯光调暗了些。

“待在这儿陪你的女主人，”他吩咐道，“保持安静，让她睡觉。如果她醒了，给她喝甜酒。如果她情况变差，过来告诉我。这事有点儿怪。”

“这儿的怪事还多着呢。”黑女人正要说下去，可是医生一反常态，像安抚歇斯底里(形容情绪举止异常激动)的病人一样武断地让她别出声。他回到另一个房间，把门轻轻关上。床上的男人没有动弹，但眼睛已经睁开了。他的嘴唇翕动(一张一合地动。翕，xī)着，仿佛在说什么。詹姆斯医生低下头去听，只听到微弱的“钱！钱！”

“您听得清我说话吗？”医生压低嗓门，但十分清晰地问道。

男人微微点了点头。

“我是一个大夫，您太太请来的。她们告诉我，您是钱德勒先生。您病得不轻。您千万别激动或是想太多。”

病人的眼神似乎在示意他凑过来，医生弯下腰去分辨那十分微弱的声音。

“钱——两万美元。”

“钱在哪儿？在银行吗？”

病人的眼神表示否定。“告诉她”——声音越发微弱了——“那两万美元——她的钱”——他的眼光扫过整个房间。

“你把钱藏在什么地方了吗？”詹姆斯医生的声音像塞壬女妖的歌声

(希腊神话中半人半鸟的海妖,常用美妙的歌声蛊惑过往的水手,使得航船触礁沉没,水手则成为塞壬的腹中餐)一般带着蛊惑,想从男人逐渐不清醒的神智中挖出秘密。

他觉得病人暗淡的眼神表示了肯定,他的指尖下男人的脉搏细得像一根丝线。

另一个职业本能在詹姆斯医生的头脑里唤起。他一贯办事敏捷,决定马上打探出这笔钱的下落,即使必须以人命为代价。

他从口袋里掏出一小本空白的处方笺,按照常规做法,唰唰写下一张符合病情的处方。他到里屋门口,轻声叫那个黑女人出来,把药方给她,吩咐她拿着它去药店抓药。

她喃喃自语地出去后,医生走到钱德勒太太的床边。她仍在沉睡中,脉息比先前强些了,额头除挫伤发炎的地方外也不烫了,还微微有点湿润。除非打扰她,否则她还可以睡几个小时。他找到了房门钥匙,回身把门锁上了。

詹姆斯医生看了看表。他有半小时可以自由支配,因为那个老太婆去抓药了,半小时以内回不来。他找来水罐和平底玻璃杯,打开医药箱,拿出那小瓶硝化甘油——那些摆弄手摇曲柄钻的弟兄们简单称之为“油”。

他把一滴淡黄色稠厚的液体倒在玻璃杯里,然后取出带银套的皮下注射针筒,拧紧针头。他根据玻璃针筒上的刻度小心地抽了几次水,用了近半个玻璃杯的水稀释那滴硝化甘油。

两小时前,詹姆斯医生用那个针筒把没有稀释过的液体注射到保险箱锁上钻的一个小洞里,随着一声低沉的爆破声,控制门栓的机械便被毁坏了。他现在打算用同样的办法,击垮一个人身体的主要器官——刺激他的心脏——每一次行动的目的都是为了钱。

同样的手段,表现的方式却大相径庭(比喻相差很远或矛盾很大)。前一种方式好比巨人,用直接粗暴的蛮力取得胜利;现在这一种方式则像谄笑的间谍，用丝绒和花边掩饰了挥出致命一刀的手臂。医生用针筒细心地从酒杯里抽取液体，已经成了三硝酸甘油酯溶液，这是目前医学界最强的心脏兴奋剂了。二英两（即盎司）就能摧毁一扇厚实的保险箱铁门；他现在要用一两滴的五十分之一来使一个活人复杂的生命机制永远停止运转。

但不能立刻停止，这不是他的打算。首先要快速增加身体的活力，给每一个器官和功能一个强有力的刺激。心脏会拼命地应对这致命的刺激，静脉里的血液会更快地回到心脏。

然而，詹姆斯医生很清楚，这种心脏病受到过分强的刺激，就像挨了一枪子弹一样，结果是死亡。当血流量在“油”的作用下突然增加的时候，本来就流通不畅的动脉很快就会完全堵住，生命泉水就停止流淌了。

医生解开昏迷的钱德勒前胸的衣服，轻轻松松就把针筒里的液体熟练地注射到心前区的肌肉里。他干两个职业都干净利落，注射完，他仔细地擦干针头，把保持针头通畅的细铜丝重新给针头穿上。

三分钟后，钱德勒睁开眼睛，说话了，声音虽然虚弱，但还能听得见，他问谁在抢救他。詹姆斯医生再次解释了他为什么在这里。

“我太太在哪儿？”病人问道。

“她睡着了，又累又担心，”医生说，“我不想叫醒她，除非——”

“没有——必要。”钱德勒呼吸短促，说话断断续续。“为了——我——去打扰她——她不会——领你的情。”

詹姆斯医生拉过一把椅子到床前，谈话时间不容浪费。

“几分钟前，”他开始用另一门职业郑重、坦诚的口吻说道，“您打算跟我说些关于钱的事。我不指望您对我推心置腹，但我有责任告诉您，焦虑和担忧对您的康复是不利的。如果您心里有什么想说的——减轻您的精神负担——两万美元，我记得这是您提过的——您不妨说出来。”

钱德勒转不了他的头，但是他的眼珠子转向了说话人的方向。

“我——说过这——笔钱在哪儿吗？”

“没有。”医生回答说，“我只是从你含混不清的话里推断出你很关心它的安全，要是钱在这个房间里——”

詹姆斯医生打住不说了。从病人天生嘲弄似的神态里，他好像看到了一丝恍然大悟和一闪而过的怀疑。他是不是显得太着急了？他是不是说漏嘴了？钱德勒接下来的话让他恢复了自信。

“除了那个保险箱以外，”他上气不接下气地说，“钱还能在哪儿？”

他的眼睛扫向房间的一角，医生这才注意到一个铁制的小保险箱，被窗帘下摆半遮着。

他站起来，抓住病人的手腕。他的脉搏剧烈地跳动着，隔着不妙的停顿。

“抬起你的胳膊。”詹姆斯医生说道。

“你知道的——我不能动，医生。”

医生快步走近通往走廊的门，打开门，听外面有什么动静。外面一片寂静。他不再避讳，径直走到保险箱前，仔细查看。这个保险箱构造粗糙，设计简单，只能防防手脚不干净的仆人。以他的技术来看，这不过是个玩具，跟用稻草和硬纸板糊好的差不多，里面的钱几乎已经是他的囊中之物了。他用夹子拔出号码盘，重重捶打制动栓，两分钟就能开门。也许，用另一种方法，只需要一分钟。

他跪在地板上，把耳朵贴在保险箱门上，慢慢转动密码盘。如他所想，保险箱只锁定了一个编号的组合码。密码盘转动发出的声音里，他灵敏的耳朵捕捉到了一声模糊的“咔哒”；他利用这一线索——把手松动了。他一拽，保险箱的门打开了。

保险箱里面什么都没有——空荡荡的铁匣子里连点儿碎纸片都没有。

詹姆斯医生站起来朝床边走去。

汗水爬满了这个垂死男人的额头，可是他的嘴角和眼睛里露出嘲弄、诡异的笑容。

“我从没——见过这样的，”他吃力地说道，“医学同——窃贼狼狈为奸！你身兼二职——收入可以吧——亲爱的医生？”

那场景要多难堪有多难堪，詹姆斯医生强大的意志从没有遇到过比这更为严酷的考验。受害人恶魔般的幽默使他陷入了一种可笑又岌岌可危(形容十分危险)的境地，他维持着尊严和镇定，掏出手表，等着那人死去。

“你——只是被微妙的细节出卖了——太——心急——那笔钱。可你——奈何不了它——亲爱的大夫。它很安全，安全得不得了，它全部——在赛马——赌注登记人手里。两万——艾米的钱。我用它玩——赛马——输得——一分不剩。我是个十足的坏男人，盗贼——不好意思——大夫，不过我输得坦坦荡荡。在我周围，我没见过——像你这样的不够斤两的坏蛋，大夫——不好意思——盗贼给受害人——不好意思——病人，一杯水喝有没有违背你们——这些人的——‘职业伦理’？”

詹姆斯医生倒了一杯水给他。他几乎吞不下去。猛药开始发挥作用，一阵强过一阵，但他临死前还想用语言狠狠地扎别人一刀子。

“赌徒——酒鬼——败家子——我全当过，除了——医生兼盗贼！”

医生只对他的尖酸嘲讽作出了一个回答。他弯腰对上钱德勒急剧凝滞的目光，用手指向正在睡觉的女人的房门，动作坚定且意味深长，以至于这个瘫在床上的男人用尽剩下的力气，半抬起头，为了看个究竟。他什么也没看到；只听到医生冰冷的话语——他在这世间最后听到的声音：

“我从未——打过女人。”

对这样的人进行研究真是白费力气，没有哪门学问能探讨出个所以然来，人们提到某种人的时候会假设，“他会这样做”或“他会那样做”。詹姆斯和钱德勒就类似这种人。我们只知道有这样的人，只能从外表观察他们，对他们表面上的行为指指点点，就像孩子们欣赏并议论提线木偶戏一样，却永远不知道真相。

有一个关于利己主义的有趣研究，分析了这两个人——一个是凶手和盗贼，凌驾于受害人之上；另一个虽然没有严重违法，却更无耻，厌恶地躺在受他迫害、侮辱、毒打的妻子的房子里，一个是老虎，一个是豺狼——两人彼此憎恶对方的卑鄙，却又无视自己的昭昭罪行，还炫耀自己的做人水准，就算不值得褒扬，也是无可指摘的。

詹姆斯医生的反驳肯定深深刺痛了对方所剩无几的羞耻感和男子气概，成了致命一击。他脸上红潮泛起——耻辱得如蔷薇色的尸斑；呼吸停止了，钱德勒的生命停止了。

他刚咽下最后一口气，黑女人就带着药回来了。詹姆斯医生用手轻轻合上死者的眼，把结果告诉了她。她没有伤心，只是带着一种传统的对死亡的态度让她有些假意地抽抽搭搭，用低落的声音说道：

“可不是吗！一切都掌握在上帝手里。他会给罪人公正的裁决，帮助困境中的人们。现在他该帮助我们了。辛迪为了买这瓶药，花光了最后一分钱，最后也没有用上。”

“我没听错吧？”詹姆斯医生问道，“钱德勒太太没有钱了？”

“钱？先生，你知道艾米小姐为什么会晕倒，为什么这么虚弱吗？是饿成这样的，先生。三天了，她除了一些碎饼干之外，没有吃任何东西。那个天使几个月前卖掉了她那些戒指和手表。这个还算像样的房子里，先生，红地毯和漂亮的家具全是租的，催租的男人说的话可难听了；那个男人——原谅我，上帝——他现在已经在您手里得到了裁决——他把一切都败光了。”

医生的沉默让她越说越来劲儿。他从辛迪混乱的自言自语当中慢慢地听出了这一段老套的，交织着错爱、任性、不幸、残忍和自尊的往事。她喋喋不休(言语烦琐,说话没完没了)的话语勾勒出的模糊全貌里,部分清晰的小画面——在远远的南方,有一个幸福的家庭;很快后悔的婚姻;一段受尽委屈和辱骂的不幸时光,最近,艾米得到的一笔遗产,这本来能把她从这一切中解救出来;那个豺狼抢走了那笔钱,两个月不知所踪,把钱挥霍光了,他回来的时候醉醺(xūn)醺的,以为他还在那个丢人的宴会上。在一团糟的故事里,一抹纯白贯穿其中——黑老太婆淳朴、令人敬佩的、始终不渝的爱,她一直默默地跟在女主人身后,无论境遇如何,始终如故。

在她终于停下来的时候,医生问家里有没有威士忌或者别的什么酒。老妇人说有,那条豺狼还剩半瓶白兰地酒在餐具柜里。

“准备一杯热棕榈酒,”詹姆斯医生说,“叫醒你的女主人,让她把那个喝了,然后告诉她发生的事情。”

十来分钟后,钱德勒太太过来了,老辛迪搀着她。睡了一会儿,喝了点儿热酒,她看起来稍微精神了一点儿,詹姆斯医生已经用床单盖住了床上的死者。

钱德勒太太转动着哀痛而半含惊恐的眼眸往床上一瞥,又往忠实的女仆身上靠得更紧了。她的眼睛干涩明亮,她彻底被悲痛打垮了,连泪都流不出来了。

詹姆斯医生站在桌旁,已经穿上他的大衣,手里拿着帽子和医药箱。他一脸平静和冷漠——职业让他对人们的痛苦已经习以为常,他柔和明亮的棕色眼睛小心地流露出医者的恻隐之心(对受苦难者表示的同情和关心)。

他温和而简洁地说,由于时间太晚,请人帮忙,无疑有难度,他会亲自去找合适的人来处理后事。

“最后,还有一件事,”医生指着那个还开着门的保险箱说。“你的丈夫,钱德勒先生,在最后觉得他不行了;把保险箱设置的组合号码告诉了我,叫我打开了那个保险箱,如果你要用它,你记住数字是四十一。先向右转几圈,再向左转一圈,停在四十一那里。他不允许我叫醒你,尽管他知道他快要离开这个世界了。”

“他说他在保险箱里放了一些钱——不多——但是足够你来完成他最后的请求。那就是你回到你的老家去,日子过得好些时,原谅他那些对不起你的混账事。”

他指了指桌上,那里整整齐齐地搁着一叠钞票,上面则放着两摞(luò)金币。

“钱在那儿——正如他所说——是八百三十美元。请允许我给您留下我的名片,以后有什么需要效劳的,请吩咐。”

所以,他考虑到了她——并且想得很周到——在最后的时刻!尽管来得太迟了!然而这个谎言让她认为生命中已经是一片灰烬和尘埃的地方重新燃起一片柔情的火花。她哭喊道:“罗勃!罗勃!”她扑在忠实女仆的怀里,泪水缓解了她的悲痛。不难想象,在往后的年月里,医生这个凶手的谎言会像一颗小星星,在爱情坟墓上空熠熠生辉,安慰她,请求她的宽恕,不管这样做的是不是钱德勒。

黑女人搂着她,像哄小孩儿一样不停呢喃安慰着她,她渐渐平静下来,当她终于抬起头来时——医生已经走了。

汽车等待的时候

黄昏刚降临时，灰衣女孩又来到安静的小公园里那个安静的角落。她坐在长椅上看书，离太阳完全下山还有半小时，还可以看清书本上的字。

重复一下：她的裙子是灰色的，朴素得掩饰了时尚的式样和合身的剪裁。大网眼面纱罩住了她的窄边帽和恬静的美丽。昨天同一个时间，她到这里，前天也这样；有一个年轻人了解这一切。

年轻人在附近徘徊着，心里期盼伟大的幸运之神的眷顾。他的虔诚得到了回报，因为在翻页的时候，她的书从她的指间滑下来，磕到椅子上，弹到了足有一码远的地方。

年轻人迫不及待地扑到书上，把书物归原主，他的表情在公园和其他公共场所里司空见惯。那种神情既有殷勤和希望，又夹杂着对在附近巡逻的警察的忌惮(顾忌，畏惧)。他用讨人喜欢的声调冒失地说了一句没头没脑与天气有关的话——这种开场白没有给世界带来什么快乐——然后静静地站了一会儿，等待着他的命运。

“你要是乐意，可以坐下来，”她不慌不忙地说，声音低沉动听，“说真的，我倒想你能坐下，这光线太暗，不适合看书。我宁愿聊一会儿天。”

幸运的臣子受宠若惊(受到过分的宠爱而感到意外的惊喜)，顺从地在她身边坐下。

“你知道吗，”他开场白用的口吻跟公园主席们开会时的腔调一模一样，“我很久没有看到过像你这样让人眼前一亮的女孩子了。昨天我就注意到你了。你可知道，有人已经被你漂亮的眼睛迷倒了，小妞儿？”

“不管你是谁，”女孩冷冰冰地说，“你必须记住我是一名上流社会的女士。我可以原谅你刚才的言辞，因为这样的误会，毫无疑问，在你的圈子里并无不妥。我请你坐下，但如果这一邀请却让我成了你的‘小妞儿’，就当我没请过。”

“我诚心诚意地请求你的原谅。”年轻人恳求道。他之前脸上的心满意足变成了懊悔和谦逊。“这是我的错，你知道——我是说，在公园有些女孩，你知道——当然了，你不明白，不过——”

“请别说这些事了。我当然明白，现在，跟我说说这条小路上来来往往、熙熙攘攘(形容人来人往，非常热闹)的人吧。他们要去哪里？他们为什么这样匆忙？他们幸福吗？”

年轻人马上改变调情的神情。他现在只能等待，不知道他应该扮演什么样的角色。

“观察他们很有意思，”他回答道，顺着她的口气说：“这是美妙的生活剧。有的要去吃晚饭，有的——呃——去别的地方，真猜不透他们身上发生过什么样的故事。”

“我不猜，”女孩说，“我没那么好管闲事。我来这儿坐着是因为，只有在这儿我才能抛开表面，贴近人类那伟大的、共同的、跳动的心脏。生活赋予我的角色是固定的，我从没感受到这种心跳。你能猜到我为什么要跟你说这些吗——贵姓？”

“帕肯斯塔格。”年轻人回答道。他热切而期待满满地看向她，希望她自报姓氏。

“我的姓氏不能告诉你，”女孩竖起一根纤细的手指，微微一笑说，“你会马上认出来的。报纸上不印某些人的名字简直是不可能的，甚至是照片。这面纱和女仆的帽子帮我隐藏了身份。你应该已经看到，我的司机总是在以为我没注意的时候盯着我看。坦白地说，有那么五六个姓氏注定是高贵的,而我的姓氏,因为出生的偶然关系,属于其中之一。我之所以跟你说这些,斯塔肯帕特先生——"

"帕肯斯塔格。"年轻人谦虚地更正道。

"——帕肯斯塔格先生,因为我想聊天,跟一个普普通通的人说说话,哪怕一次也好——跟一个没有财富和所谓的社会地位的人聊天。噢!你不知道我多么烦——钱,钱,钱!我很讨厌那些在我周围转悠的男人,装模作样,像一个模子刻出来的傀儡(kuǐlěi,木偶戏里面的木头人)。娱乐、珠宝、旅行、交际、各种各样的奢侈品都让我厌烦透了。"

"我一直认为,"年轻人支支吾吾,试探着说,"钱肯定是个好东西。"

"有足以过舒适生活的收入就可以了。但是当你有了那么多钱的时候……"说完她做了个无奈的手势,"叫人厌烦的单调。"她继续说道,"到处都是,兜风、午宴、看戏、舞会、晚宴,镀金似的裹在外面的财富。有时候,香槟酒杯里冰块的叮当声几乎要把我给弄疯。"

帕肯斯塔格先生毫不掩饰地流露出很感兴趣的样子。

"我喜欢,"他说,"看报刊上写的,听人讲一些关于有钱人时髦的生活方式。我想我有点儿虚荣。不过我喜欢了解得准确一些。现在,我有个认识,香槟是连瓶冰镇的,而不是把冰块往酒杯里搁。"

女孩发出银铃般的,觉得有趣的笑声。

"你应该知道,"她用一种容忍的语气解释道,"像我们这种吃饱了没事干的阶层就靠标新立异来找点儿乐子了。眼下的潮流是把冰块放进香槟里,这个点子是鞑靼的王子在沃尔多夫大饭店吃饭时想出来的。用不了多久它就要给别的怪点子让路了。就像这周在麦德逊大道的宴会上,每位客人的碟子旁放了一只绿色的小山羊皮手套,方便客人在吃橄榄时戴上使用。"

"我明白了,"年轻人谦逊地应承道,"小圈子里这些特别的招数,普通人是不熟悉的。”

“有的时候，”女孩接着说道，微微欠身接受他的认错，“我想如果我爱上一个男人的话，那他会是个出身低微的人。一个劳动的人，从不懒惰、混日子。不过，无疑，对社会地位和财富的要求也许会取代我之前的想法。眼下，我就被两个人追求着。一个是某个日耳曼公国的大公爵。我想他现在有，或者有过一个妻子，但被他的放纵和残暴逼疯了。另一个是英国的侯爵，他是那么冷酷而且唯利是图(只贪图钱财，不顾别的)。相比之下，我甚至宁愿选择那个魔头一样的公爵了。我怎么把这些跟你说了呢，派肯斯塔格先生？”

“帕肯斯塔格，”年轻人吸了一口气说，“说实在的，你都想象不到，你这样信任我让我觉得多么荣幸。”

女孩面色如水地看看他，冷淡的眼色正好显示了他们之间巨大的地位差距。

“你从事的行业是什么，帕肯斯塔格先生？”她问道。

“很没有地位，但我希望能混出个人样来。你说你可能爱一个地位低下的男人，你是认真的吗？”

“那是当然。但是我说了‘可能’。我身边还有大公爵和侯爵，你知道的。如果他是一个合我心意的男人，职业不起眼也不是太大的问题。”

“我在，”帕肯斯塔格宣布说，“饭馆里干活儿。”

女孩微微一颤。

“不是服务员吧？”她略带恳求的口气问道。“劳动是高尚的，但是服侍别人，你懂的——贴身男仆以及——”

“我不是服务员。我是个收银员，就在”——他们前面正对着公园的街上有一块闪亮的“饭店”灯光招牌——“你看到那家饭店了吧，我就在那儿当收银员。”

女孩看了下左手腕镶在设计华丽的手镯上的小表，急急站了起来。她把书塞进一个挂在腰上的亮闪闪的手提袋里，可书比手提袋大多了。

“你怎么不用上班？”她问。

“我上夜班，”年轻人说道，“离我上班还有一个小时。我还可以见到你吗？”

“我不知道。也许——不过我可能不会再产生这种奇怪的念头了。现在，我要马上走了。有一个宴会，接着去剧院——然后，唉！老一套。可能在你来的时候注意到了，一辆汽车停在公园前面的拐角处，一辆白色的车。”

“轮子是红色的？”年轻人皱着眉头沉思地问道。

“是的。我总是坐那辆车。皮埃尔在那儿等我。他以为我到广场对面的百货商场买东西去了。想想，这种生活是多么压抑，连自己的司机都要瞒骗。晚安。”

“可是现在天黑了，”帕肯斯塔格先生说，“公园里尽是一些粗鲁无礼的人，要不我陪你一起走——”

“如果你还有一点儿尊重我的意愿，”女孩坚决地说，“你就应该在我离开之后，在这长椅上坐十分钟再走。我不是认为你有什么企图，不过你也许注意到汽车上通常有主人姓氏首字母的装饰吧。再见吧，晚安。”

她在暮色中快步走了。年轻人看着她优雅的身形走到公园边的人行道上，然后沿人行道向停着汽车的拐角走去。接着，他没听女孩的吩咐，而是毫不犹豫地快速穿过公园的大树和灌木丛，沿着跟她平行的路线，牢牢地盯着她。

当她走到那个角落时，她转头瞥了一眼那辆汽车，接着从汽车旁边经过，继续朝对面走去。年轻人躲在一辆停着的马车背后，眼睛紧盯着她的一举一动。她穿过公园对面马路的人行道，进了那家有耀眼招牌的饭店。

那家饭店由白漆和玻璃装修而成，是一个可以一览无遗的地方，在那里，人们可以没遮没拦地吃到便宜的饭菜。女孩走进饭店后面的员工休息室之类的地方，她很快地出来的时候，帽子和面纱已经取下来了。

收银台就在前面。一个红头发的女孩从凳子上爬下来，眼睛直勾勾地盯着钟表。这个灰衣服的女孩坐在了她的位置上。

年轻人双手往口袋里一插，沿着人行道慢慢往回走。在拐角处，他的脚碰到一本小小的纸面书，并把它踢到了草坪边。花里胡哨的封面让他认出来这是刚刚那个女孩在读的书。他随手把它捡起来，看到书名是《新天方夜谭》（一部带有异国情调的惊险浪漫故事集），作者是斯蒂文森（罗伯特·路易斯·斯蒂文森，19世纪后半叶英国伟大的小说家。）他把它重新扔回草地，犹豫了一会儿。然后，他跨进那辆等着的汽车，往椅背上舒服地一靠，对司机说了两个词：

“去俱乐部，亨利。”

两位感恩节的绅士

有一天是属于我们的。这一天，只要不是从石头里蹦出来的美国人都会回到自己的老家，吃着苏打饼干，看着门口的旧抽水机，觉得它好像比之前更靠近门廊，心里暗自纳闷。祝福这一天吧。罗斯福总统将它赐予我们。我们听说过一些关于清教徒的传闻，但就是记不起他们是谁。倘若他们如果再想踏足这里的话，我们准能把他们打得落花流水。你说普利茅斯岩石(传说是第一批清教徒登陆的地方。据证实际登陆地点在美国普罗文斯敦的科德角)吗？嗯，这倒有些耳熟。自从火鸡托拉斯(英文 trust 的音译。垄断组织的高级形式之一)开始垄断市场之后，我们中的很多人都不得不退而求其次，用母鸡将就将就了。不过在华盛顿还是有人走漏了消息，预先把感恩节的公告通知给了他们。

蔓越莓沼泽以东的那个大城市(这里指纽约)已经让感恩节成为一种法定的节日传统。一年之中只有在 11 月的最后一个星期四，纽约渡口以外的美国才会被认可。唯有这一天是纯粹属于美国的。是的，独一无二的美国的庆祝日。

现在我要说的故事就是要向你们证明：在大洋此岸的我们也有一些日趋古老的传统，甚至比英国传统古老的速度快得多——这都多亏了我们奋发图强和锐意进取的精神。

当你从东面走进联合广场时，你就会看到斯塔弗·皮特坐在喷泉对面的人行道靠右边的第三条长凳上。九年来的每个感恩节，他都会在一点钟的时候准时地坐在这个位置上。每次他往这儿一坐，就总会经历点儿什么——查尔斯·狄更斯式的经历，使他的马甲胀过胸口，背后也是如此。

然而，斯塔弗·皮特今天出现在一年一度的老地方，似乎是出于习惯，而不是出于一年一度的饥肠辘辘。根据慈善家们的说法，穷人是要经过相当长的时间间隔才会遭到饥饿的折磨。

皮特真的是一点儿都不饿。他来这儿之前才刚刚大吃了一顿，如今就只剩下喘气和挪动的气力了。他的眼睛就像两颗浅色的醋栗，牢牢地嵌在一张肿胀的、油乎乎的油灰面具上面。他呼吸短促，发出呼哧呼哧的喘气声；脖子上一圈参议员式的脂肪，让他翻起的衣领失去了时尚的派头。一周之前才刚被友善的救世军服务人员缝好的扣子现在已经像爆米花一样，在他周围撒了一地。尽管他衣衫褴褛(形容衣服破烂)，身上的衬衣前襟也开了，露出胸口，但是夹带片片雪花的11月微风，带给他的就只是一种心满意足的凉爽。因为那顿无比丰盛的饭菜补充的热量让斯塔弗·皮特有点儿吃不消了。那顿饭以牡蛎开始，以葡萄干布丁结束，期间包括了(在他看来)全世界的烤火鸡、烤土豆、鸡肉沙拉、南瓜馅饼和冰淇淋。因此，他的肚子塞得满满当当，坐在那里，一脸餍足(满足。餍，yàn)地打量着这个世界。

能吃上那顿饭完全出乎意料。他当时正路过第五大道路口的一处红砖住宅，那里住着两位家世古老、尊重传统的老太太。她们甚至不承认纽约的存在，并且认为感恩节只是为了华盛顿广场而制定的。她们的传统习惯之一就是吩咐一个仆人候在后门口，让午后第一个经过的饥肠辘辘的旅人进到宅子里饱餐一顿。斯塔弗·皮特在去公园的路上时恰好路过那里，就被管家们请了进去，遵循了城堡里的传统。

斯塔弗·皮特在直勾勾地盯着前方足足十分钟之后决定换个视角，他费了九牛二虎之力才把头慢慢地转向了左边，接着他的眼球惊恐地鼓了出来，呼吸也停止了，他那穿着破皮鞋的短腿在砂砾地面上扭动着，发出沙沙的声响。

因为那位老先生正穿过第四大道朝他坐的长凳方向走来。

九年来，每到感恩节的时候，这位老先生都要来这里找到坐在长凳上的斯塔弗·皮特。对于老先生来说这就是他一直想树立的传统。九年来的每个感恩节，他都会在这里找到斯塔弗，然后邀请他去饭店，看着他饱餐一顿。这种事要是发生在英国倒是非常自然的。但是对于美国这样一个年轻的国家来说，九年的坚持真的已经算是相当不错了。老先生是一位忠实的爱国主义者，并且自认为是树立美国传统的先驱(指走在前面做引导的人)。为了出类拔萃，我们必须长期坚持做一件事情，不能有丝毫懈怠。就比如收集每周五分钱的工人保险费啦，打扫街道啦，诸如此类。

老先生庄严地向他一直以来遵循的制度径直走过去。确实，每年请斯塔弗·皮特吃上一顿饭并不像英国《大宪章》或是早餐中的果酱那样具有国家性。但这至少是向前迈了一步。这几乎有点儿封建的意味。它至少表明了，要想在纽——哦不——美国树立风俗并不是不可能的。

老先生又瘦又高，年过花甲(指人六十岁)。他身着黑衣，鼻子上戴着一副不稳当的老式眼镜。他的头发比起去年又白了些、少了些，而且看起来比去年更需要借助那根粗大多结的曲柄拐杖了。

看着他的老恩人走近，斯塔弗不禁呼吸急促，直打哆嗦，就像某位太太养得过于肥胖的哈巴狗看到一条街边野狗对它凶相毕露时那样。他多想飞快地逃走，可就连桑托斯·杜蒙特(1873—1932，巴西航空发展的先驱，有动力装置的气球和重于空气的航天器的研制者和飞行家。在欧洲一度被称为航空之父，在巴西至今仍保留这一称号)使尽浑身解数也无法将他与长凳分开。那两位老太太的忠心仆人可真是出色地完成了工作。

“早上好啊，”老先生开口道，“我很高兴看到过去一年的世事变迁对你没有造成什么影响，你依然身体康健，在这美丽的世界自在逍遥。就只为了这一点儿祝福，今天的感恩节对于我们俩来说都意义重大。如果你愿意跟着我来，朋友，我将请你吃顿饭，让你的身心协调。”

老先生每次都会说这么一番话。九年来的每一个感恩节都是如此。这番话本身几乎都形成了一种制度，除了《独立宣言》之外无一能够与其比肩(相当，比美)。要是在以往，它们在斯塔弗听来简直就是天籁之音。然而现在的他眼泪汪汪，愁眉苦脸地抬头望着老先生的脸。绒雪落到他满是汗水的眉毛上，几乎嗞嗞作响。然后老先生微微颤抖着，背着风转过身去。

斯塔弗一直很好奇为什么老先生说这番话的时候总是神情悲戚。他不知道老先生每次说这番话的时候都在想，要是他有个儿子能够传承他的事业该有多好。他希望在自己离世之后，他的儿子——一个自豪而坚定地站在诸如斯塔弗这样的人面前的儿子——会来到这个地方，说道：“为了纪念家父。”这样一来就成了一种制度了。

然而，老先生没有任何亲人。他住在公园东面的一条十分僻静的街道上，在那里的一户破败的老式褐石住宅里租了几间屋子。冬天的时候，他在一个比衣箱大不了多少的温室里种些倒挂金钟(别名吊钟海棠，一种可点缀室内的花木)。春天的时候，他会参加复活节的游行。夏天的时候，他住在新泽西山间的农舍里，坐在柳条编制的扶手椅上，说他希望有一天能找到某种扑翼蝴蝶。秋天的时候，他请斯塔弗吃饭。老先生平时的生活就是这样度过的。

斯塔弗·皮特抬起头看了老先生一会儿，自怨自艾(懊悔自己的错误，悔恨。艾，yì)，十分烦忧，但实在束手无策(比喻一点儿办法也没有)。老先生的眼睛里闪烁着助人为乐的光芒，脸上的皱纹一年比一年深，但是他的小黑领结却像过去一样精神，亚麻布的衬衣雪白雪白的，十分漂亮，灰胡髭(zī，嘴边的胡子)别致地翘着。紧接着，斯塔弗发出一种听起来就像是在锅里煮豌豆的声响，他本想说些什么，但是因为老先生已经听过九次这种声响了，他理所当然地就认为这是斯塔弗表示接受时的那一套老话了。

“谢谢，先生。我很乐意跟你走。我饿坏了，先生。”

饱食让斯塔弗昏昏沉沉的，但这并没有动摇他心中的信念：他是一种制度的基石。他的感恩节胃口不属于他自己，而是属于这位友善的占有优先权的老先生；即使不是根据实际的起诉期限法（英美法律规定，不动产遭受侵害的起诉期限为二十年，动产为六年，犯法行为为两年；超过上述期限后原告不得提出诉讼），也要考虑既定传统的神圣权利。确实，美国是个自由的国度；但是为了树立传统，总得有人去充当循环小数啊。不是所有的英雄都是挥舞着金银制成的武器。瞧这儿就有一个英雄，他就挥舞着镀银都镀得很差劲的铁器和锡器（这里指餐具）。

老先生领着他一年一度的门徒朝着南边一家饭馆走去，来到了那一张总是举行盛宴的桌子。他们被认了出来。

“那个老家伙又来了，”侍者说，“他每年感恩节都要请那个流浪汉吃上一顿。”

老先生坐在桌子对面，对着他将要成为古老传统的基石，脸上发出烟熏过的珍珠一般的光。侍者们在桌子上摆满了节日的食物——斯塔弗叹了口气，让人误以为是饥饿的表示，接着他举起刀叉，为自己雕刻了一顶不朽的王冠。

在敌人的大军中杀出一条血路的英雄也不及他勇猛。火鸡、排骨、汤、蔬菜、馅饼，一端上来就被他全数消灭了。他在刚踏入饭馆的时候就已经撑到极限了，食物的气味差点儿让他丢掉了身为绅士的荣耀，但是他不屈不挠，重整旗鼓，就像一个真正的骑士那样去战斗。他看到老先生脸上浮现出与人为善的愉悦神情——那是曾经的倒挂金钟和扑翼蝴蝶都比不了的快乐——他实在不忍心扫他的兴。

一个小时之后，斯塔弗往后一靠，大获全胜。“感谢您的慷慨，先生，”他像一根漏气的蒸汽管呼哧呼哧地说，“感谢您请我吃了这么一顿丰盛的美餐。”接着他费劲地站起身,两眼发直地向厨房挪去。一个侍者把他像陀螺似的打了个转,向门口推去。老先生仔仔细细地数了一块三毛的零钱银币,还赏了侍者三枚镍币的小费。

他们像往年一样在门口分手,各自离去,老先生朝南走,斯塔弗向北走。

斯塔弗在第一个拐角处转过身,站了那么一会儿。接着他的破烂衣服就像猫头鹰支楞起羽毛那样鼓了起来,然后他像一匹中暑的马一样倒在了人行道上。

救护车开到后,年轻的医生和司机低声咒骂了他的重量。既然没有威士忌的气味,他们也没办法把他移交给警察局的巡逻车,于是斯塔弗和他吃的两顿饭就只好被送到医院去了。接着他们把他抬到医院的病床上,开始检查他是否得了什么怪病,希望能通过尸检查出点儿问题来。

快看哪!一小时后,又有一辆救护车把老先生送到医院来了。他们把他放在另一张床上,猜测是不是阑尾炎,因为他看起来是个有钱人。

但是没过多久,一位年轻的医生遇到了一位眼睛讨他喜欢的护士,他停下来和她谈论病人的情况。

“现在躺在那边看起来很体面的老先生,”他说,“你绝对想不到他其实快要饿死了。我猜他大概出身名门,如今家道中落了。他告诉我说,他已经三天没吃东西了。”

一个未完的故事

如今提到地狱之火的时候，我们不再发牢骚，把灰撒到自己头上(犹太风俗，表示自己有罪时做的动作)了。因为连牧师都已经开始告诉我们说上帝是镭(金属元素，银白色，质软，有放射性)，或是醚(有机化合物的一类)，又或者是某种科学的化合物，所以我们这些坏人可能遭受到的最可怕的报应，也不过是种化学反应罢了。这无疑是一个令人欢欣的假设。然而，正统观念带给我们的一些古老而巨大的恐惧依然存在。

你可以随心所欲地想说就说，却不会遭到反驳的只有两种话题。一是你可以谈谈你的梦境，二是你可以聊聊你听见鹦鹉说了什么，反正梦神摩尔甫斯和鸟儿做证人都是不够格的，你的听众自然不敢有任何微词(指隐晦的批评)。我没有从漂亮鹦鹉的只言片语中寻找素材，而是选取一个虚无缥缈的梦境作为我故事的主题，对此我深感抱歉和遗憾。

我做了一个梦，这个梦与《圣经》研究(宗教界一门研究《圣经》作者、写作时期与意义的学问)毫无关系，而是跟那个年代久远、令人敬畏、让人悲叹的末日审判(基督教认为，在世界终结前，上帝和耶稣将要对世人进行的审判)有关系。

加百列亮出了他的王牌(加百列是《圣经》里最高级的天使之一，据说末日审判的号角就是他吹响的。“号角”和“王牌”音近，有一语双关之妙)，而我们这些无法效仿的人只好接受审判。我注意到在一边聚集着一群职业保释人(这里指教会中的神职人员)，他们穿着庄严的黑制服，衣领扣在背后。但是他们的职权好像出了点儿岔子，看起来也不像是能把我们保释出去的样子。

一位飞警——也就是说当警察的天使——朝我飞了过来，抓起我的左翅膀就走，在我旁边候审的是一群看起来十分阔绰的魂灵。

“你跟他们是一伙儿的吗？”警察问我。

“他们是谁？”我问道。

“哼，”他说，“他们是——”

但是这些无关紧要的题外话已经占去故事不少的篇幅，我们还是言归正传吧。

达尔西在一家百货公司工作。她卖的东西有装饰用的花边啦、填充在柿子椒里的食物啦、汽车啦，还有一些其他百货店卖的小玩意儿。至于她的收入，达尔西每周仅能赚六美元。至于她创造的其他价值，都已经悉数（全部，完全列举出）记到上（此处作者意图用“上帝”，但又恐牧师指责，因此只说到一个“上”字，便改用别的称呼）——哦，“原始能量”（基督教认为上帝是创造、推动一切生命与活动的“原始能量”，在这里是对“科学的基督教”的嘲弄），就听您的，尊敬的牧师先生——的账本上去了，达尔西是贷方，另外那个人是借方。

达尔西在公司的第一年，每周的报酬是五美元。让我们了解一下她是如何靠这笔钱生活的，这倒是很有意义的事。不感兴趣吗？那好，或许大一点儿的数目能够引起你的兴趣。六美元这个数目够大了吧？那我接下来要告诉你她是怎么靠这每周六美元过日子的。

一天下午六点钟，达尔西一面往离延髓八分之一英寸的地方插帽针，一面对总是侧着左身接待顾客的好友赛迪说：“嘿，赛迪，我今天晚上跟小猪先生约好了一起吃饭。”

“你说真的？”赛迪羡慕地嚷道，“哎呀，你怎么这么幸运？小猪先生可是个大人物，他总带着姑娘们去一些上流的地方。有天晚上，他带着布兰奇去了霍夫曼之家大饭店，在那儿你能欣赏到高雅的音乐，还能见到很多社会名流。你准能玩个痛快，达尔西。”

达尔西匆忙赶回家去。她的眼睛闪闪发光，她的双颊透出生命的活力——真正的活力——如同破晓时分粉色的天空,活力四射。那天是星期五,她上个星期的工资还剩下五毛钱。

街道上满是下班回家的人。百老汇的电灯已经点亮,光彩夺目——吸引了几英里、几里格(长度单位,1里格约合3英里)甚至几百里格开外的飞蛾。它们本来蛰伏(像动物冬眠一样躲在一个地方,长期不露面)于黑暗之中,现在都飞过来,汇入灼热的人流。男人们衣着一丝不苟,面孔呆板,好似住在海员养老院的老水手刻在樱桃核上的人像。他们扭过头来注视着一心向前跑,毫不理会其他人的达尔西从他们身边经过。曼哈顿,这朵夜间绽放的仙人掌花,正舒展开它那颜色死白而又气味浓烈的花瓣。

达尔西在一家卖便宜货的店里停下了,花了五毛钱买了一条仿蕾丝的衣领。那笔钱本来是另有用途的——晚饭一毛五,早饭一毛,午饭一毛。还有一毛钱是要加进她那少得可怜的积蓄里去的;剩下的五美分是要挥霍在甘草糖上——那种糖会让你的脸颊鼓得像牙痛似的,含在嘴里的时间也像牙痛一样会持续很久。甘草糖无疑是一种奢侈的享受——简直就是一场狂欢了——可是没有一点儿享受,日子过得有什么意思呢?

达尔西住在一间带家具一起出租的房间里,这种房间和那种包伙的宿舍是不一样的。住在这种屋子里,当你饥肠辘辘的时候别人可不会知道。

达尔西上楼去自己的房间——是西区一座褐石门面的房屋的三楼后间。她点上煤气灯,科学家告诉我们钻石是已知的最硬物质。其实他们错了。房东太太们知道一种化合物,同它相比,钻石简直软得跟油灰一样。她们把这种东西塞到煤气灯的灯头上,就算你站到椅子上一直抠得两手通红掉皮也无济于事,发卡也不能撬动其分毫,让我们暂且称其为"岿然不动"吧。

达尔西点亮了煤气灯之后,让我们在仅有蜡烛四分之一亮度的灯下,好好看看这个房间吧。

沙发床、梳妆台、桌子、洗脸架、椅子——房东太太就只提供了这些家具，简直是罪过。其余的都是达尔西自己的了。她的宝贝都摆在梳妆台上——赛迪送给她的一个描金瓷花瓶、腌菜作坊送的一本日历、一本解梦的书、一些装在玻璃盘子里的扑粉，还有一束粉色缎带扎着的假樱桃。

那面表面不平的镜子前靠着基钦纳将军(第一次世界大战中的英国名将，曾担任陆军元帅和陆军大臣)、威廉·马尔登(美国纽约州运动协会主席)、马尔巴勒公爵夫人(马尔巴勒是英国世袭公爵的称号，第一任约翰·丘吉尔，是二战时期英国首相丘吉尔的祖先)和本韦努托·切利尼(意大利文艺复兴时期的金匠、画家、雕塑家、音乐家和战士)的相片。一面墙上挂着一个戴着罗马式头盔的奥卡拉汉人的巴黎石膏像板，旁边有一幅色彩鲜明的石印油画，画的是一个柠檬黄的孩子捉弄一只颜色艳丽的蝴蝶。达尔西认为这幅画的艺术成就简直登峰造极(比喻水平达到了最高点)，这一观点至今未被别人推翻过。从没有人私下里议论这幅画的真伪而使她心中不安，也没有评论家对她画中那位年幼的昆虫学家嗤之以鼻(表示看不起)。

小猪先生约好说七点过来接她。在她快速打扮准备的时候，我们还是礼貌地转过头去再聊上几句吧。

达尔西这个房间的房租是每周两美元。她平日的早餐要花费一毛钱；她一边穿衣一边在煤气灯上煮好咖啡，煎上一个鸡蛋。星期天早晨，她会去比利饭店花上两毛五美餐一顿小牛排和菠萝煎饼——还会给服务员一毛钱的小费呢。纽约有着太多的诱惑，容易让人趋于奢侈。她上班的时候在公司的食堂吃饭，午饭六毛，晚饭一块零五分。还有晚报——你倒是说说有哪个纽约人不看报的！——这要花六分钱，还有两份周末报——一份是用来看招聘广告的，还有一份是要好好读的——这要花上一毛。总数是四块七毛六分钱。另外，一个人总是要买衣服的吧，还有呢——

我算不下去了。我听说过用针线将便宜得不能再便宜的布料缝制成像样的衣服的奇迹；但是我一直表示怀疑。我很想根据所有那些神圣、自然、既不成文也不生效的天理法则，往达尔西的生活里加些本应该是女人专享的乐趣，但是我举着笔，已然无法写下去了。她去过两次康奈岛，坐过轮转木马。一个人的乐趣只能以年份而不是钟点来计算，这实在是太乏味的一件事了。

形容小猪先生就只要一个词。当姑娘们给他取了个这样的绰号之后，高贵的猪族就蒙上了不应有的污名。在那本老旧的蓝色封皮的拼音读本中，三个字母的单词那一课简直就是小猪先生的人生写照。他很胖，有着耗子的灵魂、蝙蝠的习性，还有猫（“胖”“耗子”“蝙蝠”“猫”英文分别为fat，rat，bat，cat，都是由三个字母组成的）戏弄猎物时佯装出的宽宏大量……他衣着华贵，是个鉴别饥饿的行家。他只要朝一个女店员看上一眼，就能告诉你她有多久没吃到比棉花糖和茶更有营养的东西了，这之间的误差不会超过一小时。他总在商业区里晃悠，在各个百货公司里寻找机会请女店员吃饭，连大街上牵着绳子遛狗的人都看不起他。他也算是个典型了；我不能再写他了，我的笔不是为他服务的，我可不是木匠。

差十分七点的时候，达尔西准备就绪。她照了照那面不平的镜子，照出来的样子令人满意。一切都非常完美：深蓝的裙子非常合身，找不到一点褶皱，帽子上的黑羽毛十分神气，就只有手套稍稍有点脏——这一切都在表明她是如何省吃俭用的。

就在那短短的一刻，达尔西忘记了其他的一切，就只知道自己是多么美丽，而生活正掀起它那神秘面纱的一角，让她领略其中的美妙之处。以前还从来没有男子邀请她出去过，而现在她就要步入那光彩夺目、高贵优雅的场合，度过短暂的时光了。

姑娘们都说小猪先生十分舍得花钱，一定会有一顿丰盛的晚餐，有音乐，有打扮得雍容华贵的女士可以欣赏，还有好东西可以吃，姑娘们说起时下巴都要掉下来了。毫无疑问，她还会被邀请出去。她知道有家店的橱窗里放着一件蓝色的茧绸套装——如果每周存上两毛而不是一毛，那么——让我算算——天哪，这要花上好几年时间呢！但是第七大道上有个二手店，在那儿——

有人敲门，达尔西打开门。房东太太站在门口，脸上堆着假笑，悄悄嗅着有没有偷用煤气做饭的气味。

“楼下有位先生找你，”她说，“说是叫威金斯。”

小猪先生对于那些真把他当作一回事的可怜女人，总是使用这个名字。

达尔西走到梳妆台那儿去拿她的手绢；接着她停住了，使劲咬着下嘴唇。先前当她看向镜中时，她看到了自己有如仙境中刚刚从漫长的睡梦中醒来的公主。她已经忘了有个人用忧郁、美丽而又严峻的眼睛注视着她——只有这个人对她的所作所为表示赞成或是反对。梳妆台上的镀金相框里的基钦纳将军正用他那双迷人的眼睛深深地注视着她，他身材颀(qí，指身体修长)长笔挺，英俊忧郁的脸上带着一种悲伤而责备的神情。

达尔西像个机器娃娃一样转向房东太太。

“告诉他我去不了了，”她呆呆地说，“告诉他我病了，或是其他什么理由。告诉他我不出去了。”

门关好，上锁之后，达尔西扑倒在床上，压坏了她的黑帽饰，接着哭了十分钟。基钦纳将军是她唯一的朋友，他是达尔西理想中英勇无比的骑士。他看上去好像藏着不为人知的伤痛，他的胡髭美得不真实，让人感觉像是梦境里才会看到的一样。他眼睛里那种又清明又温柔的神情甚至让达尔西有点儿害怕。她常常幻想着，有朝一日他会来到她的门前专程来见她，他的佩剑在高筒靴上碰得铿锵作响。有一次，有个小男孩拿一段铁链把灯柱擦得嘎嘎作响时，她还特意打开窗户朝外看了呢。但那根本是白日做梦。

她清楚地知道，基钦纳将军远在日本，正带领军队抗击野蛮的土耳其人；他是决计(表示肯定，一定)不会为了她从镀金相框里走出来的。然而那天晚上他的一个眼神就让小猪先生一败涂地。是的，至少那天晚上确实如此。

当达尔西不再哭泣，她从床上起身，脱下了她最好的裙子，换上了她的蓝色旧睡袍。她不想吃晚饭了。她唱了两节《萨米》歌曲，接着对她鼻子旁的一个小粉刺产生了十足的兴趣。处理完这件事情之后，她把椅子拖到摇摇晃晃的桌子边，拿出一副旧纸牌给自己占卜。

“那个令人反胃又粗鲁无礼的家伙！”她大声说，“我从来没说过或者做过什么事表明我对他有意思！”

九点钟的时候，达尔西从箱子里拿了一盒饼干和一瓶木莓果酱出来，美餐了一顿。她给基钦纳将军也预备了一块抹上果酱的饼干；然而，他只是望着她，就像斯芬克斯(这里指埃及的狮身人面像)望着蝴蝶一样——倘若沙漠里有蝴蝶的话。

“你要是不想吃就别吃好了，”达尔西说，“何必要端着架子，一副责备我的神情呢？要是你也过一过每周六美元的日子，我倒要看看你还会不会这样高高在上，神气活现的。”

达尔西对基钦纳将军如此不敬可不是什么好现象，接着她还气呼呼地把本韦努托·切利尼的照片翻过来让他脸朝下。这倒不是什么不可原谅的大事，因为她总是误认为他是亨利八世(英国国王，有过多次婚姻，并且处死了第二任妻子)，一个她着实不喜欢的人。

九点半的时候，达尔西最后看了一眼梳妆台上的照片，然后熄了灯，跳到了床上。临睡前就只能跟基钦纳将军、威廉·马尔登、马尔巴勒公爵夫人和本韦努托·切利尼用眼神道晚安，实在是兴味索然。故事说到这里还远远不够。故事的结尾应该是这样——后来，小猪先生又邀请达尔西出去用餐，她那会儿比平时更感寂寞，而基钦纳将军又恰好看向别处了；于是——

如我之前所说，我梦见我正站在一群看起来十分阔绰的魂灵旁边，有一个警察抓着我的翅膀问我是不是跟他们一伙儿的。

“他们是谁？”

“哼，”他说，“他们就是那些每周只支付五六美元去雇佣女工，让她们过活的人，你是他们一伙儿的吗？”

“瞧您说的，我当然不是。”我答道，“我不过就是放火烧过一家孤儿院，还为了点儿钱弄死了一个瞎子罢了。”

带家具出租的房间

在纽约西南部的红砖房地区住着一大群人，他们就像时间那样动荡不安，飘忽不定。说他们无家可归吧，可他们又四海为家。他们从一间带家具的出租屋搬到另一间，永远都只做短暂的停留，居无定所——在居住方面如此，在心灵和思想上也是如此。他们用散拍音乐唱着“家啊，我甜蜜的家”；他们把全部家当(家产)放在帽盒里，随身携带；他们的葡萄藤就是缠在阔边帽子上的装饰；他们的无花果树(在《旧约》中，葡萄藤和无花果是安定的家庭生活的象征)只是一株橡胶盆景罢了。

这样的地区这样的房子，有着上千的房客，自然就有着许许多多的奇闻异事，可惜大多单调乏味；不过话又说回来了，如果在这些四处漂泊的房客里找不出一两个幽灵来，那可真够奇怪的。

有一天晚上天刚黑，有个年轻人在这些摇摇欲坠的红砖房屋之间徘徊，挨家挨户按门铃。在按了第十二个门铃后，他把空荡荡的手提包放在台阶上，擦了擦帽檐和脑门上沾的灰。门铃声很微弱，像是从遥远而空旷的深处传来的。

他按响门铃的第十二家的房门打开了，女房东走了出来。她使他想起了一条因为贪吃而变得病态的蠕虫，这虫像是已经把一个果壳吃得空空如也，正等着其他房客来填饱肚子呢。

“进来吧。”女房东说道。她的声音是从嗓子里挤出来的；嗓子里像是长了一层舌苔似的。“我这儿三楼后间还有一间空房，刚空了一个星期。想去看一看吗？”

年轻人跟在她后面上了楼。不知从哪儿透进来的一缕光线冲淡了过道里的阴影。他们悄无声息地踩在楼梯的地毯上。地毯简直破旧得不成样子，怕是连当初将它织出来的织布机也认不出了吧。它好像已经植物化了，在散发着恶臭的潮湿阴暗的空气里化成了一块块茂盛的地衣或蔓延的苔藓，附着在楼梯上。踩在脚下感觉就像是黏糊糊的有机物。楼梯每个转弯处的墙上都有空着的壁龛(kān，供奉神像的小阁子)。也许它们曾用来摆放过花草。即便如此，估计那些花草们也早就死在这恶臭污浊的空气中了吧。壁龛里或许还摆放过圣像，但是不难想象，它们早就被妖魔鬼怪拖到黑暗之中，拖到某个带家具出租的无尽的邪恶深渊里去了。

“就是这间了，”女房东说道，声音像是从她那长满舌苔的喉咙里发出来的一样：“这房间相当不错，很难空出来的。去年夏天这儿可是住了好几个高级客人呢——从来不找麻烦，房租也总是提前支付。自来水就在过道的尽头。斯普罗尔斯跟穆尼在这儿住了三个月。他们是表演歌舞杂耍的。布雷塔·斯普罗尔斯小姐——你或许听说过她的芳名——哦，那仅仅是艺名罢了——她裱在镜框里的结婚证就挂在那边的梳妆台上面。煤气开关在这儿，你瞧瞧这壁橱有多大。人人都喜欢这房间。这儿从不会空太久。”

“你这儿常有剧院的人来租住吗？”年轻人问。

“他们来了又走。我的房客中有很多跟剧院有关系。是啊，先生，这里可是剧院区呢。那些当演员的从不在一个地方逗留太久的。我也就是挣这么一份儿钱。没错，他们就是来了又走了。”

他租下了这间房，预付了一周的房租。他说他累了，想立刻入住。他把钱都数了出来。女房东说房间里一切都是现成的，连毛巾和洗漱用的水都预备好了。就在女房东离开之际，他终于问出了已经在嘴边，已经向别人打听过成百上千次的问题。

“一位年轻的姑娘——瓦希纳小姐——埃洛伊丝·瓦希纳小姐——在

你的房客中有这么一个人吗？她很有可能就是在剧院舞台上唱歌的。一位非常漂亮的姑娘，中等身高，身形苗条，金红色的头发，左眉毛旁边有颗黑痣。”

“不，我想不起这个名字。表演的人换名字就像换房间一样频繁。他们来了又走了。不，我想不起来有那么一个人。”

想不起，问来问去总是想不起。五个月来没休没止地四处打听得来的就只是一次又一次的落空。花了这么长时间：白天四处向剧院经理、代理人、戏剧学校和合唱团打听；到了晚上，他就混在观众群里，从明星荟萃的高等演出场所，一直到低级得连他都害怕会在那里找到她的小剧院，他全都打听了个遍。他对她一往情深，决心哪怕费尽千辛万苦也要找到她。自从她离家出走之后，这个沿海的大都市肯定是将她困在了某个角落，对此他深信不疑。然而这座城市就像一片广袤的无底流沙，沙粒不停地移动，今天还浮在上层的沙粒，明天就被覆盖在黏土和淤泥下面了。

这个带家具的客房，活像一个忸怩作态(故意作出不好意思或不大方的样子。忸怩，niǔní)、强颜欢笑的妓女在假惺惺地曲意逢迎刚刚入住的客人。老旧的家具反射出淡淡的光，一个套着破破烂烂的锦缎材质装饰的沙发和两把椅子，两扇窗之间挂着一面尺把宽的廉价穿衣镜，墙上挂着一两个描金的相框，角落里还摆了一张黄铜的床架，所有这一切给人一种虚假的安慰。

房客有气无力地瘫坐在椅子上，而这个房间就如同巴比伦通天塔(《旧约·创世纪》第十一章中说：巴比伦人要兴建能通往天堂的高塔，为了阻止他们的计划，上帝让他们说不同的语言和口音，使人类相互之间不能沟通，他们的计划也因此失败了)的某一层一样，正木讷(迟钝)地寻找言辞来向他叙说这里住过的房客的种种情况。

地上铺着一块色彩斑斓的毯子，就像是色彩艳丽的长方形热带小岛，四周脏兮兮的垫子形成了波涛汹涌的大海。墙上糊着花花绿绿的墙纸，上面还贴着无家可归的人们到处搬家都会带着的图片——“胡格诺教徒的情人们”“第一次争吵”“新婚早餐”“泉边的美女赛姬”。歪歪扭扭、不成体统的布帘，像是亚马逊舞女的腰带，半遮半掩着一本正经的壁炉的轮廓。壁炉架上摆着一些被遗留的零碎东西——两个不值钱的花瓶、几张女演员的照片、一个药瓶，还有几张零散的纸牌。过去的房客就像是被困在这里，后来幸运地被带到新港口时，就把这些旧东西抛弃了。

仿佛密码被逐个破解了一样，过去曾经住在这个带家具的房间的房客们留下的痕迹逐渐显露出来。梳妆台前的地毯上那被磨秃的痕迹说明曾有很多漂亮女人在上面踩过。墙上的小指纹印表示年幼的囚徒们试图摸索着去感受阳光与空气。一个溅开的污渍，形如炸弹爆炸形成的阴影，应该是有人把玻璃杯或是瓶子连带装着的东西一起用力摔在了墙上。穿衣镜上被人用钻石歪歪扭扭地刻出了“玛丽”这个名字。看样子，住在这间屋子里的人都怒气冲冲的——也许是被它堂而皇之的冷漠所激怒，忍无可忍——于是就拿它出气。家具被弄得支离破碎，伤痕累累；沙发因弹簧凸起而变形，看起来就像是在极度痉挛中被屠杀的可怕怪物。大理石的壁炉也在某种更猛烈的动作中裂开了一块。地板上的每一块凹痕和每一条裂纹，都好像经历了各自特殊的苦痛，发出不同的尖叫。这个房间的所有怨恨和伤害，都是那些在一段时间内称其为“家”的人干的，这简直难以置信。但是激起他们心中怒火的或许就是他们那种一直存在但却不为所知的无法满足的恋家本能，是那种对冒牌的家庭守护神的愤恨。如果是属于我们自己的家，哪怕就是个小茅屋，我们也会打扫、装饰并珍惜它的。

坐在椅子上的年轻房客任由这些想法在脑海中萦绕、盘旋。这时，从别的房间里飘来了各种声音和气味，富有生气和活力。他听到一个房间里传来淫靡软糯的低笑声；另外的房间里有人在自说自话大声责骂，有人在掷色子(shǎi · zi，一种游戏或赌博用具，立方体小方块，六面分别刻有一到六点)，有人在唱摇篮曲，还有人在低声啜泣；一只班卓琴就在他正上方欢快地叮咚作响。

不知何处的门“砰”的一声关上了；高架电车时不时地呼啸而过；一只猫在后院的栅栏上哀叫。他呼吸着房里的气味——与其说是气味倒不如说是一股潮味——一股从地下室里传来的阴冷发霉的恶臭，其中夹杂着油地毡和霉菌以及腐烂木制品的阵阵臭味。

就在他歇息的当会儿，房间突然充斥着一股浓烈而甜美的木犀草香气。它随着一阵风涌进来，如此分明，如此浓郁，如此强烈，就好像来了一位活生生的客人一般。年轻人仿佛听到有人在呼唤他，于是他一跃而起，一面大声回道“怎么啦，亲爱的”，一面向四处张望。馥郁的芬芳扑鼻而来，将他包裹起来。他伸出手去摸索，此时他的所有感官都变得混杂而紊乱(wěnluàn，杂乱、纷乱)了。一个人怎么会分明听到一种气味在召唤他呢？一定是一种声音。难道这就是曾经触碰、爱抚过他的声音吗？

“她一定在这间屋子里待过！”他高喊道，并急于在房间里找出什么证据，因为他知道，凡是属于她或是她触碰过的东西，无论再怎么微不足道，他也能立刻辨别出来。这股萦绕着的木犀香气，是她所钟爱的，也成了专属于她的特殊香气——它究竟是从哪里来的呢？

房间被漫不经心(随随便便，不放在心上)地大致收拾了一番。梳妆台那劣质的台布上凌乱地放着五六只发卡——这些小玩意儿毫不起眼，难以分辨，都是女人的小东西，用语法术语来说就是：阴性，不定式，无时态。他不去管这些发卡，因为从它们身上根本找不到任何线索。仔细翻找梳妆台的抽屉时，他发现了一块破破烂烂的被扔掉的小手帕。他将手帕按在脸上。上面有一股刺鼻的金盏草气味；他顺手用力将其扔在了地上。在另一个抽屉里，他发现了几颗零散的纽扣、一份剧院的节目单、一张当票、两颗没吃的棉花糖，还有一本解梦的书。在最后的一个抽屉里他发现了一个女人的黑缎子发结，这让他一阵冷一阵热，踌躇了好一会儿。然而黑缎子发结不过是女人都有的毫无个性的普通饰品，说明不了什么问题。

接着，他像只猎狗一样在房间里循着香气四处搜索：扫视墙壁，趴下身子去检查角落里地毯鼓起的地方，细细检查壁炉、桌子、窗帘和帷幔，还有墙角处那个东倒西歪的壁橱。他苦苦寻找可见的线索，却不能感觉到她就在他旁边、他的周围、他的对面、他的心中、他的上面，紧紧地依附着他、追求着他，以微妙的感觉在呼唤他，柔肠百结，欲语还休。感觉如此迟钝的他也开始意识到有人在呼唤着他，于是他再一次大声回应："来了，亲爱的！"他扭过头去，睁大眼睛凝视着虚无的空间，因为他还无法分辨出木犀香气中的轮廓、色彩、爱意和那向他伸出的手臂。啊，天哪！这香气到底从何而来？什么时候起气味竟能发出声音呼唤别人了？于是他接着探寻摸索。

他翻遍所有的缝隙和边边角角的地方，找到了一些瓶塞和烟蒂(烟头)。他对此不屑一顾，丝毫不予理会，继续搜寻。但是当他再次在地毯褶皱的地方找到一根抽了一半的雪茄时，他一面把雪茄踩得粉碎，一面恶狠狠地骂了几句。他把这间屋子从头到尾、里里外外都找了个遍。他发现了很多房客在这里留下的无聊、可憎的细小痕迹；但是对于一直苦苦寻找的她，可能住过这里的，灵魂还尚在此徘徊的她，却是一无所获。

这时他才想到了那个女房东。

他从这阴森森的房间跑下楼，来到一扇透出些许微光的门前。女房东听到敲门声就走出门来。他尽可能地抑制住自己激动的心情。

"您能不能告诉我，太太，"他向她恳求道，"我来之前还有谁住过这间屋子？"

"好的，先生。我再跟你说一次。是斯普罗尔斯跟穆尼，我之前说过。布雷塔·斯普罗尔斯小姐是她在剧院里的艺名，穆尼太太是她的真名。我这屋子是出了名的规规矩矩。他们那个裱在相框里的结婚证还挂在——"

"斯普罗尔斯小姐是个什么样的人——我是说长相？"

“唔，先生，黑头发，矮个儿，胖胖的，一脸滑稽相。他们上星期二走的，已经走了一个星期了。”

“在他们之前的房客是谁？”

“唔，是个做货运生意的单身男人。他走的时候还欠我一周的房钱呢。在他之前是克劳德太太和她的两个孩子，他们住了四个月。在他们之前是多伊尔老先生，他的儿子给他付房租。他租了六个月。这样都已经算到一年前了，先生，再远我就记不清了。”

他向她道了谢之后，心灰意冷地回到自己的房间。屋子里一片死寂。刚刚赋予其生命的木犀香气已经消失，取而代之的是屋子里发霉家具以及年代久远的储藏室里的腐臭味。

希望的幻灭将他的信心消磨殆尽。他坐在那里，呆呆地盯着咝咝发响的煤气灯的黄色灯光。没过多久，他走到床边，开始把床单撕成一条一条的。接着他用小刀的刀背部分将这些布条结结实实地塞进床边和门边的缝隙之中。等这一切都弄得妥帖(妥当适合)了，他熄灭了煤气灯，再把煤气开到最大，然后心甘情愿地往床上一躺。

这晚轮到麦库尔太太去打啤酒。她打了酒来，同珀迪太太一起坐在地下室里。那里是房东太太们聚会的地方，在那儿蠕虫是死不了的(《新约·马可福音》第九章第四十八节：“在那里(地狱)虫是不死的，火是不灭的。”)。

“今天晚上我把三楼后间租出去了，”珀迪太太透过一圈酒沫说，“是个年轻人租下的。他两小时之前就上床睡了。”

“真的吗？珀迪太太？”麦库尔太太满是欣羡地说，“你能把那样的房间租出去，真有你的。那你有没有告诉他呢？”她最后一句话是带着点儿神秘色彩压低了嗓子说的。

“房间嘛，”珀迪太太用她那长满舌苔的声音答道，“本来就是带着家具一起出租的。我可没跟他说，麦库尔太太。”

“你做得对，太太。我们就是靠租房过活的。你可真有生意头脑，太太。人们要是知道有人自杀死在了床上，多半是不愿意租那间房的。”

“就是说嘛，我们也得过日子不是。”珀迪太太说。

“就是就是，太太。这可是大实话。就是上星期的今天，我还帮你收拾三楼后间来着。那么漂漂亮亮的一个小姑娘，真没想到竟会用煤气自杀——她那张小脸多招人爱啊，是吧，珀迪太太。”

“可不是嘛，她确实称得上漂亮，”珀迪太太表示同意，可又有点儿吹毛求疵(故意挑剔毛病，找错误)的意思，“可惜左眉毛边上长了那么一颗黑痣。把你的杯子再满上吧，麦库尔太太。”

黄雀在后

在普罗文扎诺餐馆的一个角落里，我们一面吃着两盘意大利面，杰夫·彼得斯一面向我解释三种类型的骗术。

每年冬天，杰夫都要来纽约吃意大利面。他会裹着厚厚的灰鼠皮大衣在东河（美国纽约州东南部的海峡，位于曼哈顿岛与长岛之间）看卸货，还要在富尔顿街的一家铺子里囤积（投机商人为了等待时机高价出售而把货物储存起来。囤，tún，储存）一批芝加哥制的衣服。在其他的三个季节里他可能会去更远的西部地区——他的活动范围从斯波坎（美国华盛顿州的第二大城市，位于华盛顿州东部）一直到坦帕（美国佛罗里达州西部港口城市）。他以自身的职业为荣，会用一套严肃且独特的伦理哲学理论来予以支持和辩护。他的职业倒不新奇，自己就是一个毫无资本的股份无限公司，如同避难所一般，专门收容同胞们既不老实而又愚蠢的金钱。

杰夫每年都会来这钢筋水泥构筑的荒野之中度过他孤独的假期。他十分乐意去吹嘘一下他过往的那些冒险经历，就像一个小男孩日落之后在树林里吹口哨一样。因此，我在日历上标出他来纽约的时间，提前跟普罗文扎诺餐馆打好了招呼。他们会在花里胡哨（形容颜色过分鲜艳繁杂，常含贬义）的橡胶盆景和墙上那幅什么宫廷画之间给我们安置一张酒迹斑斑的小桌子。

“有两种骗术，”杰夫说，“应当受到法律的取缔（明令禁止或取消）。我是说华尔街的投机活动，还有就是盗窃行为。”

“对于取缔其中的一项，几乎人人都会同意。”我笑着说。

"嗯，盗窃行为也应当被取缔。"杰夫说。我不禁怀疑我刚刚的发笑是否多此一举。

"大约三个月前吧，"杰夫说，"我有幸结识了前面所说的两类非法艺术领域的代表人物。一位是窃贼协会的成员，一位是金融界的约翰·D·拿破仑(约翰·D是美国石油大王洛克菲勒的名字，全称即约翰·D·洛克菲勒。这里是借"拿破仑"之名比喻洛克菲勒在金融界的声望和地位)。"

"有趣的组合，"我打了个哈欠说道，"我有没有跟你说起，上个星期我在拉马波斯河岸一枪同时打中了一只鸭子和一只地松鼠？"我非常清楚怎样打开他的话匣子。

"让我先跟你说说那些寄生虫吧，他们用剧毒之眼污染了公正之泉，阻碍了社会的运转。"杰夫如此说道，他的眼睛里闪烁着光亮，如同揭发丑闻时一般。

"刚刚我说过，三个月前我交了损友(对自己的学习、工作、生活等有害的朋友)。人这一生只有在两种情况下会这样做——一是他身无分文的时候，二是他腰缠万贯的时候。

"最本分的买卖也有偶尔走霉运的时候。我在阿肯色州的一个十字路口拐错了弯，错误地把车开到了彼文镇。好像我去年春天就来过彼文镇，并把它糟蹋得不成样子。我在那里推销了价值六百美元的水果树苗——有李子树、樱桃树、桃树和梨树。彼文镇的人一直留心着这条乡村公路，盼着有一天我再经过这儿。直到沿着大道一路驾车到达水晶宫杂货店，我才意识到我和我的白马兄弟比尔陷入了埋伏中。

"彼文镇的人意外地抓了我和套着鞍的马，并且开始和我说起并非完全和果树无关的话题。他们一伙人用马车上的挽绳当作链子穿过我背心的袖孔，带着我去看他们的花园和果园。

"他们的果树长得和标签上写的不一样，大多数都长成了柿子和山茱萸，偶尔会有一两丛槲树和杨树。唯一有结果迹象的是一株长得不错的小三叶杨，上面挂着一个马蜂窝和半件破旧的女士背心。

“这一趟巡视毫无结果，于是彼文镇的人带着我一直走到镇边，抄走了我的表和钱去抵账，还扣下了我的马车和比尔作为抵押。他们说了，只要有哪怕一株山茱萸结出了六月早桃我就能回来拿走属于我的东西。后来，他们抽出挽绳，向落基山方向做了个手势让我滚蛋，接着我就像刘易斯和克拉克（美国在向法国购买路易斯安那州时，由美国总统杰斐逊派遣前去勘察的远征队的两位领队）那样，朝着那河流汹涌、树林幽深的地区逃去。

“当我神智清醒过来的时候我发觉自己正来到圣菲铁路线的一个不知名的小镇。彼文镇的人掏空了我的口袋，只留下一块嚼烟——他们并不想要我的命——这给我留了活路。我咬下来一块，坐在铁道旁的一堆枕木上，开始恢复我的思考能力和敏锐思维。

“就在那时，一列货运火车快速驶来，快到小镇的时候减慢了速度；这时从车上掉下来一团黑乎乎的东西，在地上翻滚了二十码才停下来，带起一片尘土。接着这东西爬了起来，嘴里一边吐出烟煤渣一边骂骂咧咧的。我这才看清原来那是一个年轻人，脸盘儿很宽，穿着很是讲究，更像是乘坐普尔曼式卧车的乘客而不是扒货运顺风车的人。尽管他浑身上下脏兮兮的，看起来就像扫烟囱的，但脸上仍然带着愉快的笑容。

“‘摔下来的？’我问他。

“‘不，’他答道，‘自己下的车。我已经到地方了。这是哪个镇？’

“‘我还没查过地图呢，’我说，‘我也就比你早到大约五分钟。说说这个小镇给你一种什么感觉？’

“‘硬极了，’他转动着其中一条胳膊说道，‘我觉得我这肩膀——不，没什么事。’

“他俯下身去掸掉衣服上的灰尘，突然从口袋里掉出一根九英寸长的，做工精致的窃贼用钢撬。他捡起了钢撬，机警地注视着我。接着他咧开嘴笑了，并向我伸出了手。

"'老兄，'他说，'你好啊。去年夏天我是不是在密苏里州南部见到过你？你当时是不是在卖一种五毛钱一茶匙的彩色沙子，说是放在灯里可以防止灯油爆炸？'

"'灯油，'我答道，'是不会爆炸的。爆炸的是灯油产生的气体。'但是不管怎样，我仍然和他握了握手。

"'我叫比尔·巴塞特，'他对我说，'如果你把这当作职业自豪感而不是狂妄自大，我不妨告诉你，你有幸得见的是密西西比河一带最高明的窃贼。'

"然后呢，我就和这个比尔坐在枕木上自吹自擂(比喻自我吹嘘)起来，就像同行的艺术家那样。看起来他也是身无分文，于是我们便聊得更加投机了。他向我解释了为什么一个如此能干的窃贼有时候也不得不扒货运车，他告诉我是因为小石镇的一个女仆出卖了他，害得他不得不匆匆跑路(原词来源于台湾、闽南地区。指做了坏事被警察通缉或因欠钱、负债等被人追杀而不得不逃走)。

"'这是我业务的一部分，'比尔·巴塞特说，'当我想得手时，我就要把女人哄好了。爱情能让女人晕头转向，唯命是从(让做什么就做什么，绝对服从)。你只要告诉我哪栋房子里有好货和一个漂亮的女仆，我保证那房子里的银器都给熔了卖掉。我在饭店里吃着美味佳肴时，警察却认为这是内贼所为，因为上了年纪的女主人的侄子穷得在教《圣经》。我首先会先搞定这个女仆，'比尔说，'等她让我进了屋，我再搞定锁。但这一次小石镇的那个娘儿们把我给坑了。'他说，'她撞见我跟另一个女人一起搭电车。当我那天晚上去她那里时，本来她说好会为我留的门却锁上了。我都已经配好楼上房间的钥匙了。可是不行了，先生。她从里面把门反锁了。她这个大利拉(《圣经》中出卖参孙的非利士女人)。'比尔·巴塞特说。

“后来比尔不顾一切地想要撬开门进到屋里去，但是那姑娘像四轮马车顶座的观光游客一样大喊大叫起来。比尔不得不克服重重困难一路逃到了车站。由于他没有行李，人家不肯轻易放他上车，但他好歹最后自己扒上了一列正要开动的货车。

“‘哎，’在我们互相叙述了自己几乎是死里逃生的经历之后，比尔·巴塞特说，‘我肚子饿了。这个小镇看起来不是用的耶鲁锁（老奈纳斯·耶鲁创立的锁具品牌，后被其儿子进一步改良，成为安全系数很高的一款锁具），我们不妨干上一票，就弄几个钱够眼下花就行，无伤大雅。我估计你也没随身带着生发灵了、包金表链了或者类似的非法冒牌货之类的东西能卖给市场上那些呆笨的吝啬鬼吧？’

“‘没有啊，’我答道，‘我的旅行箱里本来是有一些精致的巴塔哥尼亚的钻石耳环和雨中阳光款的首饰，但是都被扣押在彼文镇了。只有那里的黑胶树能长出大量的黄桃和日本李子卖到市场时，我才能拿回来那些东西。我认为我们还是不要太指望它们了，除非我们找来路德·伯班克（美国园艺家，他改良了多种植物品种）帮忙。’

“‘那好吧，’巴塞特说，‘我会尽量想想办法的。或许天黑之后我能向哪位女士借一根发卡，用来打开农牧渔业银行的大门。’

“我们正说话当中，一列客车到达了附近的车站。一个戴着高顶礼帽的人下了火车走到月台上，跌跌撞撞地顺着铁道朝我们走过来。他又矮又胖，长着大鼻子，还有小得跟老鼠一样的眼睛，穿戴倒是着实讲究；他小心翼翼地拿着一个手提包，仿佛里面装的是鸡蛋或者铁路债券一样。他路过我们，顺着铁道继续往下走，似乎完全没有注意到小镇。

“‘来吧，’比尔·巴塞特一面对我说，一面跟上了那个人。

“‘去哪儿？’我问。

“‘我的天哪！’比尔说，‘你难道忘记现在你身处荒野了吗？你难道没看到吗哪(古代以色列人出埃及时,在四十年的旷野生活中,上帝赐给他们的神奇的食物)上校就正好掉落在你的眼皮子底下?你难道没有听见乌鸦将军拍打翅膀的声音?你真是笨得让我吃惊,以利亚(《圣经》中的重要先知,生活在公元前9世纪,干旱时住在约旦河东的基立溪畔,乌鸦早晚给他叼来食物)哟。'

"我们在林子边缘赶上了那个陌生人,那个时候太阳已经落山,加上那个地方本身也很僻静,因此没有人看到我们拦住了他。比尔摘下那个人的丝绸帽子,用自己的袖子轻轻擦拭了几下,又替那人戴好。

"'您这是什么意思,先生?'那个人问道。

"'当我戴着这样的帽子感觉不自在的时候我就总这样做。'比尔说,'眼下我没有这样的一顶帽子,因此我只好用你的了。我实在不知道如何开口向你解释我们做的事,先生,但是我觉得我们得先掏一掏你的口袋。'

"比尔·巴塞特掏遍了他所有的口袋,脸上一副厌恶的神情。

"'连块表都没有,'他说,'你这虚有其表的家伙,你就不害臊?穿得倒像个领班,实际上穷得跟个伯爵一样!你连车钱都拿不出来,我倒想看看你要怎么坐火车?'

"那个人开口说明自己确实身无长物(指除了自身外再没有多余的东西,形容贫穷)。巴塞特不甘心地拿过他的手提包打开查看。里面装着些衣领和袜子,还有半张剪下来的报纸。比尔仔细地读了读剪报,向那被拦下的人伸出了手。

"'老兄,'他说,'你好哇!请接受朋友的道歉吧。我是窃贼比尔·巴塞特。彼得斯先生,您可得认识认识这位阿尔弗雷德·E·里克斯先生。来握个手吧。'比尔说,'里克斯先生,从搞破坏和贪赃枉法方面来说,彼得斯先生处于我俩之间的地位。他确实拿人钱财,但是总归是要付出一定代价的。我非常高兴认识您,里克斯先生——您,还有彼得斯先生。这是我第一次参加全国贪得无厌者大会——入室行窃,坑蒙拐骗,投机倒把,全齐

了。来看看里克斯先生的证件，彼得斯先生。'

"比尔·巴塞特递给我的那半张报纸上，刊登着一张眼前这位里克斯先生照得不错的照片。那是一份芝加哥发行的报纸，文章的每一段都把里克斯骂得狗血喷头。我看完报纸上的文章，才知道这所谓的里克斯都干了些什么勾当：他坐在他那位于芝加哥市，装潢得富丽堂皇的办公室里，把佛罗里达州被水覆盖的地皮全都划成一块一块的，然后卖给了那些声称无辜的投资者。在他进账差不多有十万美元时，其中有一个总爱找麻烦的刺儿头买家（我自己也遇到过这样的买家，他们买我的金表时竟然拿酸性液体来检测），花了点儿钱去了趟佛罗里达州，想看看新买的地皮是否需要在围栏上打一两根桩子加固。再顺便贩一些柠檬，也好在即将到来的圣诞节卖。他雇了一个勘测员帮他找地皮，费了好大劲才发现广告上所说的乐园谷的繁华小镇实际上是在奥基乔比湖中心大概四十杆十六竿以南，二十七度以东的位置。这个人的地皮位于水下三十六英尺深的地方，还长期被短吻鳄和长嘴鱼霸占，看来他对这块地皮的所有权似乎很成问题。

"自然，这个买主回到了芝加哥，跑到阿尔弗雷德·E·里克斯那里闹得沸沸扬扬，把他折腾得就像天气预报说要下雪时的早晨一样火烧火燎的。里克斯驳斥了他的质问，但却无法否认短吻鳄的存在。一天早晨，报纸上专门用了一整栏报道了这件事，里克斯被逼得走投无路，只好从消防通道逃了出来。有关部门好像还查到了他存钱的保险库，里克斯只好带着仅装着几双袜子和一打十五英寸半的衣领的手提箱匆忙逃往西部地区。他的皮夹里恰好还有火车票券，也就够他坐到这位于荒凉之地的小镇，接着他就被赶下了火车，加入我和比尔·巴塞特，成了以利亚第三，却没见有乌鸦给我们叼来吃的。

"接着这个阿尔弗雷德·E·里克斯嚷嚷着说他也饿了。他声称他连顿饭都不值，更别提买得起一顿饭了。倘若我们尚有雅兴来做些推理和修辞的话，我们三个人凑到了一起，正好代表了劳动力、贸易和资本。然而就目前来说，没有资本投入的贸易是做不成买卖的。而当资本没有金钱时，洋葱牛排的生意也不好做。因此眼下只能仰仗带钢撬的劳动力了。

“‘绿林好汉们，’比尔·巴塞特说，‘迄今为止，我从未在患难时对哥们儿见死不救。在这附近的树林里，我好像看到一些简陋的小屋。我们不妨先去那里，待到天黑下来再作打算。’

“在小树林里果然有一处破旧的荒废小屋，我们三个人便占用了它。天黑之后比尔·巴塞特让我们等着，然后出了门。半个小时之后他回来了，还带回来满怀的面包、小排骨和馅饼。

“‘在沃希托大道的一处农家院搞到的，’他说，‘来吧，让我们好好地吃、喝、玩、乐！’

“皎洁的满月升了起来，我们在小屋里席地而坐，就着月光饱餐起来。这时比尔·巴塞特便开始吹牛了。

“‘有的时候吧，’他嘴里塞满了农产品，说道，‘我对你们这些自认为在行业上高我一等的人真是不耐烦得很。就拿现在来说吧，你们中间有谁能够在眼下的危机中让我们平安度过，幸免于难(侥幸地避开灾难)？你能做到吗，里克斯？’

“‘我必须坦言，巴塞特先生，’里克斯嘴里咬着一块馅饼，以一种几乎听不出的声音答道，‘在眼下这个紧急关头，我可能无法创办一个企业救大家于水火之中。那是大手笔，我要做的话，自然是需要提前做好万全的准备工作，我——’

“‘我知道，里克斯，’比尔·巴塞特插嘴说，‘你不需要说下去了。你首先需要五百美元去雇一个金发的女打字员，再添置四套像样的橡木家具。然后你还需要五百美元来打广告。接下来还要两个星期的时间来等待鱼儿上钩。远水救不了近火，你的解救方法就像是在有人被八毛钱的劣质煤气呛得快死时提出将煤气事业收归公有一样。你的法子也救不了急，彼得斯老兄。’他说完了。

“‘哦，’我说，‘我还没见过您用您的魔杖施展点金术呢，仙子大人。几乎所有人都能擦擦魔法戒指就弄出一点儿残羹剩饭来。’

“‘只不过要先把南瓜准备好罢了。’巴塞特说道，洋洋得意，好不愉快。‘六匹马拉的四轮大马车很快就要到达你的门前，灰姑娘。又或许你早已有了锦囊妙计，那就给我们带个头吧。’

“‘老弟，’我说，‘我确实比你大了足足十五岁，可我还没老到要拿养老保险。我曾经也身无分文过。我们可以看到那不到半英里远的小镇上的灯光。我师承蒙塔古·西尔弗，当今最了不起的街头推销员。这会儿，街上走着成百上千个衣服上有油渍的行人。只要给我一盏煤油灯，一个干货箱和一块两美元的白色橄榄油皂，切成小——’

“‘你的两美元打哪儿来？’比尔·巴塞特偷偷地笑了，打断了我的话，和这个窃贼争论真是白费口舌。

“‘不行啊，’他继续说，‘你们两个都束手无策了吧。金融宣告歇业，贸易也关门大吉。你们俩就只能指望我这个劳动力去办成事了。好吧。你们就乖乖认输好了。今晚我要让你们俩好好见识一番我比尔·巴塞特的本事。’

“巴塞特叮嘱我和里克斯不要离开小屋，哪怕在天亮了之后也不要离开。于是他一边欢快地吹着口哨，一边动身朝小镇赶去。

“这个阿尔弗雷德·E·里克斯脱了鞋子和外套，在他的丝绸帽子上搭了块手帕做枕头，接着便躺在地板上。

“‘我想我要小睡一会儿，’他尖着嗓子说道，‘今天可真是累惨了。晚安，亲爱的彼得斯先生。’

“‘代我向睡神问好，’我说，‘我想坐着待一会儿。’

“大约两点来钟的时候，与我根据那只被扣押在彼文镇的手表猜测的时间差不多，我们的劳动者回来了。他踢醒了里克斯，把我们都叫到小屋门口一处有月光射进来的地方把五个分别装着一千美元的袋子逐一摆在地板上，接着便像一只刚刚下完蛋的母鸡一样开始咯咯大叫起来。

“‘我告诉你们一些关于那个小镇的情况，’他说，‘它叫石泉镇，镇上的人正在建造一座共济会寺，看这意思民主党的镇长候选人恐怕就要被平民党打倒了。塔克法官的太太，一直以来都受着胸膜炎的折磨，现在身体渐渐有了起色。我为了得到有价值的情报不得不先跟镇上的居民们闲聊些无关紧要的事情。镇上有个叫樵农信托储蓄机构的银行。昨天银行关门时行内有两万三千美元的现金存款。今早开门时银行还剩下一万八千美元——都是银币——这也是我没带回更多钱的原因。好好看看吧，贸易和资本。现在你们总该无话可说了吧？’

“‘年轻的朋友，’阿尔弗雷德·E·里克斯一面举起手一面说道，‘你是抢了这家银行吗？天哪，我的老天爷啊！’

“‘话不能这么说，’巴塞特说，‘“抢”这个字说得未免太难听了点儿。我所做的一切只不过是找出银行位于哪条街道。这个小镇着实太安静了，以至于我站在角落里就能听到保险柜上密码锁转动的声音——“往右转到四十五；往左转两圈到八十；向右转一圈到六十；再向左转到十五”——我听得一清二楚，就如同听耶鲁大学的足球队队长在用足球暗语发号施令一样。好了，伙计们，’巴塞特说，‘这个镇的居民起得很早，居民们说他们天亮之前就都起床活动了。我问他们为什么起这么早，他们说是因为那个时候早餐已经做好了。那么我们这些快乐的罗宾汉(英国传说中的绿林好汉)呢？那当然是要一路丁零咣啷地赶快跑路。我分你们点儿钱。你要多少？说话吧，资本。’

“‘我亲爱的年轻朋友，’里克斯说，此时的他活像一只用后腿蹲坐着，

两只前爪不断摆弄坚果的地松鼠。‘我在丹佛有几个朋友能够助我一臂之力。只要有一百美元我就——’

“巴塞特打开一包钱，扔给里克斯五张二十美元的钞票。

“‘贸易，你要多少？’他对我说。

“‘收好你的钱吧，劳动力，’我说，‘我向来不打老实人辛苦劳动赚来的血汗钱的主意。我都是从傻瓜和笨蛋那里赚他们放在口袋里烧得慌的闲钱。当我站在街角，卖了一枚三美元的钻石金戒指给一个乡巴佬时，我就只赚了两块六毛钱。而我知道他将要把这枚戒指送给一个姑娘，来回报一枚价值一百二十五美元的戒指产生的利益。他的利润是一百二十二美元。我们之中谁才是最大的骗子呢？’

“‘可是当你把五毛钱一小撮的沙子卖给一个穷苦女人来防止她的油灯爆炸的时候，’巴塞特说，‘你觉得她的毛利润又有多少呢？要知道，沙子的价格不过是四毛钱一吨吧。’

“‘听着，’我说，‘我叮嘱她要保持油灯的清洁，还要加满灯油。如果她照做了那么灯是不会爆炸的。而放在灯里的沙子让她以为灯不会爆炸，因此也就不用担惊受怕。这是一种工业领域的基督教科学。她只花了五毛钱，就能同时让洛克菲勒和埃迪夫人(基督教科学疗法的创立人，著有《科学与健康》一书)为她效劳。可不是每个人都能让这对孪生的富家兄妹来干这份活儿的。’

“阿尔弗雷德·E·里克斯感激涕零，就差去舔干净比尔·巴塞特鞋子上的灰尘了。

“‘我亲爱的年轻朋友，’他说，‘我将永远不会忘记你的慷慨。好人有好报。但是我还是想请求你以后不要从事暴力和犯罪活动了。’

“‘小耗子，’比尔说，‘你快钻到壁板的老鼠洞里去吧。你的信条教义和谆谆教诲在我听来就像自行车打气筒最后发出的声音。你那道德标准又高服务系统又完善的掠夺方式最后给你带来了什么？穷得叮当响而已。就说彼得斯老兄吧，他一个劲儿地用他那套商业和贸易的理论来抹黑偷盗的艺术，他也不得不承认自己已经无力回天（形容事态的发展已到了无法挽回的地步，没有能力挽救了）。你们俩都是指着本来就不靠谱的准则过活。彼得斯老兄，'比尔说，'你最好还是拿一些这些经过防腐处理的钱。就不用谢我了。'

"我再一次让比尔·巴塞特把钱收回去。我从不像有些人对偷盗之事怀有尊敬之心。我拿人家钱的时候总是要给点儿什么的，哪怕只是一些无关紧要的小玩意儿，可以作为纪念品提醒他们以后不要再上当。

"接着阿尔弗雷德·E·里克斯又一次对比尔卑躬屈膝地表达了谢意，之后就向我们告别了。他说他会去农家雇上一辆车，等到了下一个车站后，就搭火车去丹佛。那个可怜虫离开之后，整个气氛变得焕然一新。他真是全国不劳而获行业的耻辱，搞了那么多宏伟的计划，还把办公室弄得那么讲究，到头来甚至连顿像样的饭都吃不上，还得指望一个素昧平生，或许有点不择手段的窃贼的施舍。目睹他离开之后我感到高兴，虽然我有点儿可怜他，毕竟他这辈子就这样毁了。这样的一个人没有大量资本的时候又能如何呢？唉，我们和他分开时，阿尔弗雷德·E·里克斯无助得就像一只四脚朝天的乌龟，他甚至都想不出什么计谋去骗取小姑娘的石笔。

"只剩下我和比尔·巴塞特俩人的时候，我开动了下脑筋，最终想出了一个秘密的买卖。我思量着，我得让这位窃贼先生好好瞧瞧生意和劳动力之间到底哪里不一样。他对商业和贸易嗤之以鼻，这已经伤害到了我的职业自豪感。

"'我不想平白无故接受你的钱，巴塞特先生，'我对他说，'你今晚不道德的所作所为害得这个小镇的财政出现了亏空，这个地方已经变得十分危险，如果你能为我这个旅伴负责路上的开销直到我们离开这里，我将不胜感激。'

“比尔·巴塞特同意了我的提议,于是我们朝西部进发,尽可能快地去搭一列安全的火车离开。

“当我们到达亚利桑那州一个叫洛斯佩罗斯的小镇时,我提议说我们不妨在这个地方再试试运气。这里是我以前的师父蒙塔古·西尔弗的家乡,他现在已经退休不干了。我知道,只要我给蒙蒂(蒙塔古的昵称)看看这附近嗡嗡飞着的苍蝇,他就会告诉我怎么张网赚钱。比尔·巴塞特说所有的小镇对他来说都差不多一个样,因为他主要是夜间行动。因此,我们就在洛斯佩罗斯小镇下了火车。这个地方盛产银矿,着实不错。

“我心里有了打算,这方法又巧妙又稳妥,我要以商业为武器,对准比尔·巴塞特的要害狠狠来一下。我并不想趁着他睡着的时候偷偷拿走他的钱,而是打算给他留一张彩票,价值四千七百五十五美元——我想那是我们下车时他的钱数。但是当我第一次旁敲侧击提起这么一种投资的时候,他果断拒绝了我并做了如下解释说明。

“‘彼得斯老兄,’他说,‘如你所说,投身到某个企业这主意不坏。我想我会的。但是我有个硬性条件,那就是非得罗伯特·E·皮尔里(美国探险家,1909年到达北极)和查理·费尔班克斯(1905—1909年间美国的总统)这样的人来做董事不可。’

“‘我原先以为你会赶快出手处理这笔钱呢。’我说。

“‘是啊,’他说,‘我常常这样想。我不能一整夜都抱着钱睡觉,翻个身都难。这么跟你说吧,彼得斯老兄,’他继续说,‘我打算开一间扑克室。我对无聊的小把戏毫无兴趣,比如兜售什么打蛋器了,或是在巴纳姆和贝利马戏团推销什么只能当作锯末撒在耍把戏用的环上的早餐食品了。或是但是要说这赌博生意嘛,’他说,‘从利润的角度来说,倒是个介乎于偷盗银器和在沃尔多夫-阿斯托利亚义卖市场上推销抹笔布之间的不错的折中办法。’

"'那么,'我说,'巴塞特先生,你是不愿听听我的小提议喽?'

"'哎呀,'他说,'你要知道,有我在的方圆五十英里之内,你就不要费心办什么企业了。我是不会上钩的。'

"后来巴塞特租了一家酒馆的二楼,置办了些家具和彩色石版画。当天晚上我去了蒙塔古·西尔弗家里,并向他借了两百美元作为本金。接着我到洛斯佩罗斯唯一一家卖纸牌的店里买下了所有的纸牌。转天早晨当纸牌店开门营业后,我又把纸牌悉数退了回去。我解释说是因为我的合作伙伴突然改变了主意;我想把卡牌都退回给店里。老板以半价全部收回了。

"没错,到那时为止我还亏损了七十五美元。但是在我把牌全买回来的那天晚上,我在每副牌的每一张背后都做了记号。这是靠的劳动力。接下来就看贸易和商业的了。我扔在水里当鱼饵的面包渣开始以酒渍小舍布丁的形式回报于我了。

"第一批去比尔·巴塞特扑克室捧场的人自然少不了我。他的纸牌都是在镇上唯一那家卖纸牌的店里买进的;我认识每一张牌背后的记号,这比理发师傅用两面镜子让我看发型时看到的后脑勺还要清楚。

"赌局结束时我已经进账五千美元,还有一些零头。比尔·巴塞特输得精光,只剩下他的漫游癖和一只买来讨彩头(获利或得胜的预兆)的黑猫。我走的时候,比尔和我握了握手。"

"'彼得斯老兄,'他说,'我真是毫无做生意的头脑,这辈子注定是劳碌命了。当一个头号窃贼试图弃偷从商时,他就免不了要竹篮打水一场空。你玩牌的手法熟练,技巧高明,运气也好,'他说,'祝你一生平安。'在那之后我就再没见过比尔·巴塞特。"

"对了,杰夫,"当这个奥托里格斯式(希腊神话中神通广大的小偷)的冒险家似乎准备揭示故事主旨的时候我说道,"我希望你保管好这笔钱。如果今后你什么时候想要安顿下来做点儿正经生意,这笔钱作为启动资金非常可——可观(原文中的单词是 respecta，是 respectable 的一部分，说话者这里本来想说的单词是 respectable，因为这个单词有“相当大”的意思，但是也有另外一个意思是应该得到尊重的。作者这样精心地处理更显得讽刺意味十足)。”

“我嘛，”杰夫信誓旦旦地说，“我当然会好好照看这五千美元。”

他喜不自禁地拍了拍上衣的胸口部位。

“金矿股票，”他解释道，“每一分钱都投资在这上面了。股票面值一美元。一年之内肯定升值百分之五百。而且还免税。蓝地鼠矿产。一个月前刚刚开采的。你要是手头富裕最好也投资一些。”

“有的时候吧，”我说，“这些矿是不可——”

“哦，这个矿肯定可靠，”杰夫说，“已经发现了价值五万美元的矿砂，可以确保你每个月有百分之十的利润。”

他从口袋里掏出一个长信封，往桌上一扔。

“我一直随身带着，”他说，“这样一来窃贼就休想得手，资本家也没法往里掺水了。”

我仔细地看了看那印刷精美的股票。

“我看出来了，这是科罗拉多的公司发行的股票。”我说，“哦对了，顺便问一句，杰夫。那个去丹佛的矮个子男人叫什么名字来着，就是你跟比尔在车站遇见的那个？”

“那个讨厌鬼的名字叫阿尔弗雷德·E·里克斯。”杰夫回答道。

“我知道了，”我说，“这家矿产公司的老总署名是 A. L. 弗雷德里克斯。我在想这会不会——”

“快让我看看那张股票！”杰夫慌忙说道，几乎是从我手上硬抢过去的。

为了稍稍缓和一下眼前这种尴尬的气氛，我招呼服务员过来，又点了一瓶巴贝拉酒。我想我除此之外也做不了什么了。

女巫的面包

玛莎·米查姆小姐在街角经营一家小面包店(你走上三级台阶,推开门的时候,铃铛就会叮叮当当地响起来)。

玛莎小姐四十岁了,她有两千美元的银行存款,两颗假牙和一颗同情心。结过婚的女人有很多,不过条件跟玛莎小姐比起来就差远了。

有个客人每周来两三次,玛莎小姐开始对他有了兴趣。他是个中年人,戴着眼镜,棕色的胡子被仔细剃得很齐整。

他说英语带有很重的德国口音。他的衣服有的地方磨破了又补,有的地方皱皱的,还宽松下垂。但他看上去干净利落,又很有礼貌。

每次他过来都是买两条陈面包,新鲜面包是五分钱一条,陈面包五分钱能买两条。他从不买别的,就买陈面包。

有一次,玛莎小姐看到他手指上有一抹红褐色的污渍。她断定他是个艺术家,而且很穷。他肯定是住在阁楼里,在那儿画画,一边啃陈面包,一边想着玛莎小姐的面包店里那些好吃的。

玛莎小姐对着桌上的排骨、面包卷、果酱和茶的时候,常常好端端地就叹起气来。她希望那个温和文雅的艺术家能跟她一起享受这些美味,而不是在漏风的阁楼上啃着又干又硬的陈面包。玛莎小姐,前面说过,是富有同情心的。

为了证明她对他职业的猜测,她把特价买来的画从房间拿了出来,搁在柜台后的架子上。

那是一幅威尼斯风景画。一座恢弘的大理石宫殿(画上这样标明)矗立在画的前面——或更贴切一点儿来说是，前面的水景处。除了这个，画里还有几条两头尖的平底船（船上有个女人用手划水），流云、天空和许多明暗相衬的地方。没有艺术家会忽略这个。

两天后，顾客来了。

“请您给我拿两条陈面包。”

“夫人，您这画不错。”他在她打包面包的时候说。

“哦？”玛莎小姐应着，为这小试探得逞而得意起来。“我特别喜欢艺术和——”（不，现在可不能说“我喜欢艺术家”这种话，那太早了）“和绘画，”她转口说道，“你觉得这是幅好画？”

“这个宫殿，”客人说，“画得不太好，透视法用得不准确。再见，夫人。”

他拎起面包，欠了欠身，匆匆走了。

对，他肯定是个艺术家。玛莎小姐把她的画拿回了房间。

他镜片后的眼睛多么温柔和善！他天庭（前额中央）多么饱满！一眼就能看出透视法的好坏——却吃着陈面包过日子！不过，天才在被世人承认之前，往往要经过一番奋斗的。

要是艺术家有两千美元的银行存款、一家面包店和一颗体贴他、懂他的心支持，艺术和透视法会达到什么样的高度啊——可这些都是白日梦，玛莎小姐。

现在，他常常会隔着陈列柜跟她聊一会儿。他似乎特别享受玛莎小姐愉快的话语。

他一直买的都是陈面包，没有买过一个蛋糕、一个馅饼，或是她店里其他好吃的甜茶点。

她觉得他瘦了，还有些不开心。她特别想在他买的寒酸食物里加点儿好东西给他吃，只是没勇气去做，她不敢冒犯他，她懂艺术家的自尊心。

玛莎小姐开始在店里穿起她那蓝点丝绸背心来。在里屋，她熬了一种神秘的榅桲(wēn · po，小乔木，果实味酸，可以做蜜饯，也可以入药)籽和硼砂的混合汁，很多人用它来润滑肌肤。

一天，那个客人像往常一样来了，把他的五分镍币搁在柜台上买陈面包。玛莎小姐拿面包的当口，外面一阵“嘟嘟”的喇叭声和“叮当叮当”的警铃声响起，一辆消防车轰隆隆地驶过。

客人忙到门口去看，这情况，换谁都会去瞧瞧。玛莎小姐灵机一动，抓住了这个机会。

柜台后的货架底有一磅的新鲜黄油，奶场工人十分钟前刚拿来的。玛莎小姐用面包刀在两条陈面包上划开一道深深的口子，各塞了一大块黄油进去，然后把面包重新按紧。

当客人再回来的时候，她正用纸包着面包。

格外愉快地闲聊了几句后，他走了，玛莎小姐忍不住笑了起来，心头不免有些忐忑(tǎntè，心神不定)。

她太大胆了吗？他会生气吗？肯定不会。食物又不会说话。黄油并不代表有失闺秀矜持(jīnchí，严肃，庄重)的冒失行为。

那天，她的心思一直在这事儿上转悠，她想象着他发现这小骗局的情景。

他放下画笔和调色盘。画架上放着他正在描的画，上面的透视法无可挑剔。

他准备吃午饭——干面包和水。他切下一块面包——啊！

玛莎小姐脸红了。他吃面包的时候，会不会想起那双放黄油进去的手？他会不会——

前门的门铃狠狠地响了起来。有人吵吵嚷嚷地进来了。

玛莎小姐忙到前面去。两个男人在那儿，一个是年轻人，叼着一根烟斗——这个人她从未见过，另一个则是她的艺术家。

他的脸涨得通红，帽子滑到了后脑勺，头发乱糟糟的。他的两个拳头绷得紧紧的，恶狠狠地在玛莎小姐眼前晃，竟然冲着玛莎小姐。

“蠢蛋！”他扯着嗓子吼道；接着又吼了一声“千刀万剐的！”或者差不多的德国话。

年轻人想用力把他拖开。

“我不走，”他横眉怒目道，“我非告诉她不可。”

他擂鼓一样捶着玛莎小姐的柜台。

“你毁了我，”他嚷道，他的蓝眼睛在镜片后冒着火：“我告诉你，你就是个臭不要脸的老猫！”

玛莎小姐有气无力地靠着货架，一手按着那件蓝点绸背心。年轻人揪着同伴的衣领。

“走吧，”他说，“你骂也骂够了。”他把那个暴跳如雷的同伴拖到门外的人行道上，然后转身回来。

“我想应当告诉您，夫人，”他说，“那个人姓布卢姆伯格。他是一名建筑绘图员，我跟他在一间办公室里工作。”

“他埋头苦干了三个月，就为了绘制一份新市政厅的设计图。这作品是准备拿去参加竞赛评奖的。他昨天刚给线条上了墨。你知道，绘图员总是先用铅笔画底稿。上好墨之后，就用一撮陈面包屑擦去铅笔痕迹。陈面包比橡皮好用多了。”

“布卢姆伯格总到这儿买面包。嗯，今天——嗯，你懂的，夫人，那黄油不是——嗯，布卢姆伯格的图稿现在没有用了，只能裁开来包三明治了。”

玛莎小姐回到里屋。她脱下蓝点绸背心，换上之前常穿的老旧的棕色哔叽(bìjī，密度较小的斜纹毛织品)衣服，然后把榅桲籽和硼砂的混合汁倒进窗外的垃圾箱里。

最后一片叶子

华盛顿广场西边一个小区里，街道疯了似的岔开，形成不少又窄又长的小过道，被称为“巷子”。“巷子”的走向有着奇特的角度和线条。一条街道可能还要自己交叉一两次。有一次，一个艺术家发现这条街有这样一个有趣的可能，要是一个商人去收颜料、画纸和画布的账，在这条街上七拐八绕、兜兜转转之后，猛然发现自己又绕回原地，还没收到一分钱，那才有意思呢！

不久，搞艺术的人来到了这个古老而精致的格林威治村(位于美国纽约州曼哈顿地区，是艺术家、作家等的聚居地)，他们在村子里四处游荡，寻找朝北的窗户、18世纪的三角墙、荷兰式的阁楼和低价的房租。接着，他们从六号街买了一些锡镴(xī·la)杯子和一两只暖锅，组成一个艺术“根据地”。

在一座矮矮的三层砖屋的顶楼，苏和琼西设立了她们的画室。“琼西”是与琼娜亲密的人对她的称呼。两个人一个是从缅因州来的，另一个则来自加利福尼亚州。她们在八号街的一家“德尔蒙尼戈饭馆”里吃套餐时碰到，一聊发现她们对于艺术、菊苣沙拉、灯笼袖等的品味十分相投，于是便一起租下了那间画室。

那时是5月。到了11月，一个冷血无情、肉眼看不见的不速之客，在艺术根据地里肆虐，医生管他叫“肺炎”。他冰冷的魔爪一会儿碰碰这儿，一会儿摸摸那儿。在广场的东边，这个魔鬼大摇大摆地走着，每次袭击，受害人都不少。然而，他的脚步在这迷宫般、苔藓遍地又逼仄(形容地方狭窄。仄，zè)的“巷子”里慢了下来。

“肺炎先生”可不是你们所谓的有骑士气概的老绅士。一个被加利福尼亚的西风吹得没有什么血色的柔弱女子，本不该是那摩拳擦掌、力强气粗的老混蛋的猎物。然而，他袭击了琼西；她躺在涂漆的铁架床上，一动不动，望着荷兰式小窗外对面空空的墙壁。

一天早上，忙碌的医生扬扬他那又粗又乱的灰眉毛，招呼苏到过道上去。

“她的病只有十分之一的希望能治好，”他一边说，一边把体温计里升高的水银甩下去。“那十分之一的康复机会取决于她想不想活下去。人们有活路不走，却想去帮衬殡仪馆，这样什么药都无能为力。您这位瘦弱的小姐满脑子认为自己不会好了。她有什么心事吗？”

“她——她想有一天能去画那不勒斯海湾。”苏说。

“画画？——别扯了！她心里有什么别的心事——比方说，一个男人？”

“男人？”苏像吹口琴一样从鼻子里哼了一声，“难道男人值得——不，不，大夫，没有那种事。”

“哦，那么就是因为虚弱。”医生说，“我会尽我所能，用一切科学方法给她治病。但是当病人开始想有多少辆马车给她送葬的时候，我的药物疗效就会减去百分之五十。如果你能让她问一句冬季大衣袖子的新样式，我保证她康复的希望能有五分之一，而不是十分之一。”

医生走了之后，苏在工作室里哭了，一张日本餐巾纸被擦得一团糟。然后，她拿起画板，吹着拉格泰姆调的口哨，一副精神抖擞的样子，大步走进琼西的房间。

琼西躺着，脸朝着窗口，被子下的身子一动不动。苏以为她睡着了，赶紧停止吹口哨。

她架好画板，开始给杂志画一幅故事的钢笔插图。年轻的艺术家不得不给杂志故事画插图来铺平通往艺术的道路，而这些故事则是年轻的作家们为了铺平他们的文学之路而创作的。

苏正给故事的主人公，一个爱达荷州的牛仔，草绘一条在马会上穿的马裤和单眼镜，这时突然听到一个虚弱的声音重复了几遍，她赶紧走到床边。

琼西的眼睛睁得大大的。她望向窗外，倒数着什么。

“十二，”她数道，过了一会儿，“十一”；接着是“十”“九”；再接着，“八”和“七”几乎是连在一起的。

苏关切地望向窗外。那儿有什么可数的？窗外只见一个空荡荡、阴沉沉的院子，还有二十英尺外一栋砖房的空墙。一株很老很老的常春藤，扭曲的根已经枯掉，攀在砖墙的半中央。萧瑟的秋风吹落了藤上的叶子，只留下光秃秃的藤条还依附着松动破碎的砖块。

“你怎么了，亲爱的？”苏问道。

“六，”琼西说，声音轻得像低语。“它们掉得更快了，三天前，有近百片叶子，我数着都头疼。现在可容易多了，又掉了一片，现在只剩下五片叶子了。”

“五片什么，亲爱的，告诉你的苏娣吧。”

“叶子，常春藤上的。最后一片叶子掉下来的时候，我也得走了。我三天前就知道这事儿了。难道大夫没有告诉你吗？”

“啊？我从没听过这种鬼话。”苏故意夸张地抱怨说，“老藤叶跟你的病有什么关系？你一向喜欢那株常春藤，快得了吧，你这调皮的姑娘。别犯傻了。对了，今天早上大夫告诉我你的病很快能好——让我想想，他是怎么说的——他说病好是十拿九稳(形容非常有把握)的事儿！那几乎就跟我们在纽约搭电车或者走过一栋新房子一样，不会有什么意外的。现在喝点儿汤吧，让苏娣接着画画，画好了卖给编辑先生，给她生病的宝贝伙伴买点儿波尔图葡萄酒,也买点猪排喂喂她自己的馋嘴。”

“你不用再买什么酒了。”琼西说,她的视线仍然盯在窗外,“又掉了一片。不,我不喝汤。叶子只剩四片了,我想在天黑之前看最后一片叶子掉下来,然后,我也该走了。”

“琼西,亲爱的,”苏俯下身子跟她说,“你能不能答应我,在我画完之前,闭着眼睛,别瞅窗外?那些画稿我明天得交。我需要光线,否则我早把帘子拉下来了。”

“你能去别的房间画吗?”琼西冷冷地问。

“我想和你呆在一起,”苏说,“我不想你老盯着那些可笑的藤叶。”

“你一画完就告诉我,”琼西说着,便闭上眼睛,静静地躺着,像一座倒下的雕塑,“我要看最后一片叶子掉下来。我等累了,也想累了。我想摆脱这一切,像一片可怜的、疲累的藤叶,悠悠地往下飘,往下飘。”

“快睡吧。”苏说。“我要叫贝尔曼上来当模特,扮成隐居的老矿工。我马上回来,我回来前,你别乱动。”

老贝尔曼是一个画家,住在一楼。他六十好几了,像米开朗琪罗(1475—1564,意大利文艺复兴时期著名的画家、雕塑家、诗人和建筑师)的摩西雕像那样的胡子(米开朗琪罗在罗马教皇朱利二世的墓上雕刻的摩西像,有着一把长到腰间的胡须),从他萨蒂尔(希腊神话中半人半兽的森林之神,长着马耳马尾或羊角羊尾)似的脑袋上,沿着小鬼一样的身体垂下来。贝尔曼是个在艺术圈里不得志的人,他拿着舞弄了四十年的画笔,还没能够得着他挚爱的艺术女神的裙边。他老是说要画一幅绝世佳作,但是一直没能下笔。除了偶尔涂抹一些商业画或广告画外,他几年来没有画过什么。他靠给艺术根据地那些请不起专业模特的青年艺术家当模特挣点儿小钱,他总是毫无节制地喝杜松子酒,没完没了地谈他未来的绝世佳作。此外,他还是一个脾气暴躁的小老头儿,十分看不起别人的温情,却把自己当作特别的看家獒(áo)犬,守护楼上的两个青年艺术家。

在楼下灯光昏暗的小房间里，苏找到了满身杜松子酒味的贝尔曼。角落里的画架上绷着一幅空白画布，它在等待绝世佳作的落笔，已经等了二十五年。她把琼西的怪心思告诉了他，她害怕像藤叶那样脆弱的琼西，本就不强烈的生存意志再减弱下去，真的会像藤叶一样凋落飘走。

老贝尔曼的眼睛红了，含满泪水，大声嘲笑这愚蠢的念头。

“什么！”他嚷道，“怎么会有这样的傻子，因为讨人厌的藤叶掉下来就要去死？我从没听过这种事。不，我可不要当你那隐居矿工的可笑模特。你怎么让她脑子里冒出这么蠢的想法呢？唉，可怜的小琼西小姐。”

“她病得很厉害，很虚弱，”苏说，“高烧烧得她思维混乱，满脑子都是奇奇怪怪的念头。好，贝尔曼先生，如果你不愿意当我的模特，我也不勉强。不过，我看你是个讨厌的老——老毒舌。”

“你简直太婆婆妈妈了！”贝尔曼嚷道，“谁说我不干了？走。我跟你一起走。我都念叨半天说我可以做这个模特了。天哪！琼西小姐那样好的人，真不该在这种地方生病。总有一天，我会画出一幅绝世佳作，我们就都离开这里。天！一定会的。”

他们上楼的时候，琼西已经睡着了。苏把窗帘拉下来遮住窗台，接着做手势让贝尔曼到另一间房去。他们在那儿惴惴不安地盯着窗外的常春藤。接着，两人四目相对，默默无言。外面冻雨夹雪，下个不停。贝尔曼穿着他那件老旧的蓝衬衫，坐在一口翻过来充当岩石的铁锅上，摆出隐居矿工的样子。

第二天早晨，苏睡了一小时醒来的时候，就看到琼西睁着无神的眼睛，盯着放下来的绿窗帘。

“把它拉上去，我要看。”她用细若游丝（形容非常细弱）的声音命令道。

苏困倦地照做了。

可是，瞧！经过漫漫长夜的疾风骤雨，竟还有一片藤叶醒目地贴着砖墙。这是常春藤最后的叶子了。它接近叶柄的地方还是深绿的，可锯齿状的边缘已经枯黄，它无畏地挂在离地面二十来英尺的一根藤枝上。

“它是最后一片叶子，”琼西说，“我以为昨天夜里它一定会掉下来的，我听得见呼啸的风声。它今天会掉下来，我也会跟着死掉。”

“哎呀，亲爱的！”苏把疲惫的脸埋到枕边说，“如果你不为你自己想想，那也得想想我。我该怎么办？”

然而，琼西没有回答。一个准备走上神秘遥远的死亡之途的灵魂，是尘世间最寂寞的了。当她和友情、和尘世的联结慢慢松开的时候，这怪念头似乎更有力地控制了她。

这一天总算熬了过去，到黄昏的时候，她们还能看到那片孤零零的藤叶，还贴着砖墙，紧紧抱住藤枝。北风又随着夜晚来了，雨不停地敲打着窗户，滴滴答答地从荷兰式的低屋檐上流下来。

天刚亮的时候，狠心的琼西又吩咐把窗帘拉上去。

藤叶还在那里。

琼西躺着，盯着它许久许久。接着，她喊苏，苏正在煤气灶上搅拌给琼西喝的鸡汤。

“我真是个坏姑娘，苏娣，”琼西说，“冥冥中有什么力量让那最后一片叶子不掉下来，好让我看到自己之前是多不懂事。想死是一种罪孽，现在，你给我来点儿汤吧，再弄点儿掺了波尔图葡萄酒的牛奶，再——等等，先给我拿面小镜子，用枕头给我垫高点，我要坐起来看你做饭。”

一小时后，她说：

“苏娣，我希望有一天能去画那不勒斯湾。”

下午，医生来了，他走的时候，苏娣找个借口跟进了过道。

“病好的概率有了五成，”医生握住苏瘦小、颤抖的手说。“好好照顾她，你会赢的。现在我得下楼去瞧瞧另一个病人了，他叫——贝尔曼，我想他是个画家。他年纪大了，身体又虚弱，病来得又猛，他的病没什么希望了；不过今天他还是要去医院，这样他能好受一些。”

第二天，医生告诉苏：“她已经脱离危险期了，你赢了。多给她补充营养，好好调理，就行了。”

那天下午，苏跑到床边，琼西靠在那儿，安心地织一条没有用处的深蓝色肩巾，苏一条手臂把琼西连枕头一把搂住。

“我有件事要告诉你，小东西，”她说，“贝尔曼先生今天在医院因肺炎去世了。他才病了两天。发病那天早上，看门人在楼下的房间里发现他痛苦得要命，他的鞋子和衣服都湿透了，像冰一样的冷，他们想象不出在那样风雨交加的夜里他去哪儿了。随后，他们发现了一盏还亮着的灯笼，一把拖出来的梯子，还有些散落的画笔，一个调色盘，上面调着绿和黄两种颜料，还有——看看窗外，亲爱的，看看墙上最后那片藤叶。难道你没有想过，风吹时它为什么不飘不动吗？啊，亲爱的，它是贝尔曼的杰作——最后的一片叶子掉落的那天夜里，他画在墙上的。”

考点延展

模拟训练题

1. 欧·亨利是 19 世纪著名的（　　）

A. 英国作家　B. 美国作家　C. 德国作家　D. 法国作家

2. 他的作品构思新颖，其结尾被称为“欧·亨利式的结尾”，特点是（　　）

A. 顺其自然，平铺直叙　　B. 团圆美满，皆大欢喜

C. 意料之外，情理之中　　D. 发人深省，耐人寻味

3. 欧·亨利代表作有短篇小说《麦琪的礼物》和（　　）等，使他获得了世界声誉。

A.《警察与赞美诗》《最后一片叶子》　B.《项链》《变色龙》

C.《爱的奉献》《小公务员之死》　　D.《百万英镑》《万卡》

4. 欧·亨利以其众多的作品，透视生活的能力，成为美国独树一帜的短篇小说家。其作品被誉为“（　　）”

A. 人民的声音　　B. 美国社会的镜子

C. 美国生活的幽默百科全书　　D. 美国乡村生活的真实写照

参考答案

1.B　2.C　3.A　4.C